生态文学批评译丛

李贵苍 蒋林 主编

越境之地

环境文学论序说

[日]野田研一　结城正美　编

于海鹏　刘曼　邵艳平　译

中国社会科学出版社

图字 01－2013－2121

图书在版编目（CIP）数据

越境之地：环境文学论序说／［日］野田研一，［日］结城正美编；
于海鹏等译 . —北京：中国社会科学出版社，2014.4
（生态文学批评译丛）
ISBN 978－7－5161－4272－1

Ⅰ.①越⋯　Ⅱ.①野⋯②结⋯③于⋯　Ⅲ.①世界文学—文学研究—
文集　Ⅳ.①I106－53

中国版本图书馆 CIP 数据核字（2014）第 097892 号

出 版 人	赵剑英
责任编辑	史慕鸿
特约编辑	贺少雅
责任校对	周　昊
责任印制	李　建

出　　　版	中国社会科学出版社
社　　　址	北京鼓楼西大街甲 158 号（邮编 100720）
网　　　址	http：//www.csspw.cn
	中文域名：中国社科网　　010－64070619
发 行 部	010－84083685
门 市 部	010－84029450
经　　　销	新华书店及其他书店

印　　　刷	北京市大兴区新魏印刷厂
装　　　订	廊坊市广阳区广增装订厂
版　　　次	2014 年 4 月第 1 版
印　　　次	2014 年 4 月第 1 次印刷

开　　　本	650×960　1/16
印　　　张	18.5
插　　　页	2
字　　　数	245 千字
定　　　价	49.00 元

凡购买中国社会科学出版社图书，如有质量问题请与本社联系调换
电话：010－64009791

目　录

第一部　越境之地

第二部　越境精神

寻求场所的感觉

第三部　场所诸相

寻求与动物的邂逅

围绕海洋的自然写作

华莱士·斯特格纳的荒野思想

序　面向由文学开始的环境研究

野田研一

日本的自然写作研究，虽然比美国稍晚一些，但即使如此，大约在 20 世纪 90 年代也达到了规范化的程度，并且完成了十年的研究积累。不过虽然如此，仍未摆脱开始阶段存在的问题，研究活动也一直处于初期阶段的水平。总体来说，我们的工作重心仍是放在——关于自然写作（nature writing）这种新的文学体裁的介绍，对于美国诸类学说的概述，主要作品的翻译出版，基本学术用语的翻译、整理、定义、概述等工作上。直到 90 年代后半期，关于个别作家、个别作品真正意义上的讨论和思考，才陆续刊登在如 ASLE-Japan/文学·环境学会的机关杂志《文学与环境》（1997 年创刊）等出版物上面。

可以说，ASLE-Japan/文学·环境学会的成立（1994 年）以及这个学会所进行的活动成为研究的最大推动力。我们无法估量这个学会对于"文学中自然环境问题"的研究起到了多么大的促进作用。集中在那里的研究者们的活动和信息交换、意见交流以及所有的研究会活动、研究成果的公开，为日本的自然写作研究及环境文学研究（ecocriticism）提供了基础。这样我们才能看到，作为初期阶段或者说是第一阶段的研究所取得的成就。回头看来，那个成就远远地超出了我们的预想。限于篇幅，在此不作赘述，具体的内容还请参看本书末尾的"环境文学研究文献指南"，或者 ASLE-Japan/文学·环境学会的会员刊物以及前面所提到的学会杂志《文学与环境》和本学会所编写的《可以快乐阅读的自然写作——作品指南 120》（密涅瓦书房，2000 年）。

虽然我们取得了一定的成果，但如果试着与在美国快速开展的环境文学研究相比较的话结果是一目了然的，在日本的这个新领域的研究依然难以摆脱初级阶段的状况，因此学会以及集中于此的各位研究者也开始了各自独立的所谓第二阶段的摸索。那么这里所谓的第二阶段，具体来讲首先要把无论是作为体裁论还是作为文学理论都没有脱离舶来品范围的诸多要素，真正作为在日本的文学体裁和文学研究的方法论固定下来。第二点是寻找（或者说是创造出）能够享受被称为自然文学或者是环境文学这个领域作品真正意义上的读者群，从而作为固定的体裁达到日本化的成熟。

关于第一点如果说到现状的话，无论是作为文学体裁还是作为批评理论，这个崭新的领域还没有得到公正的对待。除去极少的一部分主要是从环境研究的领域出发而获得的关注之外，可以毫不过分地说，在所谓的文学研究以及文艺批评的世界里，它的存在几乎没有被认识到。这虽然和文学世界本身的封闭性、保守性有关系，但很大一部分原因在于作为文学研究或者文学批评真正自律的、有说服力的"环境文学研究"尚未出现的事实。

为了使作家真正认识到研究对象本身的重要性，一篇优秀的研究论文无论如何都是必要的。如果说我们正处于效颦阶段，那么在自然写作和环境文学的研究论文中，能够让现在的批评现状感到震撼的成果尚未真正出现是一个重要原因。因此，今后的工作重点应该是使以美英文学研究者作为主要力量进行到现在的研究，作为更加广泛并且真正的文学研究"普及化"的过程。

关于第二点，把称为自然写作或者是环境文学体裁的读者进行扩大，意味着让自然写作这个领域在日本真正意义上扎根下来。"日本自然写作的可能性"——也许甚至会关系到日本环境研究的进一步深化，同时也和所谓的"环境意识"的深化联系在一起。2002年5月，因为我们的研究会招募而来的内华达大学的斯科特·斯洛维克先生总结性词语是"美"，也许我们会感到疑惑，在环境问题里诸如"美"这样模糊的词语到底有什么样的意义呢？应该很奇怪吧。但是这并不是不了解自然的美，就去谈论"自然"这样一个愚蠢的错误。确实"美"是一个模糊的概念，但是同时，能够看透自然的"美"为何物的，并非是描述"美"的语言，而是表现它的文学·艺术等体裁。文学或者艺术一般能在"环境意识"的基础形成中发挥重大作用也是因为这个原因。作为这样文学研究的结果，如果不久后能在日本出现优秀的环境文学作家的话，应该可以说是更加巨大的成果吧。

本书内容上的特点大约可以概括为如下三点。

特点之一正如在书名"越境之地"中表现出来的，我们尝试着把关于自然的评论冠以"场所"之名。它一方面具有作为修辞学意义上的"表现样态"概念的意思，同时设定了作为深刻包含它的原意的"场所"的问题。关于自然的言论＝场所，例如就像田园风格的场合那样作为定型的表象在历史中存在下来。作为"环境"（milieu）的场所则是一个扎根于自然、附着并生长，然后作为一个"文化"表象被定型的东西。但是，这样的言论＝场所的说法，在现代社会里，迅速地超越文化的境界，"越境"并且扩散。本书就是努力把这样"越境"性的、构造性地不断吸收并展开的言论＝作为场所的自然写作（或者与之相关内容的东西）主题化的一部著作。各篇论文均讲述的是作为扎根于场所的表现样态的"场所"展示着怎样的"越境性"。从本书中你能够读到以藤原新也身上的"原亚洲"体验，加里·斯奈德和宫泽贤治的文学性遭遇，林京子的从广岛到新墨西哥的旅行，以及约翰·缪尔晚年的世界旅行为代表的各种各样的"越境"。

特点之二是从环境文学研究的视点出发把日本近现代文学纳入研究视野。若是稍微列举一下在本书中被列入研究对象的主要作家、诗人的话，能够列举出野尻抱影、三木卓、石牟礼道子、内山节、藤原新也、林京子、宫泽贤治、户川幸夫等。除此之外，在山城新的论文《关于海洋的自然写作》中还涉及众多的"海洋文学"的作家。像这样基于环境文学研究的视角，谈论如此众多的日本作品也是一件具有划时代意义的事情吧，非常期待今后沿着这个方向的研究活动能够不断地推进。

特点之三是来自内华达大学的五名研究者的来稿。在这里面，虽然迈克尔·布兰奇、谢丽尔·格洛特费尔蒂、迈克尔·科恩、安·罗纳德基本上是以美国西部（的作家）为对象的，但从他们的论文中可以看到，所谓的"西部作家"或者说是西部的自然主义作家本质上在内部都具有"越境性"的倾向。这种倾向无论是在布兰奇描写的缪尔身上，或是在格洛特费尔蒂所描写的威廉姆斯身上都可以看到，但在科恩简洁归纳的《美国西部的悖论》里最能够看到这种本质。作为阿比·爱德华的研究者而获得注目的安·罗纳德，她的论文是2002年出版的关于美国西部的论文集——《幽灵西部》（*Ghost West*）的翻译，现在仿佛仍然能够听到她在内达华大学的共同研究会上，用略带沙哑的嗓音朗读自己作品时的声音。斯科特·斯洛维克的论文《当揭开 X 光滑的表皮》涉及了饮食文化的"越境"——这个所谓的全球化的现代社会无法逃避的问题，揭示了环境文学研究新主题的所在。

策划本书的出发点是2000年到2002年三年间的日本学术振兴会、科学研究费补助金（基础研究）（B）（1）所进行的共同研究。本书是一部基于共同研究的成果报告书——《环境与文学——美日两国自然文学的历史及理论研究》（研究代表人：野田研一，2003年出版）发展而来的成果论文集。共同研究的成员构成如下：

　　　研究代表人：野田研一

　　　研究分担人：高田贤一、山里胜己、生田省悟、结城正美

　　　研究协作人：小谷一明、布鲁斯·艾伦、山城新

　　当这个共同研究启动的时候，成员之间基本上达成这样一个共识，那就是希望这个领域的研究，能够影响到社会的各个层面。我们想要的并不是诸如一次性消费，或者只是追求流行的那种研究。我们期望自然写作和环境文学这样的词汇在真正意义上扎根于这个国家的文学世界里，梦想着未来创造出独特的作品世界，希望尝试着踏出虽然很小但是重要的一步。

　　研究成员也非常重视那样的未来，才会成为这个领域新的研究者。研究课题的副标题"美日两国自然文学的历史及理论研究"，结合自然写作、环境文学研究在日本的积累，把今后的开展定位在"日本自然写作的问题"及其历史性的远景和理论的深化上。与此同时也在思索着想要看清这个领域的未来。为了使我们现在进行的"由文学开始的环境研究"在这个国家真正的扎根，成为必要的学问，最重要的是发掘日本丰富的文学资源，持续地进行再评价的工作，这才是我们共同研究计划的最大目的。这次研究虽然只是涉及了很少一部分成为对象的文学资源，但这种状况与其说是能力的限制，不如说是时间的限制。或者我们倒不如把它理解为是希望今后为了能够提高这样的指向性而抛出的引玉之砖更为合适。

　　在共同研究过程中，让我感到幸运的是除了四名共同研究者之外，不仅有三名研究助手，还有六位个性十足的聘请讲师（故山尾三省、金福龙太、又吉荣喜、仲程昌德、斯科特·斯洛维克、巴顿·圣阿曼达）能够连续地参加研究会，使我们得到了珍贵的建议和专业的知识。正是因为得到各位的协助，研究会才在国内得以连续召开九次。另外，为了要追求共同研究的成果，最后的第十次研究会，作为和内华达大学里诺

分校①的人文艺术系环境研究中心（Center for Environmental Arts and Humanities）研究成员的共同研究会（Anternational Symposium on Literature and Environment）而得以召开。本书所收录的全部论文，都是那次大会上用英语口头发表的内容。

最后在本书《越境之地——环境文学论序说》付梓之际，谨向以各种形式给予实际帮助的各位表示感谢。正如上面所讲到的那样，本计划是由日本学术振兴会的科学研究费的补助金才得以开始展开共同研究活动的。值本书出版之际，收到了独立行政法人日本学术振兴会"平成十六年（2004 年）的科学研究费后期资助金（研究成果促进费）"，郑重接受的同时，谨向日本学术振兴会表示由衷的感谢。向利用科学研究费切实地支持研究活动的立教大学研究促进科的各位表示感谢。向帮助我们在内华达大学里诺分校进行共同研究会准备的以斯科特·斯洛维克教授为代表的同校英文科的各位表示感谢。最后，由衷地向承担本书出版工作的彩流社社长竹内淳夫先生以及编辑部的茂山和也先生表示感谢。

---

① University of Nevada Reno，简称 UNR，中文也被译为雷诺分校。——译者注

凡　例

对于作为研究对象的文学作品的标题，在既有翻译的情况下，原则上采用现有翻译；在没有既有翻译的情况下，则使用作者或是译者所用的标题。

第 一 部

越境之地

觉醒的"场所的感觉"

——关于人类与自然环境的现代日本言论

生田省悟

1. 自然写作和现代——代序

在对于环境的危机感越发严峻的现在，关于文明存在方式的争论，在不同的领域错综复杂地存在着。这种状况的背后应该是一种对于现代社会构成强烈的追问意识在起作用。在以近代科学为基础的自然认识或者自然观出现破绽的时候，我们在验证生活本质的同时，也应该担负起探索关于环境新视角可能性的责任。

自然写作与今天要求文化结构发生改变的动向并非毫无关联。这种体裁在 20 世纪 80 年代以后的美国引起了巨大的关注。因为它包罗了各种不同的言论，所以要想严密地解释出来所谓自然写作为何物并不是一件容易的事情。如果概括来讲的话，可以把它看作是——把人类和自然的关系前景化的语言表象行为。这种体裁从根源上把人类与自然——这个我们自身长期沿袭下来的二元对立的惯例进行重新考证，也就是对人类和自然的关系性的多样意义进行分解，并且尝试把它进行重新定位。

在感知自然写作所孕育方位的时候，自然而然想起的应该是日本的状况吧。在日本，对自然无比热爱的民族性被讴歌至今，在艺术的各个领域也不缺少描写与自然的亲密联系及展示对自然纤细感性的事例，也经常会听到与自然界的协调或者是一体性等词汇。但是，另一方面，我们不是轻易地就毫无批判地接受了这种与自然界美丽的关系，并且沉溺于此吗？或者说不是在"和谐"、"一体性"这些词汇里面享受愉悦、寻求抚慰，而不顾被这些暧昧的词语的声音迷惑的事态中，潜藏着屏蔽对于自己和自然进一步追问的危险吗？

若是如此，在环境问题日益凸显，社会和文化的存在方式被尖锐责问的现代日本，关于自然的言论，进行详细并且严密的重新探讨难道没有必要吗？因为我们必须要直面用"和谐"和"一体性"不能完全把握的现实。此时，自然写作给予我们的启示是——作家就人类和自然的交涉方式进行了细密的考察，并透过现象看到其中所构筑的意义深远的关系。我们与自然如何关联至今，又能够重新假想什么样的关联方式呢？在日本和美国"自然"概念自不用说，即使生活样式和文化形态、文学的土壤等多方面存在差异，援引自然写作视角的尝试也绝对不是一件毫无意义的事情。

本文通过利用自然写作中的主要用语——"场所的感觉"，来考察现代日本的三位作家——三木卓、石牟礼道子、内山节是如何把人类和自然的关系语言化的。当然，这三个人并没有使用"场所的感觉"这个词语本身，虽说如此，在现代复杂的文脉中，他们各自凝视着人类和自然的关系，他们尝试的论据能够在"场所"中寻求出来，并且被能够称为独自的"场所的感觉"证实了。他们的言论和视角确实经常与自然写作的视点发生重合也让人颇感兴趣。他们的工作中难道不是蕴藏着把自然或者环境纳入视野之中的文学新的可能性吗？

另外需要说明的是，本文并不是以列举作品的写作时期作为考察这三位作家的顺序的，而是采用作为各自的中心观点的差异——"我"、共同体以及二者的连续——作为依据进行考察。

2. 所谓"场所的感觉"[1]

经常在关于自然写作的讨论中浮现出来的一个词语，就是"场所的感觉"（sense of place）。[2]探查"场所的感觉"是如何被论述的，其线索能够从华莱士·斯特格纳的一篇标题明确的散文《场所的感觉》（"The Sense of Place", 1986）里面得到。斯特格纳在文章开始部分引用他的学生温德尔·贝里的一句话"若不知自己所在何处，则不知自己身为何物"（If you do not know where you are, you do not know who you are），在此基础上阐述了自己的想法：

> 人类在诞生的地方成长、生活，然后了解那里，并在那里死去，之后才会把那个场所当作"场所"来认识。也就是说作为一个人、作为族群、作为伙伴、作为共同体至少要在那个场所经历两代以上的时间。如果没有形成那样一个地方，场所就不能称之为"场所"。既有一开始就从自己的场所里面衍生出来的场所，也有后来才发现的场所。此外，还有苦苦寻找了许久之后，才意识到以前离开的场所就是自己所追求的。但是无论人类的相互关系怎样，场所也只可能慢慢地变成"场所"——就像珊瑚礁那样。[3]

虽然从这一节里面能够感知到"场所"里所包含的微妙而又多重的意思，但应该注意的却是"我"（自身）与"场所"之间对峙的态势。人类必定是位于某个"场所"的存在，不仅不能从"场所"中脱离出来，生存本身还被"场所"限定着。正因如此，人们才获得"自己"的"场所"，并在那里寻求归属感。所谓的"自我"的生存，就是通过在一个"场所"里"慢慢"扎根的形式形成的。

围绕着"场所的感觉"意义的讨论之所以在美国得以开展，大概是因为和这个被称为移民、迁徙国家的历史与文化有着密切的关系。斯特格纳曾这样描述道，"在这个国家的文化层面上，迄今为止，依然认为迁徙是一种美德"。[4] 他的话里包含着深刻的含义，反映了一种经常保持着的呈扩散状的方向性，而作为结果却有可能招致经验的平板化的反复移动中，可能会产生失去自己存在根基的预感，或者是无论是个人的次元还是社会的次元，在生存的积蓄意义上与历史性的排斥相通的不安。所谓"场所的感觉"引发了生活式样的根本性再讨论，提出了通过与一个场所密切的接触，有可能被创造出来的新的自己的定位和自己的历史等问题。斯特格纳指出了这个问题并如下说道：

> 所谓历史，就是驶向新世界的时候丢弃在海里的行李。因为那是一些让我们回想到暴政、限制、压榨还有血腥争斗的东西。我们在没有历史的风景里面肆意地前行，带给这个国家和人民的并不仅仅只有好的影响。当停下了侵略和迁徙，能够获得内心平静的时候，拥有的不是占有时的感觉而是归属时的感觉的时候，这个国家和社会才能变得健康。[5]

斯特格纳所呼吁的是"停下侵略和迁徙"，寻求场所这件事情的意义。场所不仅仅是指自然环境，它还是由历史和文化等构成的复合空间，也就是说应该理解成无法与人类的生活分开的空间。正是因为如此，"场所"才成为支撑着人类的生存，成为人类应该"归属"的空间，并且变得重要起来。

如果站在这样的认识角度来看的话，"场所的感觉"在自然写作里面频繁出现的现象也就变得不足为奇了。无论是都市或者村落，都是作为带有特定形态的风景出现的"场所"。如果从作为现代思想的生态学的角度来看的话，"场所"构成了把人类及其活动纳入其中的生态系统。人类从属于一个生态系统，同时，通过观察在这个生态系统里面生存的动植物或者地形以及气象等，感知这些事物的变化和相貌，来体验"场所"。并且，了解作为生态系统一部分的自己，甚至达到"我为何物"的认识。还会把自然的丰富程度与自己的丰富程度重合起来，把环境的崩坏和危机的状况也就直接等同于自己的生存危机。从这种意义上来说，所谓"场所的感觉"即是人类在与场所的关系中获得身份，或者就是成为重新确认行为中心的感觉。[6]

即使"场所的感觉"是直接把美国这样一个国家的特征作为主要的背景的、信息性很强的一种近似于标语的内容，这种"感觉"也使得我们产生了很多思考。因为我们一直不断地讲述着每个人都在不同的场所里生活，被场所规定着生活方式。如果接受这个严肃的事实，那么我们在重新看待我们和场所、我们和自然关系的同时，重新验证我们自身的生存，不是应该作为在环境的时代里被优先的课题吗？而不是去问"我在何处"这样的问题。

3. "我"和"场所的感觉"——从近代的自然体验到三木卓的《海边的博物志》

作为考察在现代日本"场所的感觉"的前提，首先应该把握的是近代以来关于自然记述的存在方式。因为要使得读者自觉地意识到"场所的感觉"，不仅需要关于环境意识的觉醒，还应该设想到与记述自然时的视角和表达样式等这些存在于文学内部的因素深切关联的事态。这个时候，称为"我"的"自然体验"的形式——这个在近代文学史中一直活跃着的事实就变得无法被忽视了。

没有必要赘述19世纪的西欧文学，尤其是浪漫派和俄罗斯文学给明治以后的日本文学带来多大的影响，受到"nature"这个词的洗礼，作为它的译语"自然"被创造出来，并且因为与

"nature"关联成为国木田独步等经常讨论的对象,这些已经是众所周知的事情。但是从人类和自然的关系来看的话,就会出现一些有意思的现象。西欧的影响特意地潜藏在明显的登山文学或者博物志等——这些被置于文学边缘位置的体裁中应该被注目的系谱里。追求由"个人"而来的"自然"体验的意义的主题被明确地定型下来。此处暂以野尻抱影作为典型的例子。

因为关于星星的写作而广为所知的野尻抱影大学毕业以后,曾经作为中学教师在甲府住过一段时间。散文《山·雪·星》(1941年)被认为就是在那段时期里创作出来的。以下是野尻通过望远镜来观察山脉时的情景:

> 有时我也会把望远镜放在堤坝上,遥望地藏山到药师山的连绵起伏。那件事情之后,一次看不到山峰的三角就会觉得心里不舒服。这次也有异样的东西闯入了镜头里。在傍晚的空中,一条极美的长长的如同刀锋一样的东西直立在那里。我花了好长时间才确定下来那原来是悬在山边的新月。是那么的狭长,仿佛是失去了弧线的圆号顶端,在夕阳中发出淡淡的金色,在我的注视中慢慢地消失在伏松联缀的地平线。眼睛刚一离开望远镜就什么也看不到,但是如果细心观看的话,还是可以看到它一边下落,一边似乎发出咕、咕、咕的声音似的,此时,我支撑着镜口,产生了一种这如同发生在眼前似的,甚至地球就是如此转动的奇妙的错觉。[7]

野尻一边使这种淡淡的情绪飘荡着,一边强调着"自己"与自然直接对话的巨大幸福。"奇妙的错觉"完美地表象出的一体性,他的意图在感伤地描述与自然相遇之际,那些被凝缩的时间的语言中表达出来。

如同在野尻的场合里能够感受到的那样,近代日本自然体验记述的系谱从某种层面来看的话,可以理解成带有某种被选中者特权的性格。[8]假如说那里存在着决定性欠缺因素的话，那么只能是日常性的感觉了。但是自然体验是通过结合某些极其日常性的内容被重复的，比如在散步途中听取鸟儿的鸣叫等。在那样的场合下被唤起的情绪，应该是和每一天对于我们来说都会认识到的自然所承担意义的精神作用紧密相连的。另外，在检验这些细微的自然体验时，要考虑到我们的生活样式甚至是价值观等是介入与自然的关联的过程中被形成的东西。如果这样的话，那么更切不能忽视保证在日常生活中与自然接触时精神的作用和作为培养精神基础的"场所"。人类被安放到什么样的场所，在那里经营生活，自然在那些场所里面会作为具体的风景或者生物出现。正是因为如此，从"场所"引发的联想里面，是不是潜藏着应该把自然体验还原到日常生活的场所里面的理由？三木卓对这个联想进行了确定的"自我"的次元性理解。

作为诗人和小说家而闻名的三木卓有一部散文集，名字叫做《海边的博物志》。在这部作品中，三木卓把"从 20 世纪 80 年代初期到 90 年代前半期十余年"在三浦半岛的芦名海岸度过的日常生活和各种各样的轶事淡淡地连缀在一起。"迄今为止的人生，一直在不断地迁徙"对于做出如此告白的三木来说，海边的生活有着重要的意义。从《海边的博物志》中能够窥视到三木关于一个场所的心情。他深切地感受到了身边所接触的当地的人们、生物和风景与自己发生联系时的瞬间，以及被那些新鲜的惊讶和喜悦填满的感觉：

> 几年来，都是一边看着这个小山坡一边工作的。因为经过数次四季的变换，原本以为已经大致了解了这个小山坡的变化，即使如此，当发现那些被忽略的东西，甚至是那些已经知道的东西时依然还是会有些许感慨。
>
> 今年春天，就在山坡上干枯的树丛，看起来还像是野兽红色的背毛凌乱地交杂在一起的时候，我注意到一棵仅仅开

着一朵白花的小树，在其中夹杂着，这着实让我吃了一惊。虽然觉得仿佛是看到某个画家正在作画时的样子，但是真的遇到时还是会有别样的新鲜感情不由自主地涌现出来。[9]

和野尻有着决定性不同是，三木的记述是以日常性为基轴的。也许应该被称为在日常生活中被持续着的视线吧。在这些文字背后潜藏着的正是他对于场所的眷恋。这种情感从他在其他的场合里表露出来的"即使是仅仅漠然地环视一下生活的周围，如果不是有着至少五年交往的话，就无法记得基本的容貌"——这些话语里面也可以感知到。[10]三木直观地捕捉到一个场所通过风景成为生活不可欠缺基础的这种时间的流逝过程。特别希望大家注意的是三木联想的方向，通过"交往"这个词语被表象的过程，自然体验发挥了直接并且积极的作用。

对于三木来说，为了让自己的人生带上清晰的相貌，一边在一个场所里生活，直接地凝视风景的推移，一边深化着和那个场所密切的关系。并且在那个场所的体验把自然作为契机缓慢地蓄积着。当场所和日常性被三木意识化的时候，所谓的个人自然体验的模式迎来新的次元。把那种个人的自然体验故事化的轶事有很多，比如，我们可以选取在某年的四月上旬，关于一种没有想到会看到的飞蛾——"通草木叶蛾"①的故事：[11]

我应和着季节的变换。这样的时候在春天里感受到的是，自己用一种从未比现在更平稳且安心的意识来应对这个世界的心情。冬天的时候，因为寒冷或者是别的什么事情，心灵和眼睛会变得扭曲起来。夏天的时候，喝着清凉的啤酒，看着泳装的美女，心灵和眼睛也会扭曲的吧。但是春天这样温暖且平和的日子，或是有着恰好且舒服的空气和阳光

---

① 学名为 Eudocima tyrannus。——译者注

的日子，我觉得自己变成了拥有最纯粹心灵的人。

人迹全无的别墅院子里樱花即将开放，经过它前面直走，在一间车库前面的草丛里，看到橘黄色的东西闪了一下。

哎呀，那是什么呀，细看之下，呀，是通草木叶蛾啊，在这样的地方停落着。

当这只飞蛾静止的时候，灰色的前翅覆盖着橘黄色的后翅，所以并不显眼。但是当它偶尔稍微移开前翅，三木就被它的橘黄色"诱惑"了。在日常生活中由于新的发现而触发的心动，传递这种心动的记述带来了微妙的感觉：

通草木叶蛾的后翅真的非常鲜艳。明明只是橘黄色的底色就已经很显眼了，在上面还有仿佛用黑色的毛笔描绘的大大的旋涡。恐怕是因为有着把那种存在强烈地表达出来的必要场合吧。木叶蝶同样也是如果把翅膀立起来停下来的话就变成了枯叶的样子，但是被隐藏在内侧的翅膀的表面因为蓝色和橘黄色显得非常的鲜艳。是想把这身装束展示给谁看吗？对象当然应该不会是鸟类，而大概是同类的异性吧。

这样的状况也许可以描述成，是一种被自我保护和自我显示——这种矛盾的欲求撕裂的样子吧，即使是我们，也是能够理解的。

在记述的流向里包含着性的感觉似乎是三木的风格，尤其应该留意的是，应该看到他对"异性"的"表白"里潜藏的"矛盾的欲求"。通过拟人化等手法不能说明的——飞蛾与"我们"的同质性在这里被凸显出来。飞蛾和人类在同样的场所里生存着，同样地"正在被欲求撕裂着"。虽然没有明确地说出来，但是潜藏在生态学思想深处的意识的存在方式，甚至连围绕人类和生物的关联方式的深切想法也都能够从那里被读取出来。在三木看来，不仅是人类，其他的生物也在呼吸，正是因为处于经营着生命的场所里，自己才没有切实地感受到自身的日常生活变得丰富起来。与自然的每一次相会都在三木的心里储存起来，并被还原为对于场所的亲密感。在这个过程中，切实地感受到现在正在这个场所里生活着——这个无可替代的事实。

对于一切都毫不在意的状态不知道什么时候，收敛在场所的经验里了。它并不只是单单停留在感觉的表面，而是深切地参与了三木的人生本质。因为在与自然密切交往的背后，存在着试图探寻自己位置的敏锐视线。对于三木来说，了解海边的自然面貌只是为了对自己的生存进行重新确认的一个契机罢了。他在每天的经历中把心打开，慢慢地编织成关于海边新的记忆。在他的记述里，未必包含着诸如发生在美国的讨论那样的信息。倒不如说三木嗅到在保证日常生活的场所里所蕴藏的意义，并只是试图把它和自己的人生联系起来罢了。虽说详细地记述"我"的"自然"体验的这个侧面从属于近代以来的系谱，但《海边的博物志》提供了基于日常生活的新的视点。从这部作品开始，能够达到可以称之为"场所的感觉"的东西并直到取得成熟。

4. 崩坏的感觉——石牟礼道子《苦海净土》里的场所和共同体

三木卓的焦点是设定在一个场所存在的个人生活感受，在与自然的交涉中寻求"我"的日常生活的丰富程度。另一方面，如果把视线从诸如三木的场合那样的次元转开的话，那么从个人到集体这种意识的作用当然也能够被设想到。原因是在于把自然作为媒介产生出来的场所的眷恋和亲密感，可以说是与社会或者共同体的生活密切相关的。如果是这样的话，那么作为共同体基础的场所所具有的意义不是应该被要求进行重新验证吗？

如果从人类在某个场所与自然相互妥协而生存下来的情况来

看的话，那么日本有着定居性极强的一面。这个可以被看作是在日本从古至今日常化的生活形态。人们共享有关气候风土以及动植物的知识，并把这些知识作为传承或者口承的各地域固有的文化积累起来并传承下去。因此，没有必要产生"场所的感觉"，关于场所详细的知识应该无意识中就在人们的心里固定下来了，并且人们应该也把生活的根本委托给那些知识了。但是随着定居意识的弱化，在某些区域人口过度稀少，某些区域人口又过度集中成为社会性现实的今天，根本不应该无视所提出的把共同体和场所重新结合的理由。当我们尝试着俯瞰现代的状况时，石牟礼道子的代表作《苦海净土——我们的水俣病》（1969 年）给我们提出了很多问题。也就是说，因为这部作品极端地讲述了我们所直面的崩坏的现实、共同体和场所，以及人类和自然的结合的方式被强烈地意识到的逆说。

《苦海净土》在描述水俣病惨祸的同时，也谴责了企业和行政的应该承担的责任。但是，如果仅仅是把这部作品作为一纸控诉书来看待的话是不可能做到准确理解的。因为在通过运用了凝聚着作家技巧的特有文体表达出来的《苦海净土》的多重世界的底部孕育着一颗坚固的核，也即是石牟礼对于水俣病的深刻思考。这种思考已经在序言里，或者说正是因为序言，通过鲜明的形式传达出来：[12]

　　　　一年一次或者两次，只要是没有来台风什么的，围着连浪花都没有的小小入海口，出现了许多公共浴场。这些公共浴场仿佛是因为发痒而眨着眼睛一样泛着细浪的海面上，漂浮着小船和秋刀鱼笼。孩子们全身赤裸，从一条船上跳到另一条船上，又或者"咚"的一声跳进海里，这样玩耍着。
　　　　夏天，那些孩子们的高声呼喊，爬过橘田、夹竹桃、长着滴溜溜的瘤状突起的栌树，还有那石墙的缝隙，传到了各自的家里。

　　村子最低的地方，就是从船上下来最先接近海岸的斜坡下面，有一个又大又旧的洗东西的地方。宽敞的四方井里，细小的佐纳鱼和可爱的红色小螃蟹在石壁上苔藓的背阴里欢快地游着。住着这么可爱的小螃蟹的井里，肯定会有口感柔和的山泉水涌出来吧。

　　在这一带的海底，也是有泉水涌出来的。

　　现在，井水已经不再使用，水垢和茶花沉积在废弃的井底，呈现出船钉的样子。

　　从水井上方的山崖上伸出来的，那棵无法确定树龄的古老茶树，重重叠叠地遮蔽着洗东西的地方和它前面的广场。黑色的叶子和扭曲着向前延伸的树枝，紧抓着因为被树根插进而裂开的岩石，释放着老年的精力。它下面的树阴总是很凉快，并且充满着宁静。古井和茶树，安静地诉说着不只是它们自己的，还有这个村子的岁月。

关于沉静的大海、孩子们、古井，这些村子里的情景，在进行着"脆弱"的重复的同时，禁不住唤起了对于持续着的"公共浴场"虽然贫穷但是无忧无虑生活的乡愁，那真是一幅田园牧歌般的风景呀。近代以来的日本文学在描述自然的时候，经常受到欧洲文学中田园牧歌的影响，在序言中石牟礼饱含深情地所描绘的场景中，也被认为似乎是意识到了礼赞式的田园牧歌的主题。但是她的视角突破了传统的俗套。解读作者心理的线索在下面一段得以延续，并潜藏在这段关于地名详细的描写中：

　　在公共浴场的入海口附近，原来应该是有着萨摩境、肥后藩的陆上和水上的关卡的。海湾的外面是不知火海①，渔

---

　　① 原名八代海，是被九州本土和天草诸岛围起来的内海，因为旧历八月一日深夜海面上出现神秘火光，故而也被称为不知火海。——译者注

夫们在那里唱着"昨夜停泊在天草的海边，趁着早上风也平，浪也静，张起风帆哟，回到家中"那些类似的渔歌。

（中略）

入海口的对面是茂堂部落，在茂道港的边上，流淌着貌似是用来洗衣服的小河，这是县境，也被称为"神河"，若是站在河床的石头上淘洗舂米的话，便会听到越过县境对面的人家，清晰地说着鹿儿岛方言。

穿过茂道港就来到了鹿儿岛县的出水市米之津，然后是朝着熊本县，沿着国道三号线来到茂道、袋、汤堂、出月、月之浦——水俣病的多发地带如此蔓延着，然后进入百间港。从百间出发进入水俣的街道，在百间港里，设有新日窒水俣工场的工场排水口。

地理性要素和地名的列举，也许在表达地域的"脆弱"上是有效的手法吧。但是，不知道什么时候，那些畸形的、充满暴力的表达——"水俣病多发地带"和"新日窒水俣工场的工场排水口"潜入到了这里。石牟礼所描述的海边的情景虽然表面上保持着平静，但也在现实中直视着它已经病入膏肓的根基。这个时候，田园牧歌式的世界变成了只能是在石牟礼自身的幻想中才能存在的领域。正是因为石牟礼如此深切感到那些已经逝去日子的不可替代，才会被那些想要把曾经的那些可怜的回忆表达出来的冲动鼓舞着。

正是在现实与田园牧歌式的幻想之间产生的落差，构成了《苦海净土》的基调。假如是这样的话，那么水俣病所带来的现实是如何反映在石牟礼的眼中的呢？她的视线回到了与部落的"水井"相连的情景上：

沿着水井所在的那个斜坡，板墙与板墙之间的公民馆——青年俱乐部建在那里已经破败不堪。这个透着海风的小屋，经常咣当作响，因为年轻人长久没用使用，老人们似乎一直都感觉到有种安静的寂寥在这座建筑中凝结，又被风吹散似的。这个许久都没有青年人来过的青年俱乐部，是村子最没有生气的地方了。

村子里的年轻人，不再想把渔夫作为职业，似乎已经是很久之前的事情了。特别是当水俣病开始蔓延之后，一切都回不到原来的状态了。不管是技术多么高明的渔夫，也都无法把他的捕鱼技术传授给孩子们。

（中略）

老人们似乎也在忍耐着不安，那种因为原本那些必须要传给孩子们的无形的资产以及秘史，只能在他们的心中消失掉的不安。正如那座不断腐朽的青年俱乐部那样，他们的身体和灵魂，都在持续地被风化着。即使走在夏天海边的某个地方，那样的冷风也在那里潜伏着。

支配着这个段落的是无边的丧失感和绝望。在海边的部落里获得生命，并且扎下根来经营着的人们的生活带有固有的历史性，如果就生计来说的话，适合当地的捕鱼知识和技术应该被传承下去。但是，石牟礼深切地感受到，就连当地的居民自己都没有意识到的历史性和生计的价值，现在已经被水俣病完全摧毁了。确实，在《苦海净土》中，因为感染水俣病而备受折磨的人们的苦恼被固执地描述出来。石牟礼在开头部分大胆地把焦点对准海边部落的风景和人们的生活。因为对于她来说，水俣病所造成的最重要的灾祸，首先是意味着丧失了人们生活的根本。

在石牟礼的记述深处共通的内容，是在一个场所中人类的生活和自然的连续性所孕育的逆说。她不得不向我们倾诉，病态的自然与发生在人类身上的悲惨之间是直接联系在一起的。当大海被污染，失去健康和富饶的时候，人类的生活也从根本上发生崩坏，场所也就失去了意义。人类的生活和自然所编织成的共同体被粗暴地撕裂的现实，正是因为这种连续性造成的悲剧。假如在无意识中，把通过与大海所表象的与自然的联系而培养出来的人类与场所之间的羁绊，规定为被获得的"场所的感觉"的话，那么当那种羁绊被切断的时候，石牟礼自身"场所的感觉"就迎来了觉醒。她凝视着水俣病发生的那些地方的行为，与探寻着自己生存场所的母体，并持续追问那种意义的尝试是等同的。副标题"我们的水俣病"，就反映了石牟礼这样的觉悟。

在石牟礼执着于水俣病的背景中，可以设想到近代以后日本对于西欧文化、价值观的接受，急速的工业化和城市化，或者是社会经济构造的转型等问题。社会的变化不仅给人类与自然的关系带来了改变，也不可忽视地招致了自我疏远和归属感的丧失。并且，正如水俣病那样，这些现代社会的扭曲在那些特别被边缘化的场所明显地发生了。如果从这个侧面来讲的话，石牟礼通过把焦点放在水俣病上尝试着去接近现代社会的问题本身。在解读问题的尝试中她所探究到的内容，正是"场所的感觉"。当然，石牟礼并没有使用"场所的感觉"这个词语。但是，通过洞察共同体崩坏这一现象，在日本恐怕她是第一个明确地意识到"场所的感觉"，并结合自己生存的场所分离出来的吧。[13] 她的尝试被看作是，围绕着日本人类和自然关系性的新的言论，以及自然写作诞生的预兆。

5. "关系之网"——内山节《故乡所在》里的边缘共同体

"我"与生物之间丰富的交流，或者是自己所看到的共同体的崩坏，虽然状况和样态有所差异，但三木卓和石牟礼道子还是各自找到了"场所的感觉"。并且不论在他们内心觉醒的"场所的感觉"是直接抑或是间接的，都通过各种各样的形式与我们的生命发生了联系。原因在于面对包括不断扩散的经济活动在内的社会系统加速变化的现在，不是别人恰恰是我们自己深刻地思考着"自己身在何处"或者"自己是谁"的问题。场所的问题也是如此，较之以前，进一步迎来了不得不与我们身份的存在方式关联在一起的局面。三木和石牟礼的提出问题，变成了一个如何介入场所把"我"和共同体结合起来的课题，并被我们继承下来。

此时值得关注的应该是内山节的言论。成为内山舞台的山村并不输给石牟礼道子所凝视的渔村，也正是被逼迫到社会边缘的共同体的典型。内山正是在那存在本身都处于威胁之下的小山村里，反而在追问我们人类生活的存在方式，从隐藏着有意义的契机的认识出发，持续着关于场所的考察。这种考察从某种意义来说，也许可以说成是把三木和石牟礼的视角连接起来的尝试。（尽管成为作品舞台的山村作为共同体并没有完全崩坏，在人类和自然的羁绊也正在被努力维持这一点上，能够看到与石牟礼存在着表层上的差异）内山在努力地超越崩坏感觉的同时，明确地认识到了使"我"的生存确立的意义。

这一系列著作中的舞台，是群马县上野村这样一个小村落。例如在《山村垂钓所得》中内山数次讲述了去流经那个村落的小河边钓鱼的时候，从荒废的小河的样子看到了社会的扭曲。也就是被修建大坝、人口稀少、高龄化玩弄的山村把城市经济理论的病理具体表现出来的状况。同样在内山所描述的村子里，年轻人因为外出工作而离开家乡，留下来的老人们无法把他们所积累的知识和传统传给下面的一代。濒临崩坏危机的共同体在这里也是存在的。另一方面，他也注意到劳动的内容和时间的分布在山村和都市是不同的。当他感知到，通过与自然多彩的联系才维持至今的山村生活时，内山获得了解读现代社会的契机。在他最近的著作《故乡所在》中，描述了他在多年居住的村子里购买了一处民居，以"半村民"的状态度过的日子。正如标题本身和包含其中的"故乡"这个蕴涵着多种意义和感情的词语所讲述的那样，这部作品鲜明地提出了场所以及对于场所归属感的探求。内山把"故乡"定义为"灵魂能够回归的场所"，明确表达了"在近代化的社会一直为理性所压迫的灵魂，回归'故乡'，和森林、河川、农田、清风以及村子里的人们待在一起的时候，回到了原来自然的状态"。[14] 这是对于我们一直所接受的近代以来的价值观和思考样式深度怀疑的发言。内山还说现代病是因为"依存于理性所创造出来的人工世界"而形成的，并且指出理性所创造出来的世界"欠缺一切根源性的内容"。[15] 他之所以寻找"故乡所在"，是因为想去探求通过理性无法捕捉的"那些根源性的内容"。这个绝对不是"回归田园"之类的庸俗的主张，只是在置身于一个小小的共同体的时候，基于是否存有重新探讨我们自身生存机会这种预感的行为罢了。

置身于从现代社会的价值体系中排除出去的"故乡"里，内山所看到的是"共同生活的同伴"，也即是人类与自然的相互性：

> 例如森林和河流，对于都市的人来说只是伟大的自然罢了，但是对于村民来说则是存在于他们的生活之中的。这样一来，也许森林和河流对于村民来说是作为使用的场所被接受的。当然村民是利用森林的，但是那只不过是村民与自然关系的一部分罢了。处于根本的则是，森林和河流和他们都是生活在一起的伙伴的感觉。[16]

内山的视点是面向在被长期保持下来的、山村的生活中人类与自然关系的实质。这种视点等同于寻求山村这个共同体基础的尝试。并且通过在"故乡"的体验中打开心扉，他能够断言道"所有的一切都是相互联结在一起的，在那个关系网中发挥着各种各样的作用。我也认识到村子就在其中"。[17] 换句话来说，那就是内山在山村的生活中意识到了村民们没有意识到的"场所的感觉"所作用着的事实。正是因为有自然的存在才会有人类的生活，也正是因为有人类的生活自然才得以保持。这样的关系才正是由称为共同体的历史、文化、自然构成的"网"也即是复合空间的本质。并且，这张"网"中的连接点无论哪一个被破坏，共同体最终都会迎来灭亡。当认识到这个的时候，在原本应该濒临崩坏危机的场所的积极性意义被发现的同时，内山也把自己植入到这个"关系网"中，也就是能够确信存在着他自己所在的场所。并且他自己也接受了承担保持这张"关系网"完整性的任务，成为了共同体不可欠缺的构成部分。通过获得立足于场所的视角而被保证的归属感，《故乡所在》是围绕对于一个场所的归属感的记录。

内山通过置身于山村探求到共同体的意义，努力使自己对现代社会中的那种意义进行重新确认。这种行为不仅仅是好不容易才超越崩坏感觉的尝试，也是尝试着在共同体的归属感这种脉络中去捕捉"我"的生活丰富程度基础的行为。使个人与（人类和自然创造出来的）共同体连接起来，努力发掘他们的凝聚力——通过虽然是很平静的讲述方式，内山的视角被确定下来。

6. 为了定位"场所的感觉"——代跋

以上所考察的三木卓、石牟礼道子和内山节的作品，都从各自独立的视角出发讲述了在场所中人类与自然之间的相互关系。虽然没有提到用语及其本身，但三位作家共通的是明确地意识到了"场所的感觉"的意义，并且进行了以场所为基轴的发言。并且，那样的场所无论是个人抑或是共同体，若是从培养了与其他不同的特定生活样式这一方面来讲的话，也可以说是孕育了个别性。若是把这个假定为场所所孕育的固有的地域性的话，[18]那么各个作家都会获得来源于当地的"地方性"视角。[19]把自然在人类生活的丰富性上起到的作用和在与自然的关联上形成的生活进行定位的尝试，必然会孕育出人类与自然的关系，并遇到保证的场所。虽然若是借用内山的话来讲的话是"关系网"，但三木和石牟礼的语言表象行为也最终集中在一个场所里所成立的各种各样的关系性中，也正是那种关系性的发现才是地域性视角的意义。

环境危机姑且不论，在直面自我疏远的现代，若是在个人的次元上申请人类与自然、环境关系真挚的重新思考的话，我们首先必须要从思考作为个人生存空间的场所开始。这种思考等同于我们自身一边思考着如今正在生活着的场所一边就自然、环境进行探讨（如果从现代的环境思想来考虑的话，就是确立在把握一个场所中人类与自然环境相互关系的意义上的生态学的意识）。应该如何去把握生存的场所，应该如何与他者和自然去共享那个场所，能够在哪些方面对那个场所表达依恋。甚至是，应该如何去理解在不同的场所中培育出来的人们的生活方式和别的文化，并逐渐形成共感呢？尽管一看之下只能被认为是不切实际的，但是作为为了验证我们的生存方式确实的根据，使"场所的感觉"达到成熟，并且把它确实地表述出来具有重大的意义。

与此同时，"场所的感觉"作为超越"调和"和"一体感"的标准范围，日本文学的某个领域——请求对自然写作系谱的再次验证也正在被思考，并且预感到了语言表象新的起点。即使从这样的侧面出发，立足于地域性视点的三位作家，以及他们所分离出来的"场所的感觉"也为我们描述了多样的可能性。

注释

（1）在第二部分的讨论，与拙稿《定位场所的感觉——关于生态学共同体的备忘录》（《金泽法学》2002年第44卷第2期）的其中一部分重复，在此特作说明。

（2）"场所的感觉"只是大概的译语罢了。一般按照英日辞典"sense of place"会被译为"关于地理、地形的知识"，无论怎样，为这个词语寻找准确的译语，以及对在日本的"场所的感觉"的形态进行规范的验证将是今后的重要课题。

　　另外，关于在美国"场所的感觉"的意义，请参照参考文献中所提到的（Snyoler、Thomashow）以及山里胜己的作品。还有，作为关于与"场所的感觉"有联系的诸多问题的理论性研究，同样请参照参考文献中的桑子敏雄、段义孚的著作。

　　（3）斯特格纳，第115—116页。引用斯特格纳的内容虽然来自结城正美所译的《场所的感觉》，但对若干的语句进行了更改。

　　（4）同上书，第112页。

　　（5）同上书，第123页。

　　（6）Mitchell Thomashow, *Ecological Identity：Becoming a Reflective Environmentalist*（MIT Press, 1995）．提倡通过与自然的联系形成的共同体（生态学共同体），成为其基础的则被认为是"场所的感觉"。他的提议值得进行更加详细的探讨。

　　（7）野尻，第197—198页，在他生前未发表的散文《从山国的夏到秋》中，含有与这个几乎相同的描述。若是对二者进行比较的话，能够发现"我"被强调程度的不同等一些有意思的现象。并且，这一段的后半部分，公认为从英国浪漫派诗人，给近代日本文学带来巨大影响的华兹华斯的《序曲》（The Prelude, 1805）第一卷第474—489页中获得灵感。

　　（8）在记述自然体验的近代日本言论里，在等待被重新讨论的内容中有以小岛鸟水等为代表的登山文学的系谱。需要留意的是支撑这种体裁的大部分作家都是爱好西洋文化·文学的精英知识分子。

　　（9）三木，第215页。

　　（10）同上书，第13页。

　　（11）以下关于"通草木叶蛾"的引用出处，全部出自第48—50页。

　　（12）以下的引用出处全部出自石牟礼，第10—12页。

　　（13）作为与"场所的感觉"对应的石牟礼自己的语言，也许"风土"一词能够被考虑到。在《形见之声》（1996年）中"作为母层风土"的意义曾经被谈论到，并且在《编织灵魂的语言——石牟礼道子访谈录》（2000年）中，阐明了她自身关于风土的想法。详细地讨论石牟礼道子的"风土"也会成为一个重要课题吧。

（14）内山，《故乡所在》，第 20 页。

（15）同上书，第 23 页。

（16）同上书，第 185 页。

（17）同上书，第 25 页。

（18）为了明确地表示出地域的个别性和特性，与"sence of palce"相比使用"sence of locality"也许会更加准确吧。

（19）"local"是从桑子敏雄的《环境的哲学》（讲谈社，1999 年）中借用而来的。在提出自己和空间的"履历"等方面，这部著作在思考"场所的感觉"时提供了重要的参考。

参考文献

A　石牟礼道子、内山节、三木卓作品

石牟礼道子《苦海净土——我们的水俣病》（1969 年），讲谈社，1972 年。

——《形见之声》，筑摩书房，1996 年。

——《编织灵魂的语言——石牟礼道子访谈录》，河出书房新社，2000 年。

内山节《山村垂钓所得》（1980 年），岩波书店，1995 年。

——《故乡所在》，新潮社，2001 年。

三木卓《海边的博物志》（1987 年），小学馆，1996 年。

B　日文文献（含译著）

尾关周二编《生态哲学的现在——超越自然与人类的对立》，大月书店，2001 年。

桑子敏雄《环境的哲学——在现代活用日本的思想》，讲谈社，1999 年。

——《感性的哲学》，日本放送出版协会，2001 年。

华莱士·斯特格纳、结城正美合译《场所的感觉》，《对开本 a》1993 年第 2 期，第 112—124 页。（Wallace Stegner. "The Sense of Place." *Where the Bluebird Sings to the Lemonade Springs*：*Living and Writing in the West*. New York：Penguin Books, 1993, 199 – 206. ）

段义孚著，小野有五、阿部一译《地域偏好——人类与环境》，Serica

书房，1992 年。(Yi-Fu Tuan. *TOPOPHILIA*：*A Study of Environmental Perception*，*Attitudes. and Values.* Eaglewood Cliffs，N. J：Prentice-Hall，1974.)

野尻抱影《从山国的夏到秋》，《山·星·云山国风物志》，冲积舍，1990 年。

——《山·雪·星》，《野尻抱影著作 3：山上看到的星星》，筑摩书房，1989 年。

山里胜己《对加里·斯奈德的采访——场所的感觉》，《对开本 a》1999 年第 5 期，第 10—24 页。

爱德华·雷尔夫著，高野岳彦等译《场所的现象学》，筑摩书房，1991 年。(Edward Relph. *Place and Placelessness*，Londo Pion：Pion，1976.)

C　英文文献

Anderson，Lorraine. Scott Slovic and John P. O'Grady，eds. *Literature and the Enviroment*：*A Reader on Nature and Culture.* New York：Longman，1999.

Lueders，Edward，ed. *Writing Natural History*：*Dialogues with Authers.* Salt Lake City：University of Uath Press，1989.

McGinnis，Michael Vincent，ed. *Bioregionalism.* London and New York：Routledge，1999.

Sale，Kirkpatric. *Dwellers in the Land*：*The Bioregional Vision.* 1985. Athens：University of Georgia Press，1990.

Snyder，Gary. *A Place in Space*：*Ethics，Aesthetics，and Watersheds.* Washington. D. C. ：Counterpoint，1995

——. *The Practice of the Wild.* New York：North Point Press，1990.

Thomashow，Mitchell. *Ecological Identity*：*Becoming a Reflective Environmentalist.* Cambridge，Mass. ：MIT Press，1995.

围绕山犬的冒险

——藤原新也的野性表象

野田研一

昼伏夜出的那只犬，在巨大的广告塔熄灭的时候悄然出现，在都市中游荡直到黎明到来。但是，它的那些足迹、气味、声音、男根还有肉体，如今全部都消失了。（《东京漂流》）

不掺杂任何主观感情地去倾听这只狼的远吠的，也只有历经了长久岁月的那座远山了。（奥尔多·利奥波德《听到野性的歌声》，1949 年）

Yamainu【山犬、豺】

1. 日本土狼的别称，名语记中如此记载："狼，何物，豺狼也。又称山犬，即如此。"

2. 山野中野狗的俗称。（《广辞苑》第五版）

动物和人类有着平行的生命，并与人类亲密交往。但那和人类之间的交往是完全不同的。原因在于，那是一种被作为"人"的种类单方面提出的交往。（约翰·伯格《为何要观察动物》）

1. 序言

本文的目的在于从自然写作的视角去解读藤原新也。进一步来讲，藤原的两部代表作——《东京漂流》和《乳海》，存在着能够把它们当作包含了自然写作要素的，作为规范的教科书去阅读的可能，而不是特意地要从自然写作的视角去深入阅读的。其实这些作品原本就具有自然写作的性质，虽然这种尝试的端倪在别的文章里面曾经出现过，但本文是对那样的视角进行进一步详细且具有扩大性提示的尝试。[1]

为什么说这两部作品具有自然写作的性质呢？理由相对简单且明了，因为无论哪一部作品都是在"自然"的基础上写成的故事。换句话来说，是因为在这些作品中言论的中心部分，一直存在作为参照轴的"自然"，在那里被开展的议论和提出的问题也全部都是把"自然"作为根据解读、展开，并附以理论的。同时，通过从这样的视角出发来阅读藤原新也的作品，也许会使得我们接近日本文学里的"自然"的现在成为可能。如果说藤原新也曾经掀起某种热潮，那种同时代批评性给从 20 世纪 80 年代到 90 年代的日本社会，或者是日本的读者某种强烈的冲击的话，那种理由是——即使那是无意识的，也应该能够看作是已经开辟了对于在那里正在展开的自然的把握方法产生了共感的场所。简单来讲，"自然"正在逐渐被杀死这种危机感——这是作者和读者共有的认识基础。只是，即使说"自然"正在逐渐被杀死，也未必是所谓的"自然破坏"，倒不如说是人类的本性（human nature）正在被破坏。下面我们就以这两条线索为主结合这两部作品进行讨论。

2. 从老象到亚洲

　　藤原新也（1944—　）的《东京漂流》（1983 年）是一部围绕"60 年代以后（日本）社会，为什么要管理人们，把污物异端和近代之前的人们的生活排除掉呢"（377，括号内的文字为笔者添加）这样的问题写成的纪实性散文。是通过展现发生根本性变质的世相和在作者眼里反映出来的 20 世纪 80 年代的社会性现象的解读，把那种状况的严重性清晰地表现出来的一种尝试。[(2)] 在那里有着对同时代日本社会的以及其中人们的生存方式几近憎恶的愤怒。达到了"向坟墓吐唾沫"（后记）那样的激烈的程度，也就是即使说是对于时代的那种强烈的愤怒支撑着这部作品的强度也毫不过分。

　　藤原想要把握的是以少年时期的 20 世纪 60 年代为起点到现在（1980 年）为止，大约 20 年间时间的推移。根据作家自身的讲述，最初的开始是 1960 年，也就是"日本经济高度发展期开始的那一年"，同样也就是那一年作者失去了北九州他自己的老家。藤原把这件事情放在"随着现代化被处理掉的……非常具有象征性的例证"的一个位置（46）。对于藤原来说那正是一种对于"母体"也即是近代化之前的破坏。而直接的原因则是指，根据与关门海峡隧道的开通保持统一的"城市计划"，曾经是藤原出生地的老家旅馆被强制性破坏的事情。现代化——这个日本社会的至高命题，尤其是战后社会的现代化给了一个少年猛烈的打击。

　　只有在《东京漂流》一书中才能看到，这种打击是如何到达作家内心深处的，以及这种经历是如何被充满说服性地描写出来的。也许可以说正是这种经历，才是这位以《东京漂流》为代表的作家进行写作活动的一个根本原因吧。仿佛为了传达那次冲击的深度似的，在 16 岁的少年眼前正在被破坏的家 = "母体"的情形，在下面被描写出来：

> 巨大的房屋仿佛一头大象那样嘶叫着。
>
> 那头巨大的象，发出临终前苦闷的声音。也听到了仿佛鸟儿叽叽喳喳的声音。还能听到仿佛狗的悲鸣和猪的叫声。也能听到猴子的啼鸣和狐狸凄凉的声音，远远的鹿的叫声直达天上。老鼠、壁虎、各种虫子的叫声也能听得到。我想，那些肯定是住在家里的、各种各样精灵的声音。
>
> 铁爪毫不留情地，一次又一次刺向房屋。
>
> 不久"声音"消失了。巨大的老象的骨头被肢解，被烧毁，被运走。只留下了空荡荡的地面。
>
> 搅拌车来了，吐出了黏黏糊糊的铅色的液体，密封了"土地"。（41—42）

藤原说他想要写的是"对于个人的过去的乡愁"，而不是记述自己的老家被摧毁的惨剧。想要倾诉的是在"乡村的城市化、现代化、列岛改造、社会机构的管理化"这些所谓的"日本缭乱的旋涡中"，个人也被卷进去的这种有着切肤之痛的认识。在上面一段的引用中，个体性丧失痛苦的激烈程度，同时与称作是凝视着作为"过去的价值体系最后的崩坏"的"时代潮流的趋势"的象征——"家庭的崩坏"的目光紧密地结合在一起。

　　尽管如此，这段文字应该也不是充满了乐趣的描写吧。最为惹人注目的也许是被暗喻为"老象"的房屋形象，那种临终前悲壮的姿态几乎让人感到窒息。并且，"老象"的形象仿佛是诱因似的，从崩坏、被解体的房屋开始，听到了一个又一个生物的"声音"，——那些仿佛是"老象"的共生者那样发出"声音"的动物们。很显然，这种手法已经超越了通常描写的领域。

　　这就是所谓的"幻想"的情景。只是这并不是随便的昙花一现式的"幻想"，而应该说是 view 被转换成 vision 之类的"幻想"结构被展示出来。把"老象"的形象作为诱因的隐喻性的语句想要表达出来的、对于这个被解体，被迫失去的"家"，是一种接近于无限的"大自然"存在的认识，是由作家做出的自然化定位的修辞性表达。正是因为如此，"家"作为"老象"被表象出来，并且听到了"精灵"们最后的声音。讲述"家"的物理性崩坏，如此美妙地运用修辞性的描写是多么的罕见呀。

让我们暂时回到藤原自身的经历。那件事情之后，虽然一家人得到了一笔可怜的"补偿金"，得以在其他地方继续经营旅馆生意，但仅仅一年之后就遭遇了破产的厄运，背井离乡，用藤原的话说是"在九州流浪"。不久，因为上大学而来到东京的藤原，1969 年离开日本进行了长时间的亚洲旅行。那次旅行的成果就是《全东洋街道》（1981 年），还有两年之后出版的《东京漂流》。恐怕对于藤原来说，创作《东京漂流》是对他以 1960 年为起点持续进行的他自己长期旅行的概括，也应该是回归日本的行为吧。[3]

那么在那 20 年时间里发生了什么呢，藤原如下简单地整理并展示出来——"经过 60 年代的母体崩坏期和 70 年代的进行管制化，必然性的萌芽出了 80 年代的日本"（72）。这里的参照轴有两个，一个理所当然是"老象"崩坏的现场，也就是"过去的价值体系"开始瓦解的 60 年代；另外一个是，"使以 60 年代作为出发点的扎根于'个人和故乡'、'个人和土地'的问题意识潜在化的我的亚洲之旅"（72）。只是，这次长达 13 年的亚洲之旅（251），仿佛和在"老象"身上所表象出来的破旧的日本重合起来似的，照射到了 80 年代的现在。原因在于提起亚洲同时在那个时间崩坏的只有"老象"本身。藤原就那件事情在下面的文章里进行了举例说明：

　　……在 60 年代以后的日本，不单只是大量的农田、海滨，还有日本的房屋崩坏了，从宏观来看的话，日本和日本

人最后所持有的"亚洲"也已经崩坏了。(64—65)

令人感到困窘的是，在 60 年代之前的日本存在着、之后却又迅速失去的东西，或者说是日本社会有意识地持续排除出去的东西，就是"亚洲"。就是这个日本曾经归属的"亚洲"，并且现在只是在日本之外的亚洲存在的"亚洲"。提到藤原所追求的亚洲在地理性的空间上是那个亚洲的同时，也是时间轴上的"亚洲"。[4]并不仅仅如此。那个"老象"的形象所指示出来的内容，也就是"自然"，是和那个"亚洲"以几乎重合的形态存在着的，这一点切不可忘记。

3. 关于自然的故事

提起作为从亚洲之旅的回归，也就是作为旅行结果的《东京漂流》，同时也是对于"自然"和"亚洲"绝望的回归旅行的开始。他在《11. 东京漂流》的那一章里明确地把那个开始的日期标示出来——1981 年 7 月 22 日。那天原本是预定要在傍晚和编辑者们就数月之后准备停止发行的写真周刊杂志举行会议的日子。"这一天是 1981 年 7 月 22 日，结束了长时间的亚洲之旅，也是开始把目光转向日本的一个转折点"（244），藤原自己如此强调地记录道。之所以如此鲜明地记忆这个日期，虽然是因为在这个会议上，潜藏着引发了之后不久与写真杂志《F》的商业主义之间冲突的诱因，但是还有另外一个不能忽视的理由。

因为这一天"几乎是十年一遇的雷电交加的大暴雨全部倾注到关东地区"（245）。引发了作家和"时代"激烈的冲突和倾轧，最后与创作出《东京漂流》的写真周刊杂志《F》最初的邂逅，还有"雷电交加的大暴雨"——与之巧合。关于这个日子藤原如下写道：

　　我把这样的日子叫做"神灵之日"。这并不是因为给我以转变的意思，而是，因为这个日子是"神灵"骚动的日子。

　　所谓的这个"神灵之日"是指风呀雨呀太阳呀月亮呀，有时也有地震呀洪水呀大雪呀什么的，诸如此类的一切的神灵的力量。现代文明，是在尽量排除那些神灵的方向上，努力创造出使人类世界舒适的环境。

　　但是，连城市这种人工世界都无法抵抗的神灵之日，在仍旧包围着我们的周围这一点上没有任何改变。并且当强大的自然一度开始骚动的时候，"人工"就变得弱不禁风了，并且，有时候，使那些被掩盖起来的污秽、异端或者矛盾呈现出来。（244—245）

　　读了这段引用，问题的重点应该已经明确了。作者的注意力被吸引到了比当前任何社会"事件"都要狂暴的"神灵之日"上来。而且，它不仅仅搅乱了"人工"和"城市"，还通过把"那些被掩盖起来的污秽、异端或者矛盾"呈现出来，来唤醒作者心中的"那个腐朽的城市，加尔各答"的"腐臭"。在装扮成"现代化、清洁和善意"的东京中心，"神灵之日"把对于被压抑地"亚洲"的接近顿悟般地显示出来（249—250）。藤原把这样的过程，解释为"原亚洲式的·出发"（254）。就这样，题名为《东京漂流》，"一年间持续追赶80年代都市"的写真周刊杂志连载计划开始进行。此后不久，便发生了有名的事件——关于连载六"如果吃人的话，铜钟自鸣法隆寺"这个稍微带有丑闻性的事件。

　　让我们再重点整理一下吧。《东京漂流》中的关键概念已经确认了是"自然"和"原亚洲"。并且重要的是，这二者间存在完全相对却又一体的关系。在藤原概念中的"自然"大致等同于"原亚洲"，反之也是如此。因此，藤原的从亚洲到东京的回归被赋予的特征，是用从"外部"也即是亚洲来的视线把80年代的日本彻底透视的行为。似乎也可以说成是来自于"喜怒、死亡、发狂、污秽、异端"（372）的眼光。在藤原这位摄影家锐利的眼光前面浮现出来的，是60年代以后日本社会可怕的甚至是自闭的自我完结的现实：

> 在饭仓转弯的地方遇到了交通堵塞，车子完全动弹不得。从汽车收音机里传来女播音员正在用貌似有些兴奋的语调播报着关于现在大雨的消息。
> "听说积雨云甚至已经上升到一万六千米的高空了……"
> 这句话很奇怪地被耳朵捕捉到了。
> ……强大的神灵之日来到了呀，我这样想道。
> 城市中所有的对于自然来说没有感觉的存在们，就是在这个日子里，因为强大的自然而惊慌，而发出失去平静的气息。我的心情在这个时候，奇怪地晴朗了起来。
> ……今天真是个好日子呀。
> 我这样想道。（247—248）

就这样，首都圈的"甚至已经上升到一万六千米的高空"的积雨云，作为"自然"的象征，是破坏"人工"的神，也就是作为"外部"的出现被召唤而来的。这一部分正是描写了交感论关系成立的记述。

4. 野性的表象、野狗的故事

藤原新也的80年代日本批判，已经确认是通过"自然"和"原亚洲"占据核心地位的眼光得以实行的。这些标准框架也起到了作为与别的封闭的、排他的感性相对抗的"外部"内容的作用。实际上为《东京漂流》增添色彩的，也正是作家不断发现的"外部"内容的表征。

首先应该指出的是，藤原说"存在着 80 年代以后发觉的、许多的象征性事件"，在该书里面作为最具有宣传力的、起到作用的几个事件本身就是所说的那样"外部"性的表征。金属球棒事件的一柳展也，新宿巴士放火事件的川俣军司，以及在秋川溪谷中被发现的女性尸体的照片等，该书中最显眼的"事件"几乎都是时代的表征，是作为特别的"外部"事物的叛逆被捕捉到的。这些事件正如在《川俣模仿》的插话里被明白地讲述出来的那样，虽然是对把"有人类气味的人们"看作是"怪物"的小市民性的厌恶"自然"行为的激烈反击，但是反过来说，现在，"自然"或者是"接近自然的事物"，是讲述进入了"绝对的善所繁衍出的恶的印象，作为恶的记号被开始登录的时代"的表征群（269）。[5]

在这里我们再次注意到，在《东京漂流》的开头部分掠过的一条"野狗"。书中是这样描写的：

> 经过了几个招牌，穿过了八千代桥在下一个拐角向左转弯的时候，眼前有一只狗跑了过去。是一只肋骨都凸显出来的杂交狗。我马上明白了那是一条野狗。土色的身体脏脏的，皮毛也很杂乱。尾巴朝着地面垂着，很长时间，看起来仿佛失去了表达意志的能力。它没有理会我。并且仿佛是有着什么目的地一样，迈着同样的步调就那样淡淡地用小步子一直快速地跑着，在我的视野中渐渐地远去。
>
> 那只狗经过的地方的对面，我要去的公寓建在那里。
>
> （13，着重号为引者所加）

这里存在着以"巨大的神灵之日"作为起点的《东京漂流》"故事"自传性正规化的征兆。藤原的"故事"很周密。虽然是在描述从亚洲的流浪之旅归来后，事先看一下最初居住的芝浦的公寓那天发生的事情，但这只"野狗"明显是一种预兆，仿佛是一位引导者登上了舞台，并作为讲述者，招致来了"我，为什么，喜欢这条散发着无机物气味的街道"的结果。在这里读者很容易看出对于一个明确的"故事"的意思。读者通过从矮墙中看到"野狗"的样子从而真正地进入到这个被展示出来的"故事"的世界里来——这个围绕狗的"故事"。

正如我们已经知道的那样，之后，虽然开始了在写真周刊杂志《F》上的连载，但到了第六次的时候，藤原卷入了围绕《东京漂流连载六》所刊登丑闻的旋涡之中。

一面是因为对于"商业主义批判禁忌"的抵触，藤原这样记录道，当然，他自己本身也不能忘记把那个称为思想犯性质的"思想广告"的事情。在以《梦幻街道、丝绸之路——吃人则钟鸣法隆寺》为题的这部作品中，藤原登载了自己在印度拍摄的"狗吃人"的照片，并这样回忆那个关于"狗吃人"的小小的丑闻性事件：

> 我曾经有着，在这样的广告泛滥的环境中，把那只"吃人的狗"试着放出去会怎么样呢，多少有些过激的带有游戏心理的想法。（372，着重号为引者所加）

数页之前与这句几乎有着同样意思的发言也被表达出来：

> 这张叫做"狗吃人"的照片，作为在朝向自我破坏时代的推移中为了保持时代的健全而出现的有益菌，对我而言已经成为是一个很难舍弃的事实。我在印度，因为好不容易才能目睹到这样的事实，就不能把它封锁在叫做"写真作品"的这样无聊的场所里，我一直在想，要时不时地把这条狗放到我们的社会中去饲养，尝试着用它锋利的牙齿去啃噬一些什么东西。（366，着重号为引者所加）

如果回到这里，从开始部分的"野狗"登场，到"狗吃人"的照片整个情节的开展中，应该可以看到"狗"的隐喻一直被周密地分配。"狗吃人"的那张照片本身，就正是那只被放到"我们的社会"饲养的狗。这样一来，在同时代日本批判的强烈笔触里面，围绕"狗"的伏笔在一步一步地被展开，开始变得带有某种寓意了。

例如，在《F》杂志上刊登"狗吃人"这张照片之前，记录了藤原与编者曾围绕"东京最后的野狗，关于有明伤的死亡"（译者注，有明伤在原文中为"有明 ferita"而"ferita"出处为意大利语，意思为"伤"或者是月亮有残缺）进行的对话：

> "我从个人观点出发，那条狗的故事是最喜欢的。你那个时候，和那条狗已经是融为一体了。"
> "当然，因为我就是狗。"
> 我半开玩笑地说道。
> "也许如此。"
> T 趁着醉态肯定了这句话。（418，着重号为引者所加）

就这样，"自然"和"原亚洲"给《东京漂流》中最后的故事——关于"有明伤"的故事，开始展示完美的收敛和完结。不必赘言，那个命名为"有明伤"的"东京最后的野狗"是包含"自然"和"原亚洲"最后的"野性"表象，并非别人正是藤原自身企图对于那个野性达到自我同化。[6] 如果关于"野狗"的故事是被东京象征的 80 年代的日本放逐出来的"外部"性表象的话，那么正是关于"有明伤"的"野性"的表象，必须作为背负着迄今为止所有记述的压倒性"故事"被讲述。

题为《东京最后的野狗、关于有明伤的死亡》的这篇散文，正如题目所表述的那样，是关于在东京残存下来的"野狗"、

"野生的狗"（418）死亡的故事。这里所说的"野狗"，不同于
所谓的"野地里的狗"或者是叫做"流浪犬"的狗，而是指那
些"自从生下来，一次也没有和人类接触的纯粹野生长大的狗"
（419）。根据"动物管理事务所"的职员介绍，听说"在东京只
有一个地方，有几条野狗残存在那里"（428）。那个场所，是
"东京湾的填拓地，恰恰处于大井埠头和梦之岛之间"的10号
填拓地。这个场所本身，就是由从首都东京排泄出来的垃圾和残
土的堆积而形成的管制以外的地方，肯定是应该被称为作为疏远
状态的"外部"的场所。这个场所正是在《东京漂流》中藤原
反复说到的排除"污物、异端"，极度想要达到"灭菌净化"
（269）的社会必然会产生的世界。听说"野狗"在那里奇迹般
地生存着。了解到了这个事实，藤原如下记录了这种存在的
意义：

> 在这个甚至连偶遇流浪狗都变得困难的东京，假如这种
> 没有沾染人类味道的神圣的东西存在的话，这真是一个凡灵
> 论式的惊奇。但是，我们现代人把这样的凡灵论当作邪教并
> 不信仰。因为基督教文化驱逐了凡灵论（精灵信仰）。
> （419，着重号为引者所加）

"凡灵论式的惊奇"，虽然多少是有些率真的发言，但同时在这
里藤原描写少年时期"家"的崩坏的笔触本身，就是极其凡灵
论式的。不管怎么说，带来那样惊奇的"东京最后的野狗——
有明伤"因为吃了用于"驱逐野狗"而被投放的混入"特效药
士的宁"的肉丸子，迎来了悲惨的死亡。把"士的宁"涂抹在
肉上毒杀的方法，原封不动地保持了明治初期为了驱除北海道狼
而采用的方法。[7]就这样，"浮动在东京湾的黑夜帝国"（440），
也就是夜行性的狗群的野生世界被击溃了。一只野狗的死亡事
件，成为明治以来这个国家一直极度追求"现代化"的一种表

征。我们应该明白《东京漂流》这篇散文作品内部潜藏的冲击
力，很多地方起到了作为从与"野狗"的遭遇开始直到与"最
后的野狗"的遭遇的"故事"为止的相互联系的作用。

5. 山犬的系谱

藤原关于"狗"、"野狗"的故事化，在接下来的作品——
《乳海》（1986 年）里再次得到浓墨重彩的继承，并得以进一步
展开。关于这部作品我曾经做出过如下的评论：

> 作为 1970 年代到 80 年代时代变迁（时代的"音变"）
> 的象征性指标，山口百惠和松田圣子被抽选出来。把柔和但
> 确实被拘束的、走向闭塞的日本的精神状况，伴随着强烈的
> 危机意识创作出来的这本书，实际上我们经常忘记，《山犬
> 的故事》也是属于这种类型的。并且像这样的"动物遭遇
> 记"，经常也是关于"他界"的故事。（野田《关于自然、
> 风景的断章——给自然写作的人们》）

被称为《东京漂流》续集的《乳海》，无论是在对于时代状
况和时代精神激烈的批判这一点上，还是在所搜集素材的相似性
上，与前者都不存在特别大的差异。如果一定要说有差异的话，
那么首先是被选择出来的场所并非"东京"，而是扩大到了地
方；其次，与《东京漂流》特意选择偶然性较高的题材相比，
《乳海》应该是着眼于被极其日常化的自闭性和不在组织"外
部"的这一类的题材。[8]并且，在这部作品中也应该注意的是，
继续着关于"狗"的故事。让人深感兴趣的是"狗"的表象，
从《东京漂流》中的"野地狗"、"野狗"，变化成了《乳海》
中的"山犬"，使"野生"的程度进一步深化。

在该书中的第一个故事应该是被命名为《风之犬》的散文。

作者在山梨县山里的桥上，遇到了一只母狗和四只小狗。这篇散文被描述成动物遭遇记的样子，狗狗们"正在桥上聚集在一起想要努力地渡过桥去"。此时，"我变得想要尝试着去接触他们"。但是，"当在桥上相互距离接近到大约 30 米的时候"，母狗注意到了人类的存在，开始"静止"下来，并把那种"紧张"传递给了"小狗们"。我和它们"就那样互相保持着在桥的两边站立的状态，直到数秒以后"。

之后，母狗做出了非常令人意想不到的举动。表情突然一变，出乎意料地开始猛冲过来。母狗瞪着眼睛发出锐利的眼光大胆地向我靠近。"当她猛冲到距离我 5 米位置的时候，增加力量达到了全速。"并且，马上就要扑过来的那一瞬间，"母狗一边猛烈地向前冲，一边保持着我几乎能够接触到却又接触不到的危险的距离，从我的旁边擦身而过"，仿佛是风一样。

并且，像风一样从作者的身旁擦身而过的母狗，仿佛是为了吸引我的注意似的保持那种样子继续"淡淡"地跑着。那种行为，是为了尽可能地从小狗那里引开人类的注意。藤原认为那种行为，是模仿鸟类所展示出来的"诈伤"，为它命名为"诈跑"。即使已经离开小狗 200 米，不，已经 400 米远了，母狗依然没有停止"诈跑"。作者想"好长时间的演技呀，太长时间的演技啦"，"仿佛是真实发生的一样"：

> "……不过，那个果真是演技吗？"
> 一瞬间，我这样想道。
> 这个瞬间，也许那只母狗已经战胜我了。她尽情地展示了自己完美的演技。为了给我和它的孩子们之间制造几乎无法跨越的距离而冒着极大的危险，使我的想法在那一瞬间动摇了。或者说是，也许那个距离只是母亲和孩子之间尽管感到痛苦但更加是充满慈爱的野性的、可能的距离吧。（《乳海》，54—55，着重号为引者所加）

然后，狗消失了。

在以《风之犬》命名的散文中登场的这个"山犬母子"（58）的故事，作为关于"野性"的故事，之后在《乳海》整部作品中以一种通奏低音不断回响着。例如，在下一章《青年和吉娃娃》的散文里，似乎是在80年代不能相互理解的"人类母子的场面"上关联上了宠物狗吉娃娃，起到了照射母子关系的不能相互理解的存在方式的作用。并且在第三篇散文《清晨的脉动·山犬之夜》里进一步被继承，最后在筑波学院都市里遇到的那只"装着假眼的狗"上面停留下来。尤其是在第四章里，题目为《清晨的脉动·山犬之夜》的散文中，"山犬"的动机把明确的姿态进一步清晰化了。

在树木幽深的山谷小村里小住的藤原，在那里有两次关于歌声的令人颇感兴趣的经历。一次是清晨，村子里面播放的是通知暑假中的孩子们广播体操开始的音乐。那个音乐是松田圣子的歌曲——《时间之国的爱丽丝》。藤原在那种尖锐的声音中品味到了没有意料到的深深的"感应"。"像风一样温柔地吹拂着全身的汗毛"那样甜美的感受，使他想起了曾经在泰国北部的毒品培育地区"金三角"的村子里度过的"鸦片时间"（108、115）。另一个是，下午6点左右"傍晚的昏暗开始降临"，同一个山谷的村子传来的另外一种声音，仿佛是"移动的超级巴士"发出的，在"似乎要以直达山顶那样的轰隆隆的那种强度逼迫过来似的"、"似乎能够感应到激烈，有时苦闷，有时带着哀伤和愤怒的颜色"的"怨歌"（123）。"那已经不是歌曲或者说怨歌这类的东西了，在停留于深山夜色迫近的谷底里我的脏腑中，突然超越了可以理解的领域突刺进来并狂奔乱走，是一种难以度量的肉体的震颤"（125），藤原这样记述道。

藤原把刺激对照性的"感应"的早晨和黄昏的歌，使它们各自分别与70年代和80年代的感性构造的山口百惠和松田圣子相对应并展开故事（参照下一章的《纯粹大陆之行·眼泪的联络船》）。在这里，写作《东京漂流》以来的模式，现代和近现代的对立，作为"yellow vioce"和"怨歌"这两种歌曲的形态对应的内容被咏唱进去。只是，像这样的辨别本身并不重要。问题是他发现了所谓的在"超级巴士"轰鸣的"怨歌"里"感应"到的"我"是别的、另外一个存在：

> 那个时候，
> 某种别的"叫声"在山谷中响起。
> 不是我的声音。
> 是狗。
> 狗，开始和着那个女人的绝唱一起吠叫起来。
> 被关在笼子里的狗狗们，开始歌唱。狗的声音在村子各处被关在笼子里面猎狗的脏腑与脏腑之间开始共鸣起来。并且不久形成由无数的咆哮汇合在一起的另外一种绝唱。（125）

仿佛通过召唤"狗"，"故事"被达成一样，在这里关于"狗"的故事已经浮现出来了。并且，"与黄昏时分的女声绝唱相呼应"（126）吠叫的村子里面的"狗狗"们，"都是拥有山犬的血统的"的状况，数日之后被弄明白了。狗狗们是继承了"山犬血统"（127）的猎犬，那些"山犬"的末裔之所以"歌唱"，并不是冲着"80年代前半期的偶像"——松田圣子的声音去的，而是呼应着70年代的"怨歌"。山犬和怨歌——这种呼应关系的发现，使得"怨歌"被赋予更加自然的、野性的特征。之后，藤原对于如下可以称为是极其情绪化的"寻求野性的血统的净化"的附加意义，进行了如下的描述：

> 那个时候，混合着女声的绝唱发出来的吠声，对我来说

是因为被迫与大山分离，被羁押在笼子里面，失去了出口，听起来如同是寻求沉淀下来的那样停滞的烦闷的寻求野性血统的净化一样。或者，听起来是所有有生命的事物所拥有的、由于脱离母体的精神的外伤而引起的，仿佛更加是对于根源性的集合无意识的祈求的声音一样。并且那种声音是，对于那些"此处和彼处"，"我和你"，"此岸和彼岸"，远离且没有办法填埋在二者之间张开的距离、想要拉拽在一起的祈求，和作为对于无法实现的东西的绝望和哀切的声音使我的鼓膜震动了。（134，着重号为引者所加）

在这个引用的后面，藤原说到"能够接近狗的叫声的含义"，同时又说到"能够更加明确地把握到女声绝唱的含义"（134—135）。在这里藤原展开了非常有意思的讨论。关于这个讨论我想尝试着思考一下。藤原跨越《清晨的脉动·山犬之夜》和《纯粹之地·泪的联络船》这两章，就继承了山犬血统的狗狗们对于怨歌的反应这一事实做出了独自的解释，如果如上面所引用的那样尝试着去理解的话，也许会解释成"野性丧失"的连续剧吧。但是，必须要说的是在这个解释过程中能够看到些许的混乱或者是浑浊。

在这个解释的过程中藤原有一次这样描述道——"关于狗的行动虽然通过观察是有可能理解的，但对于人类来说去读取差距较大的其他动物的内心是非常困难的"。能够看到在这个发言里面，似乎包含了在自然写作研究中经常被提及的关于拟人观（anthropomorphism）的问题意识。关于自然的诸多现象，是想要脱离人类中心主义解释的想法。但是藤原关于山犬们对怨歌的反应，认为是在于狗的这一方面，并如下阐述他的想法：

也就是说，在草盐度过的整个夏天的日子里，狗狗们对于松田圣子和药师丸广子的早晨的尖锐的声音完全没有任何

反应。并且，狗狗们仿佛是在他们体内，寄宿着与那个女声
的频率合奏的共鸣板之类的东西似的，敏锐地与那个黄昏女
声的绝唱不可思议地日日呼应着。对于早上的声音没有反
应，黄昏的声音则有反应，我虽然也怀疑过是否是因为时间
不同呢？但那却不是时间的问题，原因是因为在早上发生了
一件狗和伊斯兰教的"阿訇"的颂唱相呼应的事情。这说
明狗的远吠和时间是没有关系的。可以明确地说狗是对
"歌曲"的，并且"声音"的内容有反应的。我想狗狗和女
声保持同调，与那个女声所表达的内容有着同种的感情，并
且去歌唱那种感情。（133—134，着重号为引者所加）

如果用分析性语言来说的话，在引用段落中，我尤其对第一
句和第二句感兴趣。在第一句中"对于松田圣子和药师丸广子
没有反应"的事实被描述出来。在第二句则说"对黄昏时候的
女声的绝唱有反应"的事实，这两句话的内容作为存在着极其
有对比性关系的事实被提示出来。无论是哪一个，姑且说成是
"事实"被讲述也是可以的。只是，如果把藤原关于"山犬的反
应"的分析或者是回答放到前面，而思考这两个对比性的事实
是否是被均等地放置的话，估计回答只能是"不是"吧。为什
么呢，因为尽管提示了事实，第二句话却很显然是主观性的
内容。

如果一方是"没有作出反应"的话，只有说另一方"出现
了反应"才能取得事实关系的均衡。但是实际上，关于后者作
者给出的是"并且，狗们仿佛是在他们体内，寄宿着与那个女
声的频率合奏的共鸣板之类的东西似的，敏锐地与那个黄昏女
声的绝唱不可思议地日日呼应着"——极其富有修辞性的句子。
在说明"出现了反应"这一事实的部分里，当"似乎是"这样
假定性的或者是比喻性的表达被加入进去的时候，事实关系的均
衡就崩溃了。这就是所谓的"结论的事先取得"。明明接下来是

应该必须要问在"狗狗们"的"体内",原本"共鸣板"的存在是否是真实的,作者在两个"反应"中仅仅对后者给出了预判。

这样一来,正如在引用部分的后半部分里所看到的那样,也唯有进入诸如"很明显"也好,"对内容有反应"也好,"有着同种的感情"也好这些极其含混的解释里来吧。"读取动物的内心是很难的"的这种发言,在几行之后立刻呈现出已经被否定了的、被奇妙地歪曲了的言论过程。

作者召唤"风之犬"、"山犬之夜"的理由是很明确的。那是面向憎恶妈妈所宠爱的吉娃娃的青年、在筑波学院都市里遇到的"假眼的狗"、松田圣子音乐会表象的 80 年代日本的状况分析——与"为了回避被 big mother 巨大而又贪婪的子宫吞噬的危机身上附着着虚假的自己,慢慢的肥大化现在开始吞噬自我,在这样一种人的人格层面的最终阶段,或者是极度自我陶醉的喜悦状态"相呼应,表象着在那里被失去的东西。藤原把在那里被失去的东西,而且还在继续失去的东西命名为"野性","山犬"被召唤的理由也在于此,正是如此,"山犬"才成为藤原为了彻底批判 80 年代日本的典型和理念标尺。当然,所谓"山犬"也正是日本狼的别称,通过这种动物被形象化的"失去的野性",应该也是历史性的问题。藤原把怨歌与那个"失去的野性"相对应的事实做了如下的解释:

> 所谓那个,已经被失去了的"什么",也许就是泛灵论民族所拥有的那个"外界"吧。在那支形式古老的歌曲里,可以联想到的是从近现代到现代为止的都市的生成过程中自己存在的根据,还有仿佛是,必须要从在母亲与婴儿之间的关系里的如同母体的"外界"中脱离的——泛灵论民族的烦闷和精神的外伤正在被歌唱似的。(135)

　　这个时候，藤原所有的论据都变得清晰起来。作为外部、外界的"自然"，通过把它作为某种绝对性的规范，藤原过激的批判性得以成立。如果不能把这个称为极度的自然写作式的方法的话又能称为别的什么呢？我无意去追问藤原对于时代分析的对与错。在"肉体的震颤"的对面，"肉体的叛乱"也就是想要捕捉到身体性内容的叛乱的构图并没有达到引起欲望的程度。议论的开展也如同是从矮墙中窥视到一部分一样，有时恣意的过剩的修辞并不能否认先前的感觉。但是，像这样把 80 年代的日本作为批判对象，对于 80 年代的日本想要把"肉体的叛乱"作为表象举例出来的时候，关于"山犬"的故事必须被召唤。因为这种激烈并且痛切的 80 年代论，作为那个故事的构造性必然去寻求"山犬"，因为通过"山犬"的存在，甚至开始给予那个故事的意思以轮廓。

　　山犬＝野性＝怨歌这种连锁，至少不是像表面看起来的那么单纯的构图。自然被召唤，"惊异"在那里被读解出来，文化批评得以实行。并非仅仅是因为其整体过程是极其具有自然写作性质的。山犬/吉娃娃，山犬的母子/透君的母子关系，并且对于山口百惠/松田圣子连锁的两项对立，无形中被自动变换成了自然/反自然的对立，由藤原提出的对于 70 年代/80 年代论的总括也形成结论。不论是否承认山犬＝自然这样清晰表现出来的事态——那个在外部、外界、"异界"照射现实的意义上，得到了一个"异界"论。在那里，"异界"把几乎作为最后的基准框架的山犬，也就是——半野生的狗被拘押在那里。这样故事的诉求，恰恰是与宫崎骏导演的《幽灵公主》（1997 年）相同的，把野性和原自然（wilderness）的形象化，通过巨大的山犬和野兽之神的森林的形态被拘押起来，"自然"的观念依然在展现着规定了我们的"异界"论这种虽然令人觉得意外却又古典的事态。

6. 结语

　　藤原创作的《东京漂流》和《乳海》作为80年代批判论，是以自然＝原亚洲为根底的现代社会论、日本社会变容论。并且那种批判性的基轴在所谓的阶段性上，从流浪狗→野狗→山犬使表象进行着推移，伴随着"野性的血统"的溯行，形成了一个寻求"野生"化过程的"故事"。作为所谓的那个倒影出现的，是无法抑制"自然"的80年代日本的"事象"群。这样一来，藤原通过以"自然"为媒介，在把20世纪末日本的"现代"这样的时间空间作为对象化上取得了成功。之所以从自然写作的观点出发是重要的，是因为作为日本社会（变容）论的批判性地讲述的基准框架的作家，他召唤了"山犬"表象的事实。

　　在印度被目击到的啃噬人类尸体的流浪狗，在梦之岛生存却被毒杀了的野狗"有名伤"，还有那些继承了野生的睿智和敏捷在"山犬"的系谱上相连接的狗狗们。这些无论哪一个都是与80年代日本社会不断失去的"自然"性相对照的，并且作为怀旧的使其凸显出来的表象性的装置，在藤原的作品中扮演着那种"野性"。乍一看去似乎是配角的样子，其实这些关于"山犬"系谱的故事，作为观照反自然的原自然与现世相对的"异界"，并且作为周密的"故事"化的主角扮演了很重要的角色。

　　那么所谓的"山犬"又是什么呢？按照辞典的解释，是日本本地狼的别称。在日本列岛上，在北海道有大型的虾夷狼，在本州、四国、九州有小型的日本狼（→山犬），一般认为前者在1900年左右，后者在1905年完全灭绝了。20世纪80年代的藤原新也为什么要唤起"山犬"的表象呢？还有之后，20世纪90年代的动画片《幽灵公主》为什么必须要唤起"山犬"和被它养育大的人类的孩子"幽灵公主"的表象呢？作为野性＝自然的表象的"山犬"的系谱，肯定会带来今后应该进一步探讨的几个课题。在这里我想把这些课题的其中几个罗列性地提示一下，来结束这篇文章。

1. 围绕山犬也即是日本狼的文学，以什么样的表象来描写这种动物呢

藤原围绕狗、山犬的作品，未必不包括已经灭绝了的狼的历史。难道因为"山犬"仅仅是个修辞吗？即使如此为什么藤原要在 20 世纪末的东京召唤"山犬"呢（与呼唤金刚的纽约，呼唤哥斯拉的东京存在着什么不同的地方吗）？在这个时代错误里面有着什么样的意义呢？还有，不能把这个当作时代错误来拒绝的某些想法在读者的内心也是存在的吗？现在，把狼作为极其含混的修辞来使用的文学作品有很多，自然写作这种题材如何与那种看起来也应该能够说成是不可避免的趋势相对抗呢？

2. 作为譬喻的动物，从今以后能有什么样的作用呢

今福……也许动物这种生物并不是什么譬喻。动物自身对于人类来说与其他任何东西相比都具有作为比喻的资格存在。语言不也是从那里形成的吗？"比喻"这种东西不正是在偶然的人类的自我表达和文化表现上，在与动物的关系性里产生出来的吗？（金福、多木《知识的事例研究法》，27）

金福龙太的这种评论，虽然是考虑到约翰·伯格的《为何要观察动物》这本书，与例如应该也可以称为保罗·谢泼德的"动物他者论"的浩瀚的研究一起，或者和莱维·斯特莱斯的"野生的思考"一起，成为表象论的中心课题吧。在重读约翰·伯格的基础上，尝试着对这个问题进行深化是有必要的。

3. 在近、现代文学中"野性"的表象发挥什么样的功能呢

时至今日"野性"仍然仅仅是修辞吗？即使如此也不是粗糙的修辞吧。如果现在现实中不存在的动物被唤起的话，自然文学如何对抗这个虚构性呢？可以说藤原新也把在现代的"野性"

问题内面化了。伯格指出"笛卡儿把在人类和动物的关系中被展示的二元论，作为人类内部存在的东西内面化了"。内心的兽性，双重人格的故事，人狼——近代编织出来的故事群。成为"在自己的内部把自己的纯洁、和动物野性的纯洁重合在一起的关系创造出来"的行为。"野性"的修辞本身孕育着对根本的"近代性"的事态进行重新探讨的必要。

4. "山中异界谭"的近代性和有效性

藤原新也的《乳海》带有色彩浓重的所谓"山中异界谭"的形态。根据大久保乔树的说法，"山中异界谭"是在脱离江户文学被规范化、样式化的自然形象的过程中，把与村落相对的"山"虚构性地表象出来的内容。它正如被柳田国男和泉镜花等看到的那样，虽然乍看之下带有古典且土俗式的形态，实际上作为"野生"的自然起着极其近代化（西欧浪漫主义式）的场所的功能（民俗学的观点本身就是近代的东西）。"山犬"也正是那样的表象。"把定居农耕的文明的场所——村落囊括进来，那些以前的野生的世界——山地变得辽阔，那些山地超越了村落的理论，由那种把村落的理论变作无效的别次元的力量支配着"（大久保《森罗变容》，71）。这个构图是极其近代文学式的构图，如果它和作为藤原作品的标准起着作用的东西是相同的话，那么今后就有在现代文学中关于这个构图的有效性进行讨论的必要了。

注释

（1）野田研一《关于自然、风景的断章——给自然写作的人们》，《交感与表象——何为自然写作》收录。

（2）藤原把作品所涉及的这些诸多现象用"东京事象"这样有意思的表达讲述出来。（参照第36页）

（3）"这个1981年7月22日，结束了长时间的亚洲之旅，也是一个开始把目光转向日本的一个转换点的日子"（244）被这样记述道。关于这个日子，下面一项会详细描述，是与同年 10 月预定发刊的写真杂志《F》（S 公司）相关的编辑进行"对话"的日子。

（4）藤原把从长达 13 年的亚洲旅行中得来的感想表述为《原亚洲给予我的"视点"》（252）。"原亚洲"是非常贴切的词汇，因为把作为这个作家所参照的"亚洲"的理念型（ideal type）的性格完全清晰明了地表示出来。

（5）关于作为"外部"的自然这种想法，例如，在《领唱平成时代的幸福》里藤原自身也有所提及。"（但是）在日本的产业构造发生急剧变化的这数十年间里，它的外部（自然）突然消失了。并不是说自然突然灭绝了，而是意识到自然，并且与之相交的日常生活消失了。"（同上书，第 255 页）

（6）作为对于"狗"的自我同一化的表达，例如，有着"似乎是从狗的立场来观察他们的心理"这样的词语。"他们"是指为了做驱除野狗的准备而到处放置肉丸子的"调查员"们。

（7）藤原在"掺入毒药的丸子"的照片上添上"士的宁是明治时期美国人 Edwin Dun 为了杀戮虾夷狼而引进并首次使用的"（427）这样的标注。Edwin Dun（1848—1931）是在开拓北海道时期曾被雇用并在奶酪畜牧业上作出巨大贡献的外国人，也被称为日本赛马之父。据说"为了使狼灭绝，他弄到了大量的士的宁，分量足够把整个北海道活着的东西全部都毒死"。

（8）成为《乳海》题材的场所不是"东京"，而是变成了乡下（例如，筑波、山梨县南半部，"有着避世氛围村庄"的草盐温泉、大阪等）。这个恐怕是因为在作者内心里存在着他自身所指出来的"全国性都市化"的认识吧。同样也是全国性的"东京"化。只是，这些乡下同时也是能够成为诱发"山中异界谭"的装置。

参考文献

A 藤原新也作品

藤原新也《全东洋街道 上・下》，集英社，1982—1983 年。

——《东京漂流》，信息中心出版局，1983 年。

——《乳海》，情报中心出版局，1986 年。

——《诺亚——一千零一夜动物故事》，新潮社，1988 年。

——《领唱平成时代的幸福》，文艺春秋，1983 年。

B 日文文献（含译著）

赤田光男等编《讲座：日本的民俗学 4——环境的民俗》，雄山阁，1996 年。

乾克己等编《日本传奇传说大事典》，角川书店，1986 年。

宇江敏胜《山民的动物志——纪州·果无山脉的春秋》，新宿书房，1998 年。

大久保乔树《森罗变容——近代日本文学和自然》，小泽书店，1996 年。

金子浩昌、小西正泰、佐佐木清光、千叶德尔《日本史里的动物事典》，东京堂出版，1992 年。

国文学编辑部编《古典文学动物志》，学灯社，1995 年。

小松和彦《日本的诅咒》，光文社，1988 年。

博永·萨克斯著，关口笃译《纳粹和动物——宠物·替罪羊·大屠杀》，青土社，2002 年。（Boria Sax. *Animals in the Third Reich*：*Pets*，*Scapegoats*，*and the Holocaust*. Continuum International Publishing Group，2000.）

保罗·谢泼德著，寺田鸿译《动物论——关于思考和文化的起源》，动物社，1991 年。（Paul Shepard，*Thinking Animals*：*Animals and the Development of Human Intelligence*，1978. Athens and London：University of Georgia Press，1998.）

多木浩二、金福龙太《知识的事例研究法》，新书馆，1996 年。

千叶德尔《日本民俗事典》，大塚民俗学会，1972 年。

——《狩猎传承》，法政大学出版局，1975 年。

——《狩猎传承研究》，风间书房，1977 年。

——《狼为何消失了——日本人和野兽的故事》，新人物往来社，1995 年。

段义孚著，片冈信夫、金利光译《爱和支配的博物志——宠物的王宫·畸形的庭院》，工作社，1988 年。（Yi-Fu Tuan. *Dominance and Affection*：*The Marking of Pets*. New Haven：Yale University Press，1984.）

中村祯里《日本动物民俗志》，海鸣社，1987 年。

野田研一《交感与表象——何为自然写作》，松柏社，2003 年。

野本宽一《共生的民俗学——民俗的环境思想》，青土社，1994 年。

约翰·伯格《为何要观察动物》，笠原美智子译，载《观察这件事情》，白水社，1993 年。（John Berger，"Why Looking at Animals?" *About Looking.* New York：Pantheon Books，1980.）

平岩米吉《狼——那个生态和历史》，筑地书馆，1992 年。

克里斯托弗·马内斯著，城户光世译《自然与沉默——思想史中的生态旅游》，载 Harold Fromm 等编，伊藤诏子等译《绿色的文学批评——生态旅游》，松柏社，1999 年。（Christopher Manes. "Nature and Silence." *The Ecocriticism Reader：Landmarks in Literary Ecology.* Ed. Cheryl Glotfelty and Harold Fromm. Athens：University of Georgia Press，1996.）

吉田金彦编著《语源辞典　动物篇》，东京堂出版，2001 年。

阿尔多·利奥波德著，新岛义昭译《能听到野性的歌》，森林书房，1986 年。

C 英文文献

Fujiwara, Eiji. "Wildlife in Japan：Crisis and Recovery." *Japan Quarterly* 35/1：26 – 31.

Nelson, Barney. *The Wild and the Domestic：Animal Representation，Ecocriticism，and Western American Literature.* Reno & Las Vegas：University of Nevada Press，2000.

Night, John. "On the Extinction of the Japanese Wolf." *Nagoya：Asian Folklore Studies* 56（1997）：129 – 159.

Shepard, Florence R. *Encounters with Nature：Essays by Paul Shepard.* Washington D. C.：Island Press，1999.

Shepard, Paul. *The Others：How Animals Made Us Human.* Washington. D. C.：Island Press，1996.

被爆者与越境场所的感觉

小谷一明

1. 林京子的巡礼

发生在长崎的原子弹爆炸迄今已过去半个多世纪，林京子在此时出版了《耗费了长久的世间经历》（2000 年）。在其中收录的一篇题名为《从 trinity 到 trinity》①的散文里，描述了在位于新墨西哥州阿拉莫戈多的 TRINITY 核试验场的经历。这个地方进行了人类历史上首次原子弹爆炸试验，是在"曼哈顿计划里面用密码命名为 trinity side 的一个地方"（133）。[1]自从创作《祭祀之场》（1975 年）以来，一直在持续书写着关于长崎原子弹爆炸的林京子，20 世纪 80 年代后半期在弗吉尼亚州停留的时候，曾经打算想要走访 TRINITY 核试验场，但最终没有实现。21 世纪之前的 1999 年，她再次决定去走访 TRINITY 核试验场。在被爆 36 年之后的 1981 年正在走访广岛的林京子，通过走访这个地方，结束了对人类历史上最初被制造的三颗原子弹炸裂场所的巡礼。但是巡礼"最终之地"的 TRINITY 核试验场，也是 1945 年 8 月 9 日的"出发点"（135—136）。《从 trinity 到 trinity》

---

① 第一个 trinity 指的是人类首次核试验，代号为 TRINITY；第二个 trinity 指的是三位一体，因为两个词用英文表述出来都为 trinity，故而会产生同语反复的效果。——译者注

这篇散文的题目，虽然使用了同语反复的手法但却从不同的地点出发，显示了想要定位 8 月 9 日长崎的尝试。

这个我们尝试着去理解的叫作长崎的场所，从既是出发点也是目的地的 TRINITY 核试验场出发，与作家林京子作为自身的课题产生出的空白问题联系在一起。在《祭祀之场——钻石玻璃》（1988 年）的《从作家到读者》一文里，林京子把 8 月 9 日作为被爆者①的人生描述为"回头看去，是一段无法模仿的空白时期"（371）。这个空白，是要求经常返回到那个时刻、绝对不可以被遗忘的日子，同时也是应该一直绝对地拒绝——那个原本应该被填埋的日子尝试再现的场所。为了认识被投下原子弹的长崎，林京子认为三位一体的认识结构是有必要的。她通过走访 TRINITY 核试验场去填补空白，正如在《从 trinity 到 trinity》中描述的那样，祈求可以实现以前就有的"想要切断与 8 月 9 日的缘分"的念头（134）。但是到达了 TRINITY 核试验场的林京子，遭遇到的正是这种空白本身。此前一直躲避伤感的林京子在 TRINITY 核试验场倾听着无声的声音，留下了悲伤的泪水。这片大地，如同自己的肉体一样，作为被放射性物质污染的牺牲者出现。在林京子的内心，被原子弹肆虐过的大地 trinity 和被爆者林京子之间的边界开始出现了动摇，产生了包括人和场所双方都是被爆者的新的认识。处于原子弹投下之前与投下之后这个期间的长崎，投下之后"空白"的再体验，通过作为作家把空白描述出来的使命感，引发了对于过去一直被轻视的自己肉体的深深怜悯。

《从 trinity 到 trinity》这篇文章，在把被指定应该成为原爆牺牲品，数个遭到抛弃的场所联系在一起的同时，揭示了把林京子的肉体和大地同样作为被爆者结合在一起的视角。在本文中，通过经由圣菲·格兰德河至 TRINITY 核试验场的巡礼，想要试

---

① 在本文特指因为原子弹爆炸而受伤害的人。——译者注

着窥视在林京子的内心里对于自然的眼光是如何变化的，和大地之间的感应是如何产生的。并且通过引证交叉了环境文学和原爆文学的特丽·坦皮斯特·威廉姆斯、莱斯利·马蒙·西索科的作品，想要考察大地也是被爆者的认识，是如何超越狭隘的地方主义，把到达跨越大洋的场所的想法培养出来的。通过这种思考创造出对于跨越国家和地域的复数场所的归属意识、越境场所的感觉，并且能够读出来建设对于那些被破坏了的，大地的想象性连带空间的过程。

2. 被拔去毒牙的蛇

1999 年 9 月底林京子远渡美国，并邀请被爆者卡娜的朋友——常住得克萨斯的月子担任向导。在月子的带领下先来到洛斯·阿拉莫斯科学博物馆，从那里出来之后，二人在格兰德河岸边把车停了下来。当林京子冒冒失失地想要踏入河边草丛的时候，月子制止了她，说在美国的西南部必须要小心蝎子和响尾蛇。第二天在通往 TRINITY 核试验场的免费休息区里，也看到了那里竖立着"小心响尾蛇"的牌子，于是她变得小心，不去踏入规定道路之外其他的地方。此时林京子的心里浮现出了约翰·斯坦贝克的一篇题目为《蛇》的短篇小说。

林京子所提到的这篇《蛇》的主人公，是在加利福尼亚州蒙特雷的某个研究所工作的年轻的生物学家菲利普斯博士。他为了提炼血清，正在研究响尾蛇的蛇毒。但是响尾蛇是颠覆了任何一种定论的神秘生物，因此研究不能顺利进行。某日一位女士来研究所拜访，虽然并不知道她来拜访的理由，但菲利普斯注意到她的视线正在被一条雄性的响尾蛇吸引着。这条巨大的蛇在得克萨斯被捕获，然后被运到蒙特雷，也是研究所里面唯一的一条雄性蛇。令人感到奇怪的事情是，这位女士和着这条蛇摆动的节奏也一起摇摆着身体，还趁着他不注意的时候把手伸进栅栏试图去抓这条蛇。菲利普斯急忙飞奔过去，把她的手臂拉了回来。

由于被月子和告示牌警告，不要试图去踏入响尾蛇的领地，林京子也许想到了这位女性把手伸进栏杆的行为。但是在《蛇》这部作品中出现的女性，并非是作为单纯体现接近自然的人物而出现的，进入作品的后半段，我们便会明白把手伸进栅栏里面的行为，并不是因为对于自然的无知，而是想要拯救大自然的举动。在后半段，这位女士观察了响尾蛇捕杀老鼠的过程，提出想要饲养这条蛇。在菲利普斯内心有着深知大自然可怕的自负，并且在栅栏里面饲养蛇并不是把它当作宠物，而是要为人类的发展作出贡献。因此菲利普斯在听到这句话的瞬间，立刻产生了一种厌恶感。但他认为也许这位女士在蛇捕杀老鼠的动作上感到了无上的美丽，因为菲利普斯自己平时也有因为蛇那虽然可怕但是优美的动作痴迷过的经历，对于同样能够感受到这种优美的女士产生了几分亲近感，勉强同意了她的要求。这位女士完成支付后，提出希望可以暂时把蛇保管在研究所一段时间，并且这样说道："请不要忘记，这已经是属于我的东西了。所以请不要把毒牙取下来，希望能够让它保持毒性。再见。"然后离开了他的研究所（83）。[2] 如此看来说明这位女士并不是对于大自然的可怕不在乎，而是对于守护自然的毒性寄予了深切的关心。她提出饲养响尾蛇的理由，不是为了享受作为宠物捕杀老鼠的样子，而是为了防止蛇的毒牙被拔下来。

在《从 trinity 到 trinity》中，林京子一边提到《蛇》这部作品一边为读者描述出来的响尾蛇的样子，是一种想要去袭击猎物的姿势。林京子也和《蛇》里面的那位女士一样，被作为"杀手"的响尾蛇吸引了（166）。在想要踏入会有响尾蛇出没的格兰德河边草丛的时候，林京子似乎也被可怕但同时也存在着毒素的自然吸引了。这种猜测也能够从在被月子提醒之后，林京子和月子发现野鸭群的场面中窥视出来。林京子看到那些正在悠然戏水的野鸭子时，对于辽阔的格兰德河产生了一种"未开发自然"

的印象（159）。但是看到她们二人时野鸭子们一齐靠近过来，从这种情形她们知道了野鸭子是从人类这里获得食物的，因此林京子开始向野鸭子扔石块。在她身上对于野性的思考，是从对惯于被饲养动物的厌恶上表现出来的。在这种意义上，林京子和《蛇》里面的女士一样，是对那些想要对自然施加影响的人类的警告者，同时也是对没有被拔去"毒牙"自然的保护者。

对于被人类改造过的自然的厌恶，在其他的作品里面也有所描写。《钻石玻璃》（1978 年）里所收录的《金毘罗山》里面的主人公被爆者高子也一样是厌恶那些被拔去毒牙的动物。她虽然在公寓里饲养了一只公猫，但是并不是把它当作宠物，而是为了"助长那只猫的野性"。这只猫即使在房间里面也不允许偷懒，甚至在白天会饿着它，并把它放到外面去。在给它食物的时候也是，为了使食物看起来还是活着的样子，高高地抛起来扔给它，猫会扑向食物，把它打落下来，然后咬住不放。高子是在一种感觉死亡就在身边的状态下活着的，为了在自己死后这只猫也可以生存下来，才实施这种饲养方法。另一方面，高子也承认在这种饲养方式上也有自己利己的感情投射在上面。被爆者高子对于那种"不能按照意愿活着的生活方式"的愤怒，也潜藏在这种所谓的使自己饲养的猫"野性的助长"这种看起来有几分滑稽的饲养方式里（31）。

在《从 trinity 到 trinity》里，对于不能够按照意愿存在的肉体的思考，把林京子逼迫到了充满讽刺的冲动上。在 TRINITY 核试验场，入口附近安放着在半个世纪前就"沐浴"放射能量的闹钟。当女性工作人员用盖革计数器接触到那个闹钟的时候，计数器发出了尖锐的叫声。那个时候，林京子觉得自己的身体也能够使那个计数器叫起来，"想要触碰一下看"那个计数器（175）。这个场面虽然显示了林京子的孩子气，也描写出来了平时就冷静地观察着自己肉体的林京子的样子。林京子的身体是通过红血球的数量和放射线数值这些数据被认知的自然，这样的数据，插入到林京子和她的肉体之间，使她产生了对于肉体的距离感。林京子作为无法取回野性自然物的展示品，变得想要向其他的访问者展示自己有着与响尾蛇不同毒素的身体。并且这种无法按照意愿生活的身体，反而加强了对于"未开发的自然"的思考。朝着格兰德河里的野鸭子扔石头，既包含着对于自己肉体的怨恨，也是希望可以恢复野鸭子野性的尝试。

3. 被拔去毒牙的大地

拜访完格兰德河的第二天清晨，林京子和月子一起出发去TRINITY。她对于诸如被拔去毒牙的响尾蛇、饲养的猫、被人投喂食物的野鸭子等这些被人类沾染过的自然的眼光，在看不到任何生物的 TRINITY 核试验场荒野在眼前展开的时候，开始发生变化。在那种叫做铀的毒牙被拔去、被自身的毒素污染的新墨西哥的大地上，林京子没有产生像是对于格兰德河那样被人类沾染过自然的厌恶感。对于被警告在脚下的响尾蛇的意识，以及对于从大地散发出来的无形的放射线的意识，都在眼前铺开的荒漠的静寂面前退去。TRINITY 核试验场的风景，开始通过它的存在感征服林京子。这种风景与去格兰德河之前拜访过的圣菲柔和的风景是一种对照性的存在。圣菲是画家乔治亚·欧姬芙住过的地方，自远渡美国之前开始林京子就通过欧姬芙的风景画来了解新墨西哥，并被欧姬芙与大地的关系深深吸引。

1930 年出生在长崎的林京子，一岁的时候因为父亲工作的关系曾在殖民地时代的上海居住过。除了两次短暂的回国以外，儿童和少女时期几乎都是在上海度过的，原子弹被投下的数月前才撤回到长崎，不料却在集中地的三菱兵工厂遭遇了原子弹爆炸。长崎虽然是自己的生身之地，但在林京子心里却是把上海当作自己成长的地方。作为被爆者对于已经成为"空白"的出生地的距离感，以及作为撤回者从旧殖民地上海而来的疏远感，在场所和林京子之间存在着。与之相对照的是欧姬芙在她所爱的新墨西哥长期生活，并在那块土地上撒下了自己的骨灰。林京子对于能够拥有家乡的乔治亚·欧姬芙产生了一种特别的想法：

> 自然创作了肉体，肉体和自然相互混合，在山峰和花蜜中变幻了形态获得了生命。在不断的邂逅中，欧姬芙托付了自己的骨肢。这应该是一种重生吧。（151）

　　林京子在欧姬芙描绘的新墨西哥里，描述说她感受到了从少女到成人的各种各样的"女性肉体"，以及欧姬芙和大地之间亲密的身体联系。另外，林京子对欧姬芙创作的《黑色的十字架》这幅画也表现出了兴趣（152）。在画面里被满满描绘出来的十字架，是曾经潜入到这片土地的天主教徒所树立的。对于林京子来说，欧姬芙的新墨西哥是由女性的身体和矗立在荒野中的十字架这两种要素构成的。在背向太阳漆黑的十字架和描绘把自己肉体融入这片大地的欧姬芙身上，林京子读出了死亡与再生的意义。在拜访完圣菲第二天去的 TRINITY 核试验场里虽然没有十字架，但是那里与再生相比是让人更加感到死亡和孤独的场所。林京子在矗立着"黑色的十字架"的这片土地上，体验着与大地的感应。

　　到达了位于荒野中心地的 TRINITY 核试验场爆炸中心地的林京子，被那个场所的寂静所包围，为之惊愕，并最终哭出声来：

> 回想看来，也许我把 8 月 9 日没有流下的眼泪，作为一个真正的人第一次流淌了下来。当站在这片不能发出声音的大地上的时候，我为大地的痛楚震惊了。是一种在苟存至今日的每一天里，都刺入身心的异常的疼痛。但是那些，也许只是从 9 日那天派生出来的表面的痛苦。我虽然已经忘却了

自己是被爆者这样一个事实，但在保持着沉默的大地内部，
应该一直都在注视着积年累月在内心深处沉积已久的那个已
经逝去的日子吧。与我来讲那是一个决定性的日子。（173）

在 2002 年《昂》4 月刊的座谈会上，林京子感到对于 8 月 9 日
强烈的感情用感伤这种内心波动根本无法替代，所以她说道
"不想再变得感伤了"。但是虽然对于哭出来这种事情感到有些
丢脸，但是如果不这样的话，"除了大声叫喊之外别无他法"
（244）。在《从 trinity 到 trinity》里描写到的感伤，如同"无声
的波浪一样逼迫过来，我把身体缩成一团"，强烈感受到的沉默
所传导的"大地的痛楚"成了诱因。在"无法哭泣也无法呼喊
的"被爆的荒野里，林京子呼喊道"这是多么的痛苦呀"
（171）。这声呼喊像回声一样又反过来影响了自己。林京子一边
强忍着伤感，一边努力地去描述原子弹被投下那天"无法模仿
的空白"。与这种行为相反，她把原风景"慢慢地沉寂在内心深
处"，也就是去书写"从 9 日派生出来的表面的痛楚"。但是站
在爆炸中心地，通过重新体验原风景，重新得以了解到从 9 日而
来的原风景的压抑这种"空白"的历史，以及自己身上所承受
的苦痛是如何之大。林京子把这种经历表现为——迄今为止的
"过去自觉的被爆者意识"消失了，是在原爆点纪念碑（ground
zero）面前，"真正的被爆"（172）。作为被爆者去书写这种使
命感，反复地使这种空白被描述，没有原谅对于被爆肉体的哀
悼。但是依旧保持着被爆的"无法哭泣也无法叫喊的"大地的
沉默，勾起了对于离远自己的肉体的感伤。在朝着被爆中心地前
进过程中，"回到了被爆之前，十四岁少女"的林京子，第一次
流下了 8 月 9 日的泪水（172）。

　　像这样下意识地对于人类沾染过的自然厌恶的态度，以及对
于与这种厌恶相伴的没有人类痕迹的自然的反动的崇拜，在朝着
被爆中心地去的途中消失了。对于自然的目光，通过转变为忧虑

有着人类痕迹的自然的目光，把被爆的自己的肉体和原野作为相同的自然重合在一起。并且在林京子的心里，大地是原爆最初的牺牲者，人类才是第二位的意识开始萌芽。通过把爆炸中心地称作"被爆者的前辈"，大地和林京子之间，形成了如同欧姬芙那样身体性的关系（171）。林京子朝着目的地 TRINITY 核试验场的巡礼，在回归"无法模仿的空白"的出发点的同时，也是对于人类痕迹沾染过的自然和自己肉体认知的巡礼。

4. 大地与自我的反复

在《从 trinity 到 trinity》里描述出来的大地与林京子之间成为前辈与后辈的关系，创造出包括自然与人类的一个被爆者范畴。只是 TRINITY 核试验场这样一个场所，才会起到使"自己忘记曾经是被爆者"的效果。也就是说并不是通过同为被爆者的理由，才开始产生与大地之间的感应。在这里，大地是如何把"自觉的被爆者意识"消除的，以及把这种消除变成可能的大地又是一个什么样的场所等问题出现了。在特丽·坦皮斯特·威廉姆斯的《鸟、沙漠和湖》（1971 年）里，描述了如下的经历：

> 我明白我有可能会死在盐做的台地上，这种想法其实并不是什么了不起的明悟。我在任何地方都能够死去。只是，听说在这个大盐湖的人们都不会靠近的地方，安全的幻想什么的都是不成立的。在这个如同脉搏跳动般阵痛的大盆地的沉默中找不到人类可以躲藏的地方。就那么站立着，保持着暴露的样子。在这样一个时刻，我紧紧地抓住想象力的把手。……如果说沙漠是神圣的话，那是因为那里是使我们把那些神圣的东西想起来和能够遗忘的场所。朝着沙漠平安巡礼的旅程也是面对自我的巡礼恐怕就是这样原因吧。因为到处都没有躲藏的地方，所以我们需要自己寻找。（182）[3]

威廉姆斯描写出紧紧地抓住使自己从现实中游离出来的"想象力的把手"和无声的场所在"有规则地颤动"等。并且这个场合在与"有规则地颤动"的自己共振、共鸣中，开始了大地与人类之间的往复运动。因为"安全的幻想什么的都是不成立的"，所以自己把幻想剥离，呈现出"暴露的状态"，并且开始意识到作为被暴露身体的自己。也就是说，大地使那些为了看到自然而来拜访的人们的视线，朝向自我逆流而动。如同大盐湖和沙漠那样，在视线里面主客颠倒的场所，是"无人接近"、"被遗忘的场所"。在这样"被遗忘的场所"里，在林京子身上，作为作家的使命感和作为被爆者的自我意识消失了，可以暂且把 8 月 9 日那个无法逃避的"空白"的时间忘记掉，哪怕只是一时的也好。大地把时间性的目光，转变成身体性的目光，封闭了从过去而来的意识。并且当意识变成消失的"暴露"状态的时候，"真正的被爆"和林京子表现出来的体验形成了。像这样的"安全的幻想什么的都是不成立的"大地，使得对于身体性自我的回归以及与大地之间的感应成为可能。

只是威廉姆斯把这种"使神圣的东西能够被想起"的场所等，如同字面上所表述的那样，作为"安全的幻想什么的都是不成立的"的场所来理解了。美国政府把这片"被遗忘的土地"，当作即使是作为核试验的牺牲品也无所谓的场所抛弃，制造出叫做 TRINITY 核试验场的原子弹荒野。另外还把位于核试验场下风处的区域，恣意地认定为"无人靠近的场所"，默许那些住在下风处的、拜访下风处的人们被核辐射污染。但是正是这片被抛弃的场所，才是威廉姆斯和林京子们"被找寻到"的（we are found），能够自我发现的神圣的场所：[4]

　　　女人们已经再也无法忍受这样的状态了。她们都是母亲。虽然经历了阵痛但一直都有着诞生后代的期待。自从一个又一个的炸弹带来不断的死婴之后，在沙漠的剧痛里只存在着死亡的可能。人类和大地之间的契约被交换然后又被破坏，新的契约被那些把地球的命运当作自己的命运来理解的女人们不断地制定着。（347—348）

要求"新的契约"的行动，也是替代那些没有能够出生的孩子们的行为。在《金毗罗山》等作品里，林京子描写了社会对于那些不能生育孩子的女性的眼光，对于孩子们会成为被爆者二代的恐惧、出于对生产时大出血的害怕而放弃生育等这些被爆者的痛苦处境。因此，我们可以原谅对于"无法模仿的空白"制造的痛苦流下眼泪，欧姬芙的画所展示的为我们培育对于再生的希望的场所，对于这些也要被夺去，"女人们"无法忍受了。

在《鸟、沙漠和湖》里，当母亲呕吐出来泛黑的绿色胆汁的时候，威廉姆斯加深了对于头上那片天空，在她所从属的那片公共空间里，正在被眼睛看不到的有害物质侵害的确信。作为对这种侵入的抗议，威廉姆斯他们决定闯入核试验基地内部。在《原子能幽灵》（1992 年）的序文中，威廉姆斯表述了关于意愿表达的力量。她和肖肖尼县①的长老一起，潜入了核试验场的基地，并撒下花瓣。这个场所被认为是无人区，而正是这种认识助长了核试验。他们的这种行为是想传递一种这里并非是无人区的认识，也许会成为抑制核试验的力量吧。这种想法和希望，迫使他们开展了示威行动。另外撒下花瓣，也是一种仪式性行为，是为了安抚那些位于下风位置称为"被遗忘的场所"的大地的痛苦。

林京子访问的 TRINITY 核试验场每年只接受两次访问者。那是因为在那里仅仅停留一个小时，就会辐射到大量的放射线。林京子伫立在那里流下眼泪的行为，与威廉姆斯撒下花瓣的行为

---

①　位于爱达荷州。——译者注

一样都带有仪式性。对于候鸟的生态和对于吹散到各地的放射性物质的关心，扩张了威廉姆斯的巡礼地。同样林京子为了巡礼TRINITY 核试验场而越境的理由也存在于这个希望和仪式里。她们越境性的想法，对抗着"无人区"的定义，也平复着传达到自己所住场所的大地的呻吟。

5. 对大地的巡礼

正如在《从 trinity 到 trinity》里面被引用的诗句所描述的那样，处于"核威胁严冬"阴影之下的世界，一直担心着"历史已经翻过了广岛和长崎这一页"（178）。国家或者是国际战略，把威廉姆斯所指出来的那些被抛弃的场所地图化，想要制造出来一个个像 TRINITY 那样"被用符号名来称呼的场所"。50 多年前，作为被战略地图抛弃的场所，长崎被原子弹摧毁了。并且林京子这些被爆者们为了向全世界发出呼吁（179），把不是作为家乡的长崎，而是把作为被爆地的 NAGAZAKI 前景化。也就是说长崎因为原子弹爆炸而被破坏，甚至被转换成用片假名标示的地名，因此在双重意义上失去了场所的固有性。并且在核的时代里，因为任何一个场所都暴露在核威胁之下，在那种可能性上与广岛、长崎是一样的。在战略地图这样的世界性视野之下，场所已经被剥夺了地方性的概念。为了阻止像这样的跨越国境战略地图的制作，创造出与之相对抗的地图就显得十分必要。林京子在TRINITY 核试验场，听到了"无法哭泣也无法叫喊"的大地无声的倾诉，呼喊着"这是多么的痛苦呀"，这句话同时也是对于长崎的呼吁。这种对于复数场所的想象性反复，并不能使世界性的视点变为可能，只是产生了在个别的场所里与大地的感应。同时这种呼吁，也是把那些被排除在战略地图之外的人们，纳入地图的一种呼吁。

林京子把被放射性物质污染的新墨西哥大地，描写进了为了巡礼而作的地图。莱斯利·马蒙·西索科在她的著作《仪式》（1977 年）里，把广岛、长崎纳入了她的地图。并且在西索科的作品中，也把连接复数场所的想象性轨道，从倾听大地的语言开始延伸。西索科讲述了新墨西哥的铀矿开采之后就那样被丢弃的场所的故事，那是关系着世界的并且必须要紧急处理的故事。

在《仪式》的后半部分，有一个从太平洋战争的战场归来，被幻觉、幻听等后遗症折磨的主人公塔尤注意到故乡拉古纳的水变苦了的场面。塔尤仿佛是为了确定大地的异变似的，用像蜜蜂那样的刷毛收集黄色的花粉。并且把这些花粉撒在蛇在沙子上爬过留下的痕迹上。塔尤利用黄色的花粉，使蛇爬过的痕迹浮现出来。在他们的创世神话里，带有黄色斑点的蛇，是"最先出现在大地上的"（344）。[5]塔尤利用与这种花粉相同的颜色，通过寻找地下的洞穴来确认创世神话。地下黄色的痕迹"像花粉那样明亮是一种有生命的颜色"（381）。但是花粉和铀的矿脉掺和在一起，闪耀着黄色的"有生命的颜色"。塔尤了解到神圣的蛇的世界，因为露天挖掘矿山的采掘而被荒弃掉了。他们的创世神话被改写了。这是破坏大地语言的行为，并预示着进一步的破坏正在进行着。强尼·阿达姆森·克拉克这样写道：

> 西索科的蛇，使我们意识到深刻的讽刺，根据普韦布洛的创世神话，传说他们的祖先从叫做斯帕泊的生命诞生的圣地，冲破地下世界移居到了地面上。讽刺的是，合众国政府把这个场所选作铀的休眠之地，并且开始挖掘这种破坏所有生物的极端的物质。

也就是说作为创世神话象征的蛇，最终化身成为武器。在这种兵器上是不存在所谓的领域概念的，是一条吞下所有事物的蛇。塔尤知道 trinity side 和有着原子弹的制造场所、研究所的洛斯·阿拉莫斯就位于附近的场所。这种附近的感觉是一种，后者的场所虽然是被包围在高压电流的墙壁内，但是会感悟到世界已经在那个墙壁内存在的感觉。在这里塔尤第一次知道了"日本人的声音和拉古纳的声音"混合在一起幻听的理由（380）。这种声音并不仅仅是在太平洋战争中他们和日本兵交战时的声音。广岛和长崎的声音，与美国原住民被夺去土地的声音交织在一起。

如同林京子从日本想到 trinity 那样，西索科也从新墨西哥想到了广岛和长崎。二者对于场所的思索，超越了国界，交织在一起。这种越境思想的轨道，制作了与国际性的军事战略相对抗，称为想象的连带的世界地图。这种倾听不同的大地声音的行为，同时包含了提炼全球化活动的可能性。对于林京子、威廉姆斯、西索科来说，对于场所的思考，并不是长时间住在那里能够得到的，而是通过想要尝试着去倾听大地的声音的姿态而获得的东西。这种姿态把对于跨越大洋的复数场所的感觉，进一步地提炼出来。

注释

（1）林京子《从 trinity 到 trinity》，《耗费了长久的世间经历》，讲谈社收录（2000 年）。以下页码引自上面的作品。关于《从 trinity 到 trinity》这种同语反复的题目除了本文里所列理由之外，还有如下两点说明需要考虑。首先最初在 trinity side 的实验中准备了两个钚炸弹，一个在 TRINITY 核试验场被使用，另一个钚炸弹被投放在长崎。此外还应该考虑到的是这两个场所都是天主教的信仰地。长崎和 TRINITY 核试验场所在的新墨西哥都是从 16 世纪的时候开始传入天主教，是被"三位一体"这个词语影响很深的地方。

（2）约翰·斯坦贝克著，加藤光男译《蛇》，《斯坦贝克全集 5：狭长盆地·收获的吉卜赛》，大阪教育图书，2000 年。

（3）特丽·坦皮斯特·威廉姆斯著，石井伦代译《鸟、沙漠和湖》，宝岛社，1995 年。

（4）位于之前引用部分的最后一行，"我们发现的"的地方，原文是

"we are found"（148），在这里把这一部分译为"我们寻求的"。

（5）莱斯利·马蒙·西索科著，荒好美译《仪式》，讲谈社，1998 年。

参考文献

Clarke, Joni Adamson. "Toward an Ecology of Justice: Transformative Ecological Theory and Practice." *Reading the Earth: New Directions in the study of Literature and the Environment.* Ed. Michael P. Branch, Rochelle Johnson, Daniel Patterson, and Scott Slovic. Msocow: University of Idaho Press, 1998.

Silko, Leslie Marmon. *Ceremony* (1977). Repr, New York: Penguin, 1986. （莱斯利·马蒙·西索科著，荒好美译《仪式》，讲谈社，1998 年。）

Steinbeck, John. "The Snake" (1943). *The Protable Steibeck.* Ed. Pascal Covici. New York: Viking Press, 1965. （约翰·斯坦贝克著，加藤光男译《蛇》，《斯坦贝克全集 5：狭长盆地·收获的吉卜赛》，大阪教育图书收录，2000 年。）

Williams, Terry Tempest. *Refuge: An Unnatural History of Family and Place.* New York: Pantheeon Books, 1991. （特丽·坦皮斯特·威廉姆斯著，石井伦代译《鸟、沙漠和湖》，宝岛社，1995 年。）

——. "Introduciton: Throwing Flowers at Evils." *Atomic Ghost: Poets Respond to the Nuclear Age.* Ed. Jhon Bradley. Minneapolis: Coffee House Press, 1995.

林京子《祭祀之场》，讲谈社，1975 年。

——《金毗罗山》，《金刚石玻璃》，讲谈社，1978 年。

——《从作者到读者》，《祭祀之场　金刚石玻璃》，讲谈社文艺文库，2000 年。

——《从 trinity 到 trinity》，《耗费了长久的世间经历》，讲谈社，2000 年。

林京子、松下博文、井上弘、小森阳一（座谈会）《原爆文学和冲绳文学》，《昂》2002 年 4 月刊，第 206—246 页。

当揭开 X 光滑的表皮

——作为环境文学场所的地域性和越境性

斯科特·斯洛维克/结城正美译

1. 关于成为全球化事物的批评 以及对地域性丧失的悲叹

本文的目的，在于讨论能够称之为"关于成为全球化事物的批评"的场所。在环境文学和以"场所"为中心的文学里虽然也存在被称作"旅游文学"的这种令人感兴趣的分支，但那已经偏离了讨论的范围。"关于成为全球化事物的批评"在环境文学里并不是特别令人耳目一新的东西，虽然这个概念的出处现在仍旧没有定论，但作为在美国环境文学的传统中位于中心地位的书籍——亨利·戴维·梭罗的《瓦尔登湖》的最后一章里，有一个极其具有暗示意义的地方。最后一章的开头段落，直到那时为了维持与世界和观念等发生关系的各种各样的手段——从身体感觉的积极使用到酒、香烟以及肉食的回避——关于这些内容的描述进行了数页之后，是梭罗进行思考关于别的建议的场所。

首先，梭罗从 17 世纪英国诗人威廉·哈宾顿的作品中引用了如下四行：

把你的视线投向内心吧，也就是那里。

　　看到了以前从未发现的众多领域吧。

　　巡游身边的宇宙地理学家的世界，

　　成为最高的权威者！（320）

"身边的宇宙地理学家"是什么呢？令人吃惊的是，如果考虑到被抬高的意识在《瓦尔登湖》里到处被强调这一点的话，去新的场所的旅行，尤其访问远方充满异国情调的风景和文化等是提高意识强度的重要手段——可以说梭罗一直是这样认为的。因为要去新的场所旅行，要求自身要适应新的习惯、语言和物理性的条件。由此可知，并非是越去不为人知的地方，就越发会促进引起注意这种经历的形成。在梭罗看来，最理想的心理状态是"注意力"。这个场合所说的注意力，和诸如今天的进步主义（自由主义）作家和活动家正在使用的对于环境和社会的意识未必是相同的。梭罗所说的"注意力"，是指完全活着的状态，正因为如此那种状态才成为想要实现的目标。

　　在引用哈宾顿作品的前后，梭罗用自己的语言如此说道：

　　　　有一个人兴冲冲地出发去南非猎捕长颈鹿，但是他真正想要得到的猎物，绝对不是那样的东西。即使他有那个空闲，那他对捕猎长颈鹿这种事情感兴趣到底会持续到什么时候呢？即使能够抓到鹬或者山鹬之类的，他应该就会变得不是一般的愉快了吧。话虽如此，倘若要我来说的话，追捕自己本身这件事，是极其高尚的游戏。说到非洲、或者是西部，到底象征着什么呢？我们自身内部，在海图方面还不是白纸一张吗？即使不是如果尝试去发现的话，未必不会变成像海岸那样的黑色。（320—321）

梭罗用夹杂着鼓励和警告的语调来告诉读者（还有他自己本身）的是，不要追求从与新现象的关系中产生的刺激，把心灵朝向更广阔和更遥远的地方，而是要把自己放在身边的场所里，去捕获自己内心所谓的异国情调的猎物才是重要的。这段评论的辛辣程度，通过第一人称的使用（"我们自身的内部，在海图方面难道不是白纸一张吗"），稍微得到了缓和。甚至是暗示了连梭罗自己本身，都还没有完全完成存在的探究。但是，这个警告无疑是面向每一位读者的，完全被世界探险这种比较容易达成的伟业迷了心窍（或者说，如同梭罗自身过去那样，埋头于世界探险故事），根本不理会身边的场所和自己的内心的行为遭到了严厉的批判。

　　接下来我们把目光转向 20 世纪后半期。梭罗在 19 世纪中期提出过的全球化观点的评论和地域性事物的称赞，在现在意义已经有所不同。生活在富裕的产业化社会的人们，时常去距离自己国家很远的场所旅行，他们消费着使用从远方运来的天然资源制造的产品和在很远的地方生产的物品，在这样的日常生活中，不仅是自己身边的自然，与自己的生活、生命的维持密切相连的天然、人工资源也正在变得越来越疏远。作为全球化批评场所的例子，我想尝试去讨论斯科特·拉塞尔·桑德斯的散文《当揭开美国光滑的表皮》。本文的题目就是来自于桑德斯的散文，那里作者想要揭示在全球化时代里，整个世界地域性特征和地域颜色丧失的危机里隐含的内容。桑德斯尤其想要追问的是，美国的共同体和风景所具有的地域性特征的等质化和平庸化。当人们考虑到自己是在全球性的经济、社会的现实里生活的时候（大多数美国人应该是这样想的），正是因为追求等质化带来的安心感和稳定性，往往变得容易丧失与地域这种存在所拥有的知识刺激以及充满生态学意义的细节接触。桑德斯把开车横穿美国大陆旅行当作是这种丧失的经历。同一性的增加只能是特殊性的丧失，桑德斯这样写道：

　　　　打算带住在郊外的孩子们一起出去旅行。说起郊外，其实是一个道路的设计、草坪的修剪、房间的布局，并且甚至冰箱里面的食品和起居室的家具，在美国本土到处都被标准化了的一个地方。在那样的郊外，孩子们已经搬过好几次家了。让孩子们坐上车系紧安全带，关上车窗，把磁带放进录音机里，打开空调。开上州际高速公路汽车车道，除了加油或者在快餐店的一成不变的吃饭以外没有在任何地方停留过，一直不停地奔驰着。说起来停车的地方，只有从那些白车轴草形状的立体交叉十字路口正在招手的，建筑物的形状、颜色以及商品都一样的那些店铺了。从高速公路能够看到的住宅街和商业街，与就你的孩子的年龄来讲已经知道的东西相比没有什么大的变化。在为了不使街道两边的树木到处蔓延而修剪整齐的人行道边上，垃圾和空瓶子散落一地。即使能够看到农场和牧场什么的，但里面栽种的什么，家畜正在吃什么，在时速 60 码的情况下是没有办法知道的。同样的，桥一瞬间就渡过去了，如同飞越山丘一样，山谷和山峰刚一到眼前就向后退去，以这样的速度向前奔驰的话，是不可能知道自己所经过场所的名字的。即使停下车目睹一下大自然的神奇——诸如大峡谷或者大沼泽国家公园等——应该看起来要比电影的画面灰暗吧。即使摆脱了交通拥挤和人山人海从能够望一眼景色的地方看去，应该也是这样的。

　　到了晚上，住在经常住的连锁汽车旅馆里。在打开房间门之前，就已经知道了床单的颜色和壁纸的花纹，也知道转动有线电视的哪个频道就能够看到经常看的电视节目。终于到了目的地——所谓的目的地，是妹妹夫妇二人住的别的地方的郊外，那个地方对于他们来说也许已经是第三或者是第四个郊外了，或者也许只是住下不久的父母两人的共管公寓罢了。在那里你能够证明的仅仅是确认一下车辆的行驶里程计，看一下自己到底旅行了多远而已。这里的商业步行街，和你所在的城市的有着同样的店铺，卖着同样的商品，上映着同样的电影，如果你进去一下就会发现客人恐怕也是一样的吧。如果是这样的话，你又为什么特意来到这里呢？这里只是你所在城市的延长罢了。来到那样的地方，难道能够看到新的东西吗？孩子们对于这样的旅行——也就是，从到处都有的地方，经由到处都有的事物，来到了到处都有的场所，这样的旅行孩子们经历得越多，就会变得越来越以为世界太小而且越发的均质化。（11—13）

在这一章节里表达了，"在那里你能够证明的仅仅是确认一下车辆的行驶里程计，看一下自己到底旅行了多远而已"——这样的悲叹。在这个国家，旅行在某种意义上已经废弃了。我们离开自己住的地方，通过那些相似的场所到达的目的地，与我们日常生活的场所几乎没有什么不同，是被全球化的同一性完全支配的地方。对于成为全球化事物的批评，大概可以说是 19 世纪梭罗曾专心研究过问题的现代版。而桑德斯讨论问题的核心，难道不就是由于我们的生活、生命的均质化而引起的身心疲惫吗？

在越来越均质化的现代，研讨地域性特有的魅力和全球化心理的、生态学意义的研究和文学作品不断增加，争论的语调无论是批判性的或者是称赞性的声音都变得响亮起来。比如最近的两个例子，有露西·利帕德的《地域性事物的魅惑》和米歇尔·汤玛斯豪的《保卫生物圈》。桑德斯根据对美国现实的观察，对于持续而急速变化的文化前途做出了推测性的想象，他谨慎的夸张起到了作为社会批评的作用：

当然我是在夸大其词，但是，是在何种程度上呢？美国仍然是一片保持着多样性肌理的土地，并没有完全被疲弊规格化。但是，由于技术和商业、媒体，还有美国人狂热的迁徙嗜好，每年都在逐渐地被同化。随着越发地到处去追求金钱和梦想，某些特定的场所在我们的心里变得已经不能刻下些什么了，估计自己所在的场所也变得不能完全了解了吧。地域的特色在电视的单调面前不再具有任何优势。地域的特色被背景化的活动所取代。在当地特有的建筑方法、爱的告白以及当地的歌曲、故事以及概念，根本无法匹敌全国性的模板。（13）

如同上面所说的那样，这样的分析和批评酷似梭罗在《瓦尔登湖》或者其他的报纸上，《缅因森林》以及晚年的散文《行走》等各种各样的作品里进行过的探讨。

2. 从倦怠的相似性到新的地域主义

对于梭罗来说，所谓人生的目的就是享受与世界丰富且意义深远的联系。在《瓦尔登湖》里梭罗这样写道，"正是觉醒才仅仅意味着活着。我现在依然没有曾经真正的遇到过觉醒的人们。更勿论，该怎样才能实现看到那样的人出现在眼前呢？"（90）在这句引用的数行之后，梭罗表述了想要完全把握人生的精髓并在与之深切结合下活着的想法。

桑德斯也在《当揭开美国光滑的表皮》和其他的散文中，又一次承认了美国文化一直走向衰退的趋势，似乎想要寻找丰富且充实的生活方式。桑德斯虽然是从一个在某个产业化的文化氛围里的现代作家的立场出发提出问题的，同时，不正是在为许多美国作家和其他的城市、产业文化的作家代言吗？在下面一段里，讲述了在植物圈和动物圈、在语言以及食物的地域性特色的保护上，通过"接触未知的事物"有着起到预防大脑功能停止的效果：

无法预期的事物在麻烦的反面，也有着使我们觉醒的作用。关闭窗子能够躲开臭鼬的臭味和尖锐的汽笛声，但在这种状态下丁香的气味和小鸟的叫声，面包店里飘散过来的酵母菌的香味，还有在广场上玩耍的孩子们的声音也被遮挡住了。在横穿美国大陆时，在没有必要看菜单就点了经常吃的汉堡和薯片的情况下，不会真正去品味正在吃的东西。在大多数的州被顶着同样发型，带着同样微笑的店员迎接，无论在哪里都能听到电视节目的主持人们讲着同样的事情，无论在哪里的卖报纸杂志的地方也都能看到同样的关于血腥和欲望的报道，在这样的情况下，大脑没有必要思考什么，倒不如把这些活动停下来会更好些。但是，也存在着追求未知事物的正当理由。未知的事物给予我们滋养与活力，给我们以启发。人类就是通过与未知事物的接触才实现了知性的成长。(14)

"觉醒意味着生存"，如果用别的方式来表述的话，就产生了这样一段文字。但是桑德斯并没有诸如使读者的眼睛关注身边的场所和自己的内心所拥有的微妙的组合——这样乐观的态度。而是在阐述必须要动员整个共同体的人们，来保护地域的自然和文化。从第一部分里面我们能够看到的观点是基于一种叫做"新地域主义"的美国的非正式社会运动。新地域主义的信奉者们，从使用遥远的国外产的天然原料制造的产品的消费到以"西洋"（欧洲和北美，并且在某种意义上也包括日本等有着全球化经济实力的国家）作为发源地的思想倾向、时尚、娱乐媒体在全世界范围内被过剩地充斥着的现状，不断地对现代世界的全球化进行着抗议。

桑德斯在《当揭开美国光滑的表皮》开始部分的比喻里所描述出来的是现代美国代表性的地方旅行，那也是一道由在那里被看到的快餐、商业街和其他各种各样的同一性带来的越发衰败的风景。但是，桑德斯真正想要说的是，美国以及与之类似的文化在不同的场所里必须要尊重其特有的地域性。例如在下面的章节里被描述的"对于地球来说不需要如此的观光客，但是居民的数量必须进一步增加"。这里必须要思考的是，成为自己所居住场所里的真正的居民到底是怎么一回事。为了完全熟悉这个行星的某个场所，那个地域特有的知识哪些是必要的呢？在思考现代社会魅力和要求的时候，从全球化经济抽身出来哪怕仅仅一点点会有可能生活下去吗？被桑德斯称作"光滑的表皮"的隐喻，自己难道不是和事态紧迫的地球现状没有关系吗？——对于所有有着这样不安和漠然的现代世界的人们来说，却是一个无法忽视的训诫：

> 对于地球来说不需要如此的观光客，但是居民的数量必须进一步增加不是吗？也就是说，虽然不再需要那些如同在金钱的泡沫里包裹着、没有任何目的、整日游荡的人们，但对于那些想要更加了解自己生活并且熟知的场所、并且去重视的人们必须要增加。为了实现这一点，难道不是要努力地寻求新的"场所的感觉"吗？在这种场合下重要的不是要同地球村保持同步、寻根溯源、研究人类的伟业，而是学习关于土地我们能够学习到的全部知识。自己正在住的房子或者公寓周围的土壤和地下的岩石是什么样子的？这种土壤和地壳是如何被形成的？由于地壳的变动如何被扭曲和变成褶皱的？气候的影响怎么样？冰河和火山的影响存在吗？怎样使水量变得充沛和整修水渠的？……我们必须要知道的事情是，风朝哪个方向吹，什么样的灰尘、花粉以及污染物质会被吹送过来。在那个场所里，有什么样的鸟类、动物、昆虫，什么样的野草会开花？适合种植什么样的作物？什么样的灌木、花、树木什么时候会盛开？哪些生物会唱歌？
>
> 通过回答这样的问题，我们才能知道自己实际上生活的场所真正的样子……

揭开被人工制造物覆盖的光滑的表皮，剥开地图，看一下那些被爆破作业和推土机平整过的土地没有到达的地方，土地依然令人难以置信地和从前一样充满着多样性……

　　我们必须把描述场所的词汇变得更加的丰富……必须努力能够说出各个不同的场所具有的特殊性、微妙的含义和变化。（16—18）

　　关于理解自己所居住场所（或者拜访的场所）的必要性，还有另外一位现代美国自然文学作家——约翰·丹尼尔也提倡过。只是，丹尼尔的视角与桑德斯的稍有不同。桑德斯提出温德尔·贝里在以《家政学》为代表的著作里提倡的问题，主张必须要重新学习"不是无法安静下来总是在移动的状态"，而是在"同一个场所里安定下来"（用英语来表达为 stay put，这也是1993 年出版的桑德斯散文集的标题）。另一方面，丹尼尔则以美利坚合众国为代表的社会，把许多人由于经济或者其他的压力而在一生中不得不迁移多次的事实，努力地贴近他关于积极的参与和伴有责任感的生活方式的构想。例如，丹尼尔在 1992 年的散文集《家路》的点题之作中如下写道：

　　　　我们一边从一片土地到另一片土地，从一幢房子到另一幢房子自由地迁移着，在那里幸福地生活，享受着一种称作独立的东西。与此同时，虽然在舒适地迁移，但有时候也会感到无措，变得苦闷。这是因为虽然明明确定知道自己所拥有的东西，但却到处寻找不到自己应该在的地方。虽然在移居这一点上没有停滞，但我们应该一边掌握关于所谓场所这种事物的基本知识一边尝试着学习。（206）

如果是"定居型生命地域主义者"的桑德斯和贝里的话，也许会压抑迁徙的冲动，宣扬像梭罗流派那样在自己所在的场所里努力完全地存在吧（也就是称为身边的宇宙地理学者），丹尼尔则认为即使看起来是有着必然性迁移，伴随着积极的参与和责任的生活方式也是可能的。但是，如果我们不能克服迁移嗜好的话，所有的现代作家都认为这是不可以的。例如，成长于印第安纳州，并于 20 世纪 70 年代中期移居到亚利桑那州的美国作家加里·保罗·纳卜汉，他是一位通过理解文化和个人是如何加深与特定场所的关系，学习场所自然的变迁，使文化适合于地域性等，努力加深自己的"生"的一位作家。

3. 关于地域性食物的快乐和政治学—— "场所感觉"的实验

　　20 世纪 90 年代后半期，纳卜汉为了尝试是否能够把家庭从全球化的（食物）经济里面解救出来，进行了一次个人性的实验。作为民族生物学者，他花费了几年的时间持续地进行了关于索诺拉沙漠的文化，特别是关于 Tohono O'odham 民族的研究，探讨关于地域自然志的人们的知识是如何与他们的宇宙观、语言、生活方式复杂地联系在一起的。关于食物和饮料的考察，经常成为纳卜汉的民族生物学研究以及在作为文学作品的自然文学中的主要关注点之一。他的实验是在 15 个月的时间里，除了距离他在亚利桑那州图森的家里 250 英里以内栽培或者培育的食物以外，不放任何别的食物。实验期间，纳卜汉自己亲手栽培食物，自己没有办法栽培的东西就从当地的农户购买。在下面的一段里，描述了他把多国籍企业的产品从自己家的厨房里清除出去的过程。并且，也表明了和读者一样，作家自身也曾经依赖于全球化经济：

　　　　当我结束对厨房里食材架子的储藏调查时，才意识到自己不知不觉中就已经购买了世界的食品、饮料公司前十位中的六个公司——雀巢、菲利普·莫里斯、康尼格拉、百事可

乐、可口可乐、玛氏的食品。……现在，像这样贴着多国籍
企业交易标签的产品占据了全球食品、饮料零售额的十分之
一……

虽然认为自己对于食品的嗜好是折中的，但通过储藏调
查，发现吃进嘴里东西的大部分都是从少数几家食品加工销
售企业购买来的。亚利桑那家里的食材架子、冰箱、食品储
藏室贯穿了改良、生产、分配的管理流程，被在从阿根廷到
扎伊尔（刚果共和国旧名——译者注）等世界各地进行经
营的企业的农产品占据着。像这样的企业，更是进一步占据
国家的商业，数量本身也在减少。最近，在食品业界的企业
合并和购买一年要花费一兆美元以上。（46）

在纳卜汉 2002 年出版的《回家吃饭——地域食物的快乐与
政治学》的开始部分虽然很明显，但是在这个实验里，还存在
着通过加深与身边食物及特定食物之间的关系从而努力提高个人
意识的——与梭罗派并不相同的内容。纳卜汉的实验是，对于全
球化的社会性、生态学含义的根本性不安——是以对于经济力量
和政治力量被少数的多国籍企业中央集权化的不安，通过消费者
投向的对于食物（以及别的其他的消费产品）的生产过程的责
任感而产生的对于社会性、生态学危机的不安——为基础的。在
纳卜汉的最新著作中，强烈支持根本性社会改革的政治信号十分
明显。例如，在下面一段里，描述了关于世界上许多食品生产过
程中对于不可再生资源的过度消费。

所谓饮食中消费的卡路里，实际上并不是吃掉的水果、坚
果、肉类、根茎类含有卡路里的单纯总和。还包括在狩猎、采
集、加工、屠杀上所耗费的运动量，以及在烤制食物、用烤箱来
烧烤、用铁丝网来煎或者是烹煮的过程中所必要的热量。根据考
古学家的研究，人类在狩猎采集阶段"平均"一天直接消耗的
卡路里，包括把食物搬运到户外做饭的地方以及为了烤制肉类和

根茎类而采集的必要的干柴，在所有这些上面所使用的能量总计为 2500—3500 卡路里。当然，对于为了获取食物每个季节都要迁徙的人们来说，平均值是没有任何意义的。但是，在最近生物多样性计划组织发行的会员期刊里面，刊登了朋友彼得·维托塞克（Peter Vitousek）的推断，据说为了生产现在美国人自己吃的东西平均一天必须要消耗 46000 卡路里。关于这个论断，生态学者斯图尔特·平做出了如下的反驳：

> "这个数字太低了，"平这样说道。在维托塞克的推论里面，并没有包括食品材料的搬运、煤气炉的调配，以及在电动式食品加工机和咖啡机的使用上必需的石油燃料的消费。但彼得和斯图尔特也有一致同意的地方。那就是，地球一年内生产能量的 40% 以上，在不确定前途的情况下在宇宙中飞驰的方舟里牺牲了无数努力维持自己生命的生物，仅仅只有一种——我们人类——是被注入能量的。(66)

纳卜汉的地域密集型饮食生活实验，在批评全球化食物经济的同时，也评价和称赞了地域的共同体。这个场合的共同体有两个方面的含义。一是人类的共同体。在纳卜汉的作物栽培和食物制作上都有朋友的协助，另外，当地能够生产的食物也是从朋友们那里购买的。二是从使用推土机进行的平整土地和城市的无序扩张化而引起的驱逐中逃脱出来的动植物的共同体。纳卜汉在作品里，得意扬扬地描述了通过使用在当地生产的食物的令人惊异的利用价值从而使在全球化网络之外的生活成为可能，并且甚至能够得到快乐。因此，他在强调自己了解所住的场所里生长着的食用植物和动物的快乐的同时，还说明了回避转基因食品和通过榨取外国的土地和人民从而调配到的食物对于一般人也是可以做到的。

《回家吃饭》积极地支持了新的地域主义。在这部作品中，对于身边的宇宙地理学内容的梭罗式理解，在看起来貌似被全球化的商业束缚着的现代美国社会中应该正在逐步扩大。从临近作品结尾的地方，我们试着引用一下地域密集型饮食生活被认为是对于世界生态学、精神性疾病万能解药的理由：

如果地域特有的食品的价值在于降低血糖浓度和胆固醇指数的话，那么把这样的食物里含有的溶解性纤维生成遗传基因抽取出来，植入到容易栽培的植物体内，以此为原料制造出简单便利的功能性食品就可以了。但是，地域特有的食品，给予这片土地，以及住在那里的我们的精神以滋养。我渐渐喜欢上了这里食物的味道。也有朋友指出说：最重要的是也存在着必须要锻造特别味觉的东西。他们的评价是正确的，事实上，我有时会把朋友和家人根本没有勇气去吃的食物摆在餐桌上。虽说这样，也并不是因为地方的食物不被消费者接受，才没有被广泛地使用。

妨碍地域特有的食物复兴的真正障碍与其说是文化上的——不如更准确地说是精神上的——是一种进退两难的境地。从不认为地球是神圣的，也不感谢大自然的恩惠，并且认为自己是神——是耶和华、世界的创造者、盖亚、塔塔的神、神圣的洞熊和乌鸦等、似乎想如此称呼就如此称呼——在不认为自己担任着照顾地球的状况下，谁也不可能认真地思考"吃"这种行为到底给生态学和文化造成了多大的伤害。屠杀自己吃的家畜、收获和粉碎自己吃的谷物、收割和烘干自己使用的牧草，这些事情做不做都和自己没有关系。不想在这里而是想在别的什么地方的欲求，动物——构成那种细胞的东西是只有在我们极其热爱的地球的土地上才有——只要不舍弃不是这样的而是别的什么东西的欲求，就应该不会有担心某片土地特有的食物、家族的农场、风景以及共同体健康的理由吧。（303—304）

今天大部分美国人都在附近的商店（与其这样说，不如说是在别的遥远的城市里有总店的、被开展连锁的超市分店）里购买食材。所买的食材也都被精美地包装着，关于生产、加工的信息痕迹被清除得干干净净。即使有些信息，也是只有诸如"新墨西哥产什锦"或者"去除99％的脂肪"等为了吸引消费者的内容。读完纳卜汉的最新作品之后，我自身，对享受最近三四年间在我所住的内华达州里诺市快速增长的、在面向叫商人乔（Trader Joe's）或者是放荡不羁的雅皮士的店里贩卖的具有异国情调的外国产的食材产生了担忧。如果可以的话，我希望过一种不要给世界增加太多负担的生活方式。另外，正如很多人正在做的那样，也会有想要享受世界多样的食物、文化和风景的欲望。在某种意义上，待在家里享受异国的食物这种事情与实际上与在异国旅行很相似。但是，如果将在那样的食物进口所花费的能量成本与纳卜汉的评论相对照的话，在地方性的规模下生活却进行着全球化的饮食生活这种事情在生态学上是不好的。

4. 延伸关注地域型的感性——参与、知识、称赞

最初读纳卜汉的《回家吃饭》这本书，恰好是利用内华达大学的研究休假在澳大利亚的布里斯班停留的半年时间。在那段时期，因为各种各样的项目持续地读了一些美国的环境文学作品，同时也开始阅读澳大利亚的文学作品。到了布里斯班不久后认识的作家中有一位叫埃里克·罗尔斯的，既是牧场主也是环境主义者。他在1981年出版的作品——《一百万英亩的荒野》，是一部以自然为主题的现代澳大利亚文学的里程碑式的作品。罗尔斯一边饲养着80多只（头）牛羊，一边通过自学学会了多种语言，而且还是一位美食家和红酒爱好者。1998年，由于《料

理和红酒的称赞》的出版，罗尔斯的享乐主义迎来了巅峰。这本书虽然并没有直接批判在《回家吃饭》里被承认的那种地域密集型饮食生活，却提倡了把关于食物（包含关于食物栽培、饲养的生态学）的地域性的看法和全球化的看法绝妙地混合在一起的观点。在某种意义上，罗尔斯是把桑德斯和纳卜汉称作诸如"地域的感性"的内容加以修正，使之适应于全世界的自然现象和对食物的理解。

实际上，《料理和红酒的称赞》的主题是对于全球化的称赞。在这本书里，主要传达了一种称为品味身体感觉的惠特曼式的训导，除此之外其他明显的训导里，还存在着把享受地域的经历和现象同享受异国的文化和食物并行起来的思考方式。作品里到处都能够看到关于动植物简洁的生物学说明，并且都与某些食物的产地联结在一起。例如，关于澳大利亚的特产——蘑菇就做了如下的说明：

蘑菇是一种无上的美味。在澳大利亚生长着 2000 到 3000 种蘑菇，其中的大部分还没有被充分的调查，另外多少是有毒的也没有弄清楚。很多蘑菇和其他植物生长在一起，相互为对方提供好处。也有的因为是寄生性的，最后会把宿主消灭掉。

在澳大利亚和欧洲经常能看的食用伞菌（Agaricus campestris），和牛粪有着很大关系。我在大约 20 年间有两个农场——位于沿着纳莫伊河的吉威蒂、新南威尔士北部的皮拉戈森林的西部的帕拉丁附近的保加布里和康巴顿。之前的所有者说那里是不生长蘑菇这种东西的。这两个农场无论哪一个之前都没有饲养过牛。为了饲养食肉用牛我每年都会去采购，然后在这里放养。这样经过两年后，培育出了绵延好几公顷的上好的蘑菇。它们在绿油油的牧草地里闪耀着光芒。蘑菇是呈环状生长的，随着地下菌丝的扩大那个环状也年年变大——有这样的说法。全家人拿着小刀挎着篮子，一边让指头和手被孢子染成巧克力色一边采摘着蘑菇。蘑菇的气味太好闻了，蘑菇堆积的仿佛要从篮子里面冒出来似的。生长蘑菇的地方也不需要特别的耕耘，还有比蘑菇更好的作物吗？

烹制的时候，为了不让蘑菇的汁水出来要用猛火快速的调理。为了把它的味道激发出来所以要用些黄油，为了提高温度则是用橄榄油为好。只是必须要注意比例的搭配。如果橄榄油比黄油要多的话，蘑菇本身的味道就完全被掩盖掉了。只要注意这一点就可以做成一顿美味的蘑菇早餐了。

一个人平均两条凤尾鱼，把凤尾鱼放到过滤器上面用勺子背一边敲碎，一边去除骨头并过滤。然后与两三杯大汤匙的温奶油混合，做成酱汁，然后浇到放有蘑菇的吐司上面。（300—301）

在这一节里关于蘑菇在哪里，如何被培育做了说明，也提示了蘑菇与浓郁的牛粪的香味结合在一起的普鲁斯特式的回忆，并通过用黑体字表示的迷你菜谱和料理烹制建议作出了总结。这一节应该可以归入"地域主义的自然文学"一类吧。是一部围绕拥有牛和蘑菇以及美好早餐——原牧场主生活的短小故事和自然志结合在一起的作品。在引用之处，并没有与加里·纳卜汉所倡导的地域密集型饮食生活有不契合的地方。虽说如此，但是在原来没有牛的环境里（袋鼠和沙袋鼠等动物柔软的脚是没有问题的），可以预测因为牛坚硬的蹄子而造成的长期损害，对此纳卜汉先生作何感想就不得而知了。

但是，在罗尔斯的作品里，存在着把澳大利亚的地域性食物与全世界的场所之间进行着交流的规律。在两三页围绕着蘑菇的称赞之后，一边回顾着关于在新南威士州饲养牛的生活，一边进入下面一小段关于一种叫做茴香的香草的描写：

　　茴香是在欧洲广泛使用在料理上面的一种香草或者叫蔬菜，原产于地中海。有稍微有些硬的多年生品种，也有作为佛罗伦萨茴香而闻名的意大利产一年生品种。茎的根部会长成大块的、白色肉质的蔬菜，无论是做菜或者是生吃都非常美味。像汁水很多的苹果那样浓度很高，叶子和种子也是一样的，有着茴芹种子那样温和的风味和鸡肉或者鱼肉都是非常搭配的。（310—311）

对于读到作品这里的读者来说，已经能够清晰地了解到埃里克·罗尔斯关于料理和红酒喜欢本地产的，同时排斥非本地产的，或者是与之恰恰相反的——并未呈现出极端的一边倒的情况。他并不拘泥于原产地，只要是美味的食物什么都喜欢。但是，罗尔斯身上也有着与其他的环境作家以及美食家共通的认识。那就是，例如在下面一节中可以看到的，对于快餐及其所象征着的企业全球化的厌恶：

　　如果勉强要说明一下麦当劳的汉堡的话，似乎可以说成是把脂肪和盐夹在白色的稀松面包片里的替代品，另外一起带有含有大量砂糖的碳酸饮料吧。为了销售这样的食物，企业雇佣了未满 18 岁的少男少女，让他们穿着同样的制服，把待客礼仪手册化，一律支付等额的工资。在麦当劳里，人们的行为上也是没有个性的。在英国，把那些临时的三流工作称为"麦当劳工作"。（344）

　　尝试着去调查麦当劳是怎样成为既没有特定的场所又没有味道的全球化文化象征的，看起来似乎也是一件有意思的事情。无论是斯科特·拉塞尔·桑德斯，或者加里·保罗·纳卜汉，还是埃里克·罗尔斯，对于所有快餐都有着无意识的批判倾向，特别是麦当劳，由于其象征了现代社会对于食物的品质、地域的风景和料理、在生产过程中没有危及自然界产品的消费越来越漠视的事实，所以受到了更加严厉的批判。像这样的批判哪个都是一样的，哪里都存在，批判自身也像麦当劳的餐馆一样出现在全世界的街头上。我们权且把这个叫做"麦当劳批判"吧。

5. 评价麦当劳——对于开展连锁快餐店的中伤和"越境式地域性"的发展

　　无意识地参与到称赞或者是批判都是一件伴随着危险的事情。之所以这样说，恐怕是因为在那样的态度里面，欠缺对于成为问题的主题批判性分析。另外，无论原本出于多么的谨慎与真挚的想法，无意识地说出基于先入为主观点的意见也是一件十分随意的事情。想要驱逐可恶的、作为全球化象征的快餐，特别是麦当劳的倾向，在某种程度上不是缘于想要追问地域文化的衰退这个问题的根源的——这种没有批判性的欲求吗？那种断言快餐是手机和电子邮件普及，慌乱和缺乏思考不断增加的现代社会的驱动力的言论，既是不公平的也是不正确的。根据以詹姆斯·L. 沃森的《在东洋闪耀光芒的 M 的文字——东亚的麦当劳》里所收录论文为代表的最新的研究，也存在将麦当劳正在对地域文化进行全球化破坏这样一般性的见解夸大其辞的情况。例如，关于麦当劳对于台湾文化的冲击，戴维·Y. H. 吴做出了如下的描述：

　　　　直到 20 世纪 90 年代中期，麦当劳对于那些在台湾城市里不断增加的对世界主义文化敏感的上层中产阶级家庭来说，才成为"日常"生活的一部分。年轻人吃着汉堡、薯条、匹萨、炸鸡以及热狗——并且喝着可口可乐、百事、七喜、雪碧——这样长大的。对于台湾的年轻人来说，这样的食品毫无疑问是"地域性"的。

　　与此同时，与多国籍企业没有任何关系的消费形态在台湾也获得大幅增长。最好的例子，应该就是在这十年里看起来不断扩大的嚼槟榔的习惯吧。对于槟榔的嗜好，最表明了庶民的台湾性。如果这样来看的话，讽刺的是槟榔和"巨无霸"汉堡一起，可以理解为变成对于虽有不同但未必是对立的台湾的消费者范畴来说的"地域"文化的象征。这两个象征所表现出来的是，在是台湾人的同时也是一个世界主义者，虽然是在这个场所——也就是台湾——但也必须要参与到外面的世界去。对于外部的人们来说（并且也是对于很多岛民来说）这样两种消费形态——超地域性的消费和横跨国境式的消费——看起来似乎是无法共存的。但是在今天的台湾两者相互共存，并且正在令人吃惊地相互强化着。（135）

正如槟榔和汉堡所例示的那样，"超地域性的"和"横跨国境性的"可以共存的想法，去除了地域性或者非地域性、地域主义或者全球化的均一性这样极其普遍的先入观念。确实，在梭罗、桑德斯、纳卜汉的作品里能够窥探到的想法，似乎在某种程度上加强了这种绝对的两分法。在罗尔斯看来，可以这样说无论是附近抑或是国外对于各地的美食（slowfood）他都喜爱，因此可以说他有着多样的世界性的嗜好——当然不包括快餐。至少，罗尔斯是一边贬斥着麦当劳一边讲述着这样的事情。

　　在关于麦当劳的故事里还有另一个令人感到意外的一面。那就是在著名的麦当劳炸薯条诞生的时候，听说生态地域的意识曾起到了作用。本文的讨论是，也许是与经常出现在以食物为主题的文学里的批评相反，赦免这个特定的快餐连锁，努力地尝试着去寻找一些好的方面。但是，麦当劳的创立者雷·克罗克的故事，在这样的地域性思考和全球化思考之间的紧张关系语境里读起来非常有意思。像麦当劳这样与全球化的形象紧密地贴合在一起的东西是没有的——这种说法我认为非常正确。结果，像麦当劳这种受到成千上万的人欢迎的象征所展现的东西，是无论哪里都能够看到的统一性，因为它不是根据某个特定的地方或者是地域文化而制作的食物。但是，如果你读了下面引用的关于麦当劳炸薯条的故事的话，也许会尝试着稍微冷静地去思考问题吧：

　　我教给他削土豆皮的方法。只要上面残留只有一点皮，土豆就会出现斑点。接下来把土豆切成细条，浇上冷水。这个仪式般的过程对我来说充满魅力。把衬衫的袖子挽到肘部，仿佛在医院里工作那样细心地洗完手和胳膊之后，把胳膊伸进水里，静静地把里面的土豆条搅拌，直到淀粉把水弄到浑白为止。之后用水好好地清洗土豆，放入篮子里用干净的油炸。做出来的东西是完美的金黄色的薯条。我试着吃了一个……，奇怪，既没有嚼头也没味道。这是什么呀？哪里搞错了吗？

　　我非常的不愉快。我的整个计划是想要实现规定上百家店的味道和质量的麦当劳的标准。但是，从最开始的一步就是这个样子。

　　我向薯条＆洋葱协会的专家请教，并描述了自己遇到的问题。他们最开始也是很吃惊的样子，但是研究所里的一个人，让我把麦当劳的圣伯那地诺市（译者注：加利福尼亚州南部城市）店的全部过程从搬运爱达荷州产的土豆开始逐一地讲给他听。我开始详细的说明，当讲到土豆的保管场所是一个用阳光直射不到的鸡舍用的铁丝网圈起来的储藏所时，研究员说“就是这个”。按照他所说的，刚挖掘出来的土豆几乎全是水分，通过使其干燥糖分才会变成淀粉，味道也会变得好起来。麦当劳兄弟无意间采取的流程，是让土豆接触到沙漠地带的干燥的空气使之自然而然地成熟了。

　　　　这些土豆得到了专家们的协助，我也在自己的店里面创
　　造出来了一套自然的成熟系统……（77）

　　那个炸薯条独特的味道和嚼头，在克罗克和麦当劳兄弟朝着开展
连锁合作进行商品开发的时候，提到爱达荷产的土豆与被暴露在
加利福尼亚州南部莫哈韦沙漠干燥的空气之间存在着关联，总觉
得有些不可思议。即使如此，也许今天的麦当劳已经远离了在克
罗克的自传中所描写的那种朴实的诞生，但在麦当劳的食物甚至
是历史里——与地球上特定场所相关联的历史——也是存在的，
这一点值得我们谨记。

　　本文的争论，是从亨利·戴维·梭罗开始到斯科特·拉塞
尔·桑德斯以及加里·保罗·纳卜汉，是从讨论在美国的环境文
学中经常能看到的全球化的批判和地域性的称赞这样的场所开
始。通过插入关于澳大利亚作家埃里克·罗尔斯作品的评论和关
于即使他自己也认为正在不断改变的全球化和麦当劳这个罪大恶
极者的题外话，我看到在某个地域的风景和文化里特有的"有
肌理的表皮"和全球化所拥有的统一的"光滑的表皮"中无论
选择哪一个都未必是件容易的事情。这已经变得很明显，也是我
希望看到的。今天的世界，处于地域性的东西和全球化的东西相
互抑制相互不能自由活动的境地。因为二者是完全不同的东西，
经常会被认为存在着一方征服另一方的关系。但是，快餐（fast
food）和慢餐（slow food），地域性的料理和别国的料理，日常
的料理和特别的料理，尝试着认为存在着多样的料理方式也是不
错的——这样的思考方法不是很好吗？在缺乏适应性的地方，必
须要在谷物的栽培和家畜的饲养上（另外关于人类可以利用的
其他的资源也一样）寻求谨慎并且可持续发展的方法。我们应
该作为目标的，在今后的环境文学里能够被表现出来的，不是理
解或者消灭全球化文化（和贸易）的方法，而应该是培养自治
文化的责任、人格、地域性的手段和方法。企业的最高经营责任

者要如此说的日子也许就要到来了（引自桑德斯的《当揭开美国光滑的表皮》）：

> 土地在我们的身体里面居住着。土地是我们身体的唯一的根源。但是，为了让土地居住到我们的精神里，我们必须付出与之相应的努力。……所谓生命地域意识，就是不要常常忘记你所居住着的场所，确认场所的状况和要求，积极地去照顾场所——这样的想法和事情。(18)

假如不是太迟，就以这样的事情得到实现为开始，那么也许从此对人类的未来可以报以希望了。

参考文献

Berry, Wendell. *Home Economics.* San Francisco：North Point, 1987.

Daniel, John. "The Trail Home." *The Trail Home.* New York：Pantheon Books, 1992.（生田省悟译《家路》，《对开本 a》1993 年第 2 期，第 100—111 页。）

Kroc, Ray（with Robert Anderson）. *Grinding It Out：The Marking of McDonald's.* 1977. New York：St. Martin's, 1987.

Lippard, Lucy. *The Lure of the Local：Senses of Place in a Multicentered Society.* New York：The New Press, 1997.

Nabhan, Gary Paul. *Coming Home to Eat：The Pleasure and Politics of Local Foods.* New York：Norton, 2002.

Rolls, Eric. *A Celebration of Food and Wine.* Brisbane Qld：University of Queensland Press, 1998.

——. *A Million Wild Acers.* Ring Wood VIC：Penguin, 1981.

Sanders, Scott Russell. "Beneath the Smooth Skin of American." *Writing from the Center.* Bloomington：Indiana UP, 1995.

Thomashow, Mitchell. *Bringing the Biosphere Home.* Cambridge：MIT Press, 2002.

Thoreau, Henry David. *Walden*. 1854. Princeton: University Press, 1974. (饭田实译《森林生活——瓦尔登湖》上、下，岩波书店，1995 年。)

Wu, David Y. H. "McDondld's in Taipei." *Golden Arches East: McDonld's in East Asia*. Ed. James L. Waston. Stanford, CA: Stanford University Press, 1997.

第 二 部

越境精神

寻求场所的感觉

——宫泽贤治与加里·斯奈德

山里胜己

1. 序言

加里·斯奈德曾经把宫泽贤治的 18 首诗歌译成英文，并且收录在他自己的诗集——《内部之国》（*The Back Country*，下文略称为 *BC*）的第五章（"Miyazawa Kenji"）里。自此以后，对于二者相似性的比较研究就产生了。[1] 迄今为止的研究，都是站在各自独立的立场上，去探求这两位诗人的相似性，本文想要尝试着从"场所的感觉"的视点出发对二者进行比较。并且本文想要把宫泽作为一位定居者，并且是一位一直尝试着把科学和佛教相融合并不断加深的、场所的感觉的作家；把斯奈德作为再定居者，并且是一位以佛教和生态学为基础，一边吸收着美国原住民的传统一边摸索着"场所的感觉"的作家，在做出这样规定的基础上进行分析。

在比较二者之前，我想要简单介绍一下关于斯奈德与宫泽的"相识"。斯奈德知道宫泽的存在，是在 1956 年他来日本之前。[2] 听斯奈德自己讲，来日本之前在熟人——领导伯克利佛教教会的今村宽猛的妻子简那里看到了《不会输给雨》的英译本。[3] 但是，这部作品和他在加利福尼亚大学伯克利分校研究生院里读过的日本现代诗，特别是和受到欧洲近代诗影响的作品之间有着明显的不同。虽然斯奈德认为在这一点上它是很突出的，但除此之外关于宫泽并没有显示出来更多的关注。20 世纪 50 年代中期，斯奈德到达京都之后，得到了一本宫泽散文集的英译本，那个时候他才第一次认识到宫泽是一位多么多彩的作家。

20 世纪 60 年代初期，斯奈德被 UNESCO① 邀请进行日本文学英译的工作。那个时候，他就应该为英译的作品和伯顿·沃森进行商议。沃森是一位在哥伦比亚大学取得博士学位、专业为中国历史的学者和翻译家，已经在日本居留了很长时间。那个时候沃森推荐的正是宫泽贤治。因为在此之前斯奈德已经读了不少宫泽的作品，就决定如沃森提议的那样，翻译宫泽的作品。

根据加利福尼亚大学戴维斯分校希鲁斯图书馆所藏的斯奈德的草稿 "Miyazawa Kenji Work Sheets" 的记录，实际上开始翻译已经是 1962 年 11 月份的事情。(4) 帮助斯奈德翻译的是一位从京都大学毕业的日本人，叫井上津弘（音译）。只要看到 "Miyazawa Kenji Work Sheets"，你就会了解到井上和斯奈德把宫泽的诗歌用词一个一个细致地分析，并对它的语义进行探讨的情形。在花费了数个月和井上一起阅读宫泽的作品之后，斯奈德开始进行翻译。并且经过修订草稿，琢磨推敲，最终完成了被收录在《内部之国》的翻译。

2. 场所的意义

如果对于现代日本的读者来说宫泽贤治的诗仍是难以理解的话，那么原因何在？其中一个当然是与作为 20 世纪 20 年代的近代诗人宫泽所使用的日语整体有关系的，如果从本文"场所的感觉"的视角来说的话，那么能够从宫泽频繁地在作品中插入

---

① 联合国教科文组织。——译者注

的科学用语和佛教用语中找到原因。一个作家在作品里面列举出来的"场所"，不仅要以生态学的知识为基础进行理解，在那个自然表象里也是包含着历史感觉和宇宙观（或者宗教观）的。[5]虽然对于斯奈德也能够说同样的话，但宫泽的自然表象是和那些诸多的要素复杂地相互缠绕在一起的。

例如，我们试着读一下早已为人熟知的《春和修罗》的下面一段吧：

> 愤怒的苦涩和苍白
> 透过四月气层光底
> 唾沫飞溅咬紧牙关
> 我，是一个阿修罗
> （风景在泪中摇曳）
> 眼路尽头的片片碎云
> 澄净清澈的天海之上
> 圣玻璃般的风交错吹来
> ZYPRESSEN 排成春天的队列
> 黑洞洞地吸着以太
> 丝杉昏暗的脚底下
> 天山雪脊都在闪光[6]

在这里虽然存在着郁闷的心象风景（宫泽所说的"mental sketch"），但构成这个风景的要素是例如"阿修罗"和"圣玻璃"那样的佛教用语，还有"ZYPRESSEN"和"光素"那样的科学用语，以及疑似科学用语。ZYPRESSEN 是德语，英语叫 cypress，在日语中被称为"线杉"。斯奈德没有把 ZYPRESSEN 翻译成英文，在英译中用"Zypressen"表记出来（BC，132）。在斯奈德的译文里，虽然宫泽的表记几乎是保持原样的，但 ZYPRESSEN 全是用大写字母连缀起来的，与斯奈德用欧文斜体字使用小写字母的 Zypressen 之间产生了微妙的差异。

没有被翻译的、全部只用大写字母连缀起来的外语在日语的语境中进行自我异化，在那个特异的角色上吸引了读者的注意。这个孤立的、被掩盖在日语中的德语词，通过将其音和形带进原文中，使岩手县的自然风光变容成了宫泽的"心象风景"。由大写字母连缀的这个庄严地屹立着的词语所带来的"心象风景"甚至是带有冲击性的。对于宫泽而言，这个词语有着把惯看的古老的风景变容成崭新的自然景观的力量。那个不能是线柏，也不能是西洋侧柏，必须是 ZYPRESSEN。为什么呢？因为这个外国的植物学用语使通过欧洲科学的视点来观察惯看了的风景成为可能。在这里存在着想要把日本特有的北国风光，书写在近代欧洲自然风景表面之上的冲动。换句话来说，岩手的自然风景，不应该是被树木和植物填满的自古以来就被惯看的农村铅版的样子，而应该被看作是作为通过科学的言论被分析的生态系统以及生态地域。在宫泽的"心象风景"里，反映着在远离大都市的近代日本的一个地域里各种各样的冲动和欲望。另外，虽然因为"心象风景"是一个多种因素相互缠绕的概念，是拒绝被轻易分析的内容，但是存在于那个曲折底部的，是主体现在和过去如何看待自己，而那样的主体又到底是什么——的问题。在宫泽看来，那样的文学是与成为时代主流的文学相抗争并把自然环境大胆前景化的东西。

在《内部之国》的英文版里面附有斯奈德的注释。其中，对"阿修罗"的注释是"梵语且是佛教用语"，并做了说明"存在于六道之一，经常在战斗中出现的、有恶意的巨人，在艺术作品中是作为相互杀戮的战士和武士被描写的"（133）。"阿修罗"目击了巨大的"ZYPRESSEN 春天的一列"把惯看的自然风景压倒，并且鲜明地使其变容。在"灿烂的四月底"里屹立的那个"黑暗的步调"撕裂了常见的日常的地平线。在《春和修罗》里被暗示出来的是诗人郁闷的心情，把自己比作是"阿修罗"的作家，渴望着从自己定居的场所——这个带有近、现代性的文化和包围着那样文化的自然风景中解放出来。这在某种意义上虽然是对把与自然的亲密关系前景化的宫泽文学的逆说，但有时这样的扭曲正是从在宫泽的诗中潜藏着的现代主义和与之相对抗的想象力的活力中产生的。

宫泽在这部作品中使用的另一个佛教用语——"玻璃"对许多读者来说应该也是很难理解的词语吧。"玻璃"原为梵语，一个意思是"水晶"或者"石英"（斯奈德把它译为 crystal），在佛教里面也被认为是所谓的"七宝"之一。在"Miyazawa Kenji Work Sheets"里的序言里，斯奈德指出在宫泽的作品中佛教用语和科学用语被大量使用，这就是其中一个具体的例子。[7]也许斯奈德的英译（"a holy crystal wind sweeps/the translucent sea of the sky"）是想传达原著里存在的带有宗教性语境的内容吧。

在宫泽的思想深处，存在着科学和宗教被融合的基础，那些作品无论是韵文抑或是散文，都不存在科学和宗教相互排斥的现象。二者存在着相互补充的关系，正是因为这样的关系才使得诗人通过不同的眼睛去观察包围自己的自然环境成为可能。也就是说，在这样的关系里诗人感受到了"晶莹的天海"中交错的"圣玻璃的风"，仿佛模糊地看到"黝黑地"屹立着的吸进了以太的 ZYPRESSEN。这是宫泽在《春和修罗》中构建的自然风景（精神素描）。并且这个自然风光虽然是现代的、科学的（具有欧洲属性的），但同时也可以称为是传统的和宗教的（具有亚洲属性的），实际上是脱离现实的极其奇妙的自然风景。

在这样的基础上宫泽继续探究"场所的感觉"，书写着表象"场所的感觉"的诗歌，例如，我们试着看一下题名为《休息》这部作品的开头几行吧：

在那片光辉灿烂的空间上面
金凤花正在开放

（那是上等的 butter-up，与奶酪相比更加接近硫黄和蜂蜜的颜色）

下面是猫爪草和水芹

镶嵌着美丽花纹的蜻蜓飞来飞去

小雨噼噼啪啪地敲打着

（没有苇莺，只有一些茱萸长在那里）。（24—25）

这首诗通过把动植物的名称正确且具体地记述出来，用以表象"场所的感觉"，这使人想起了斯奈德的几部作品。在生态地域内的场所的感觉就是以像这样细节知识的正确性为基础的。在斯奈德的初期作品中就开始能够窥视到这种倾向了，尤其是在获得普利策奖的《龟岛》（*Turtle Island*，1974，下文略称为 *TI*）之后，这种倾向变得更为明显。这个现象也就意味着从那个时候起斯奈德开始有意识地深化场所的感觉。

但是，在刚才的引用中，为什么宫泽的"毛茛"必须要被换称为 butter-up 呢？也许应该说在那里宫泽想要导入到岩手县他所定居场所里的近代欧洲新的科学精神和环境意识，或者如果用现在的方式来讲，应该说是生态性的世界观在那个背景之下存在着吧。进一步来讲，通过幻视新的岩手县的自然风景想要使自己也发生变容的宫泽的现代主义，也应该隐藏在这样的一个诗语背后。定居在一个叫花卷的地方，一边被暴露在不断席卷近现代世界的现代主义的强力诱惑之下，同时以在诗歌里把那个场所的感觉不断表象的世界主义者的文学为目标，在当时也许会被认为是奇怪的方向性吧，这大概也是宫泽的诗语和思想难以理解的原因所在。但若是以在 20 世纪后半期开始到 21 世纪初期的世界文学的潮流里获得的生态批评的观点来看的话，必须把这个"奇妙"的组合，实际上不仅是在日本文学，而且还是作为在世界文学里的先驱性开始去理解了。

在 20 世纪 20 年代和 30 年代宫泽曾是"农民诗人"。但是，

到了生态学的思想开始渗透到日本社会，对于场所文化的力量和
地方分权的重要性的认识加深的 20 世纪后半期，这样称号的消
失也成为必然。宫泽是直到仿佛看到人类和非人类的共同体才能
够把自己的想象力从既成的文学中解放出来的，日本近代诗人的
第一人。例如，我们看《一本木野》的下面一节是怎样的：

> 我是森林和原野的恋人
> 当哗啦哗啦地走进芦苇丛中
> 被不小心折下来的绿色的通信
> 不知什么时候就装进了口袋
> 若是走在树林里
> 在新月翘起的嘴唇后面
> 满是裤子和手臂（92）

这里的言论使人想起艾米丽·狄金森某部作品展示的与自然亲近
的言论。但是宫泽所倡导的人类和非人类的关系，甚至倡导了超
越了"共同体"这个概念界限的官能性的东西，也并不同于狄
金森的维多利亚王朝式的性意识，显示出更接近于斯奈德的自然
表象的存在方式。矶贝英夫这样描述道："自然，不是作为单纯
的背景，而是作为和人类平等的独立一员一直参与着，这种现象
尤其是作为贤治式的特色被注目。"（171）这句话正如在《龟
岛》等作品中能明显地看到的那样，也同样适合于斯奈德。

金关寿夫指出，宫泽的词汇中并不包含"生态学"一词
（213）。但是，宫泽在《青森挽歌》中，写道"《海克尔博
士！/我承担那个/光荣的证明责任真的可以》"（全集，第 2 卷，
193）。这里所说的海克尔博士，是指恩斯特·海因里希·海克
尔（Ernst Heinrich Haeckel，1834—1919），众所周知他就是创造
出"ecology"这个词语的德国科学家。原子朗把上面引用的三
行诗歌，解释为"在确信对已死妹妹宫泽登志的呼唤相通的基

础上呼唤着反神秘主义者海克尔"（636）。原子朗的解释也许是正确的，只要通过本文的观点来看，宫泽提及海克尔证明了他已经接触到了在欧洲开始萌芽的生态学的知识，在包含散文作品在内的那种作品体系里显示了已经浸透了生态要素背景的一节。如果从这种意义上来说的话，宫泽是在日本近代具有先驱性的生态诗人，也是一位应该被称为自然作家的写作者。

如此看来，理解宫泽贤治和加里·斯奈德的相似性似乎并不是那么困难。斯奈德也是从重新作为诗人出发的初期才开始想要达到科学和宗教的融合。20 世纪 50 年代，斯奈德已经深入地思索了关于生态学和佛教的共通之处。在《为了保护地球家园》（*Earth House Hold*，以下略称为 *EHH*）所收录的 50 年代初期的期刊里面，记录了关于佛教与生态学之间共通之处的洞察。也就是对于斯奈德来说，佛教和生态学在承认所有存在的相互依存性这一点上有着共通的世界形象。在佛教中这样的世界形象的核心印象是"因陀罗网"，它是把所有的存在重复的相互依存起来的状况视觉化了的内容（*EHH*，38）（有意思的是，宫泽也曾经创作过一个题名为《因陀罗网》的故事）。对于斯奈德来说，"因陀罗网"是亚洲的宗教性的视觉捕捉到的世界形象，而生态学则是发源于西洋科学性的思考而产生出来的自然界模型。

斯奈德于 1968 年回到美国，长达近十年的日本生活宣布告一段落，作为再次定居的场所他选择了位于加利福尼亚州塞拉·内华达山脉西侧斜坡森林中的土地。场所的感觉的深化成为在那片土地上斯奈德生活的焦点之一。例如，我们试着看下面一节。"如果管孔是红色的话/猪口菇是不能吃的/不要靠近天狗菇/如果不这样的话，兄弟，你就死定了。"（*TI*，46）这篇《野生的蘑菇》（The Wild Mushroom）描写了和孩子们一起去森林里面采蘑菇的情形，在这里作者作为父亲向孩子们传授关于蘑菇的知识，但这篇文章并不仅仅是以孩子们为对象的，暗示了父亲自身也在向这个场所的自然学习着。在题目为《民族植物学》（Ethnobotany）的作品中，作者试图通过亲自品尝森林里生长的蘑菇去了解蘑菇的特征。结果仅仅吃了一点点就想要呕吐。那个时候作者这样写道——"我们品尝全部，并把那个知识告诉孩子们"（TI, 51）。探究场所感觉的人有时要冒着把自己暴露在死亡之下的危险。

虽然这种行为从教育的背景来看的话是理所当然的事情，但宫泽与斯奈德相比拥有更加正确并且专业的植物学知识。例如，在《休息》的植物描写上也可以窥视到宫泽的这种知识背景。正确的植物学知识，宫泽是通过学校教育和在农业实践中专门获得的，而对于斯奈德来说，这样的教养则是在日常生活中积蓄而来的。但是，不论获取知识的背景如何，这样的知识都成为二者想要确立的场所的感觉的基础，并成为反映二者生存方式的内容。

为了发现两者的类似点，我想试着再读一下宫泽的诗。在《关于国立公园候选地的意见》里，讽刺了把鞍挂山指定为国立公园，并想要把它利用在自己的买卖上的人物。听说这个人想要通过改造"煞风景"的自然环境来吸引游客：

> 就这样，这里被建在了地狱
> 用可爱的东洋风情
> （中略）
> 全部剃掉
> 从全世界聚集而来的
> 狡猾和令人讨厌的家伙们的头颅
> （中略）
> 光着脚一圈圈地转
> 通过这种行为来消除罪行
> 强行推销着通往天堂的假冒通行证　（124—125）

野生的自然现在将要被画上充满东方趣味的厚厚的浓妆，盘算着把它变成商品。这是一个被熔岩覆盖起来的、缺乏情趣的地方。但是，若是这个火山地带的自然环境作为"地狱"被再次构筑的话，观光客们肯定会蜂拥而至的——这个被认为是不动产老板的人物这样算计着。这部作品整体虽然都是这个人物的独白，但不失为一篇描写设想着把野生的景观作为商品的——主人公的低劣的优秀作品。

对于斯奈德来说自然的商品化同样也是讽刺的对象。收录在《龟岛》中的几部作品，通过对破坏场所行为的尖锐讽刺进行抗议。例如，《野生的呼声》（The Call of the Wild）就是一部对那些因为生虫子就把巨大的树木给卖掉，因为叫声惹人心烦就要给草原狼设陷阱的人们进行讽刺的作品（*TI*，22）。

关于斯奈德和宫泽的类似点我们通过后者题名为《政治家》的作品再尝试着看一下吧。在这部作品中，诗人不仅讽刺了人类的愚昧，还暗示出了忍耐着由于人类带来的破坏，一直坚持着的自然环境的强韧。诗歌从以下所描绘的政治家的讽刺画开始：

> 这里还有那里
> 产生一阵骚乱
> 全部都是些贪婪的家伙
> 羊齿草的叶子和云朵
> 世界如此的冷漠和黑暗
> 那些家伙
> 一个一个地腐烂
> 然后一个一个地被雨水冲刷掉

人类愚蠢的行为是无法在大自然悠久的经营中长久地持续下去的。自然仅仅用沉默就可以应对那样的人类文明。这首诗选择了如下的结尾：

> 剩下的只有翠绿的羊齿草
> 人类的石炭纪
> 什么地方透明的
> 地质学家的记录吧（221—222）

　　笼罩着大地压倒性的近代工业文明和讴歌着这些文明的人们，追求着支配自然和一时的物质繁荣。但是，宫泽仿佛看到"一时喧嚣之后/想要吞噬全部"被矮小化的人类的欲望，以及那种文明的不可持久。被文明的诸多产物覆盖着变得无法看清自身的样子，自然渐渐地再次压倒了文明，"只剩下青翠的羊齿草"开始慢慢地覆盖大地。那是人类的灭绝之日，从遥远的未来眺望这个世界的地质学家被描写为"透明的"存在。这也是潜藏在宫泽的想象力的世界里一直幻视着未来的预言者。

　　野生自然忍耐着破坏性文明的繁荣，一直潜伏着，积蓄着力量窥视着在地表复活的机会，这使人想起了收录在斯奈德的《野性的实践》（*The Practice of the Wild*）里面题目为《自由的礼仪》（The Etiquette of Freedom）的散文和在称之为他毕生事业的《山水无尽头》（*Mountains and Rivers without End*，以下略称为 *MRWE*）里收录的《洛杉矶盆地的晚歌》（Night Song of the Los Angeles Basin）。关于野生的自然拥有的力量，斯奈德写道：

> 　　荒野也许会一时性的缩小，但野性本身不可能灭绝。荒野如同幽灵那样在地球的表面游荡着。数量众多的植物种子躲藏在极地燕鸥脚上黏附的泥土和干燥沙漠的沙子下面，在风中飘荡着。这些种子们适应着特有的土壤和环境，有着不同的小小的形状和胎毛，飘荡，冻结，并做着被动物吞下去的准备，但它的胚芽任何时候都好好地保存着。荒野必然会苏醒过来的吧。但是，那大概已经不是在崭新世界的早晨时

刻里闪耀着光芒的美丽的世界了。(*Practice*，15)

这篇文章描述了即使是受到了文明的影响而失去了始源的光辉，通过野生所拥有的复原能力荒野也必然会恢复的。作为具体的例子，在《洛杉矶盆地的晚歌》里斯奈德把洛杉矶河所拥有的野生力量用诗歌表现出来。现在的洛杉矶河被混凝土覆盖着，它的风采大部分都被掩藏在地下。但是，"河水流出的地方/震颤、凝缩、喷泻/那个瞬间的场所"是不会灭绝的。因此，蜥蜴们在那里合手礼拜，祈祷着"请给予我们健康和长寿吧"。因为在那里有着守护自然生命的"神社"，有着生命之源的水流出的场所(*MRWE*，62—63)。

3. 被吃掉的人类

这样的自然观，毕竟是从写作者的生命观里被照射出来的内容。场所的感觉归根到底是作者用什么样的生命观来眺望这个场所，换言之，也就是归结于用什么样的人生观来观察这个世界（宇宙）。接下来我们看一下两种代表性的生命观或者是人生观被表象出来的作品。首先，我们先试用宫泽的《订单很多的餐馆》来举例。这虽然只是一篇散文，但是可以清晰地窥探出作者的生命观、人生观。

上文提到的矶贝英夫指出，宫泽最大的问题是"生物为什么必须吃其他的生物才能生存下去呢"这个"似乎有些佛教徒意味的问题"。并且说明了宫泽相当多的童话都是由这个主题贯穿起来的（173）。这是一个尖锐的评论，几乎同一时期对这个问题做出详细分析的是梅原猛。梅原在以《宫泽贤治与讽刺精神》为题的论文中，说到《订单很多的餐馆》是把在山猫轩里立场的颠倒，也就是说对于来店里客人的订单，把从想要吃掉人类的动物的角度出发的订单作为讽刺的结尾，指出"这个从吃的立场到被吃的立场的场面的转换十分巧妙，绝对不会把自己放在被吃的立场上的人类第一次扮演站在被吃立场上的角色"。梅原猛还进一步指出，"在近代文明深处的底层存在着人类中心主义的杀害精神。对于那种杀害精神，贤治从慈悲的精神出发对其进行了严厉的批判"，这种世界观尖锐地指出，"一开始便从近代的日本文学家、思想家毫不例外几乎都持有的人类中心主义中脱离出来。对他来说，人类根本不是什么特权性质的存在者"（191）。支撑这样世界观、人生观基本思想的是佛教的生命观。梅原指出，"对于宫泽来说，世界是一个活着的生命体，是一个意识。这个活着的世界，被无限地多样分化，变化为各种各样的、成为富于变化的生命。日月、山川、草木、飞禽、鱼类、走兽还有人类，那些只不过是一个它自身生命形态的不同表象罢了"。并且还说道："这样的世界观，对于贤治来讲，是与近代科学的世界观一致的内容。"（195）

　　梅原在贤治的作品中读出了对于西洋文明的讽刺，从佛教的世界观里抽取出反人类中心主义的思想和新的生命观并展示出来的，是一种巧妙的生态批评的手法。并且应该说这种评论是极其妥当的。宫泽的生态学思想，也就是说人类并不是屹立在食物链顶点的存在，同时也是被自然界中的他者吃掉的存在，换言之，就是人类仅仅是在循环的宇宙生命长河里其中的一环罢了，从《排成英国部队的形状》中两个年轻绅士（hunter）下面的对话中能够明显地看到。这是两个人深入西洋餐馆"山猫轩"内部的一段对话。

　　　　所谓很多的订单，当然是对方向我们下订单啦。
　　　　那么也就是说，所谓的西洋餐馆，不是我认为的那样，让来的客人吃西洋料理，而是把来的人做成西洋料理，然后给别人吃。这个也就是说，我，我，我们……
　　　　身体开始哆嗦，说不出话来。

　　那个，我，我们，身体也开始哆嗦，说不出话来。

　　那个，我，我们，啊——，身体哆哆嗦嗦的，已经完全说不出话来了。（全集 13：45）

　　这里的人类，已经丧失了屹立在所有的存在之上的特权，看到了自己作为一个食物被编入食物链中的样子，仅仅是作为一种战栗的存在被描写出来。作为自然科学家，宫泽凝视场所、探究自然环境深处，在生态学上对人类的意义（也就是食物链中）进行了深刻的把握，正如梅原猛所指出的那样看到了近代人类中心主义的界限（197）。

　　我们拿来与这部作品进行比较研究的是斯奈德的一首题名为《味道之歌》（The Song of the Taste）的诗歌。这首诗被收录在诗集《关于波浪》（*Regarding Wave*）里面，这部诗集是斯奈德在京都的佛教研究告一段落，回到美国前后这段时期作品的一个集合，在它的深处能窥视到佛教的、生态学的生命观和人生观。下面引用的是整篇作品：

　　　　吃掉青草活着的胚芽

　　　　吃掉鸟儿硕大的鸟蛋

　　　　吃掉摇摆的树木的精子周围满满的肉质的美味

　　　　叫声柔和的母牛的

　　　　肋腹和腿部的筋肉

　　　　跳跃羊羔的力量

　　　　公牛尾巴的摆动

　　　　泥土中膨胀的根块

　　　　依靠着活着生物的生命

　　　　从空间中被纺织出来

　　　　隐藏在葡萄中的

　　　　光芒的结晶

　　　吃掉自己的种子

　　　相互吃掉

　　　把嘴巴伸向吃面包的恋人

　　　嘴唇与嘴唇重叠在一起（17）

这部作品的主题是"吃"，也就是在食物链中的"能量交换"，诗人生态学的世界观表达得非常明显。在这里面，作为诗人并且是佛教徒的斯奈德对于先前矶贝英夫所提起的生物"为什么必须吃其他的生物才能生存下去呢"这个"似乎有些佛教徒意味的问题"作出了回答。

　　在这部作品里"吃"这种行为的主体并未被限定。也就是说，这种没有明确表示主语的句法，暗示了并不仅仅是人类，所有的生物都可以是"吃"这种行为的主体。斯奈德指出我们相互食用，是互相食用各自的物种。鸡蛋和果实、叫声柔和的母牛的肋腹和腿肉、跳跃羊羔的年轻的力量或者公牛摇动尾巴时候的能量、泥土中肥美的根块（即胡萝卜，牛蒡和马铃薯等），仿佛织入光的能量似的葡萄。这些都是我们经常所吃食物的实体。在这样的世界上，从循环的能量交换系统中不可能只有人类能够自由地脱离出来。但是，虽说如此，自然界并不像曾经阿尔弗雷德·丁尼生在《悼念》（1850 年）里所感叹的那样，是一个"牙齿和爪子都沾满鲜血的"相互争斗的弱肉强食的世界。还有，宇宙也不是像曾经欧美的自然主义者们所描述的那样冷冰冰的世界。在斯奈德这里，宇宙被表象为它所包含的所有的生物如同是多重的相互依存的网眼一样（"因陀罗网"）的世界。

　　若是借用美国原住民的语言来说，这个世界呈现出称为"生命"的"相互交换礼品的宴会"的形态。我们在食物链的网络中夺取和给予生命的行为，实际上就是交换礼物的行为，斯奈德指出这种行为在北美原住民之间被看作是宴会，实际上是向他者赠送礼物的一种祭典似的举动（*Practice*, 19）。因此，在这样的宇宙中，"吃"这种行为不知不觉中成为了一种仪式，成为了一种对于一个个的生命深深敬畏的念想证明了的大爱的行为。

在之前引用的《味道之歌》的最后部分第二行里的"面包"（Bread），暗示了基督教的仪式，显示出在"吃"这种行为里所包含的仪式性。另外，"嘴唇与嘴唇重合在一起"（lip to lip）中有着极具官能性的暗示。也就是说，"吃"这种行为实际上是存在的东西相互的"唇与唇"重叠的行为，与此同时如果想到"lip"所唤起的另外一个印象（也就是，女性生殖器的一部分的名称）的话，"吃"这种行为不知不觉之间也被理解成了在宇宙中深远的官能性行为。在宫泽的《一本木野》里能看到的官能主义，如果与斯奈德的和自然有着浓密的官能性关系相比较的话甚至会感到更为清晰。但是在内心深处所流淌的自然与人类的关系性和如何把握在食物链中存在的人类这一点上，在两者的作品里面生命的意义从多个层面被暗示出来，并就超越狭隘的人类中心主义的、所谓崭新的人类的意义，对读者进行发问。

被收录在斯奈德《龟岛》中的一篇题目为《四易》（Four Changes）的散文里，食物链被简洁地定义为"所有的生物都吃食物，同时也成为食物"（TI，96）。像这样关于生态学的人类和非人类的关系性认识，应该可以说直到20世纪80年代初期才开始在大众层面上渗透到美国社会中去。并且这样的人生观和对于自然环境眼光的变化，说与以斯奈德为首的美国自然文学作家们的工作无关根本是不可能的。

正如到现在为止所看到的那样，在斯奈德的作品里美国原住民的仪式和现代的生态学成果被吸收进来，虽然与20世纪20年代日本人所写的《订单很多的餐馆》有着文化背景的差异，但从二者的比较中应该能够看到，贤治和斯奈德作为自然文学作家的先驱性和跨越东西方文明宏大的视野吧。二者共通的地方是，融合了东西方的宗教和科学并且想要超越近代文明界限的非凡的想象力。很显然，宫泽和斯奈德尖锐的批判性眼光所投向的是近代工业文明的人类中心主义。日本和美国的这两位诗人，在一边融合了生态学和佛教，一边尝试着幻视近代文明的末路这一点上，表现出了深切的联系。

4. 在场所中生存

那么所谓存在于美日这两位诗人之间的差异又是什么呢？当然虽然二者之间有着无数的差异，但在这里则限定从定居者和再定居者这样的观点出发尝试着分析二者的不同。在东京的生活和文学方面的活动对于宫泽来说并非没有任何影响。虽说宫泽怀着某种野心来到东京已经是众所周知的事情，而回归岩手则是曲折且充满苦涩的。如果把有着这种经历的宫泽作为作家的轨迹，放到世界文学的长河中来看的话，与现代美国具有代表性的自然文学作家安德鲁·贝利及斯奈德等显示着同样的轨迹。特别是与回到自己所熟知的、祖先遗留下来的土地——肯塔基的贝利之间的共通点尤为明显（回归故乡的详细情况若是比较来讲的话，存在着无法掩盖的文化的、社会的差异也是自然的）。另外，在京都这一日本都市里停留了将近十年的时间，然后在圣弗朗西斯科这样的西海岸城市里居住，之后又搬家到森林去的斯奈德的轨迹在某些地方也和贤治的轨迹交错在一起。当然虽然抛开日美的文化史单纯地对作家进行比较是不可能的事情，但是在这里我们姑且把焦点放在作为定居者的宫泽身上进行分析。

宫泽的作品里面经常能够看到他基于科学知识的自然描写。下面的一段就是代表性的例子：

自从亨贞四年那次小型爆发以后

大约二百三十五年里

空气中的氧气和碳酸瓦斯

由于这些清冽的试剂

进行了多少的风化

生长了什么样的植物

对于像要弄清这些问题的我的到来

恐怕也只有这两种苔藓来回答吧

那个厚厚的泛白的杉苔

因为表面已经干巴巴了

我把它想象成面包

因为刚好没有带晚饭

可以当作是非常的款待（中略）（《熔岩流》，94—95）

在这里宫泽的场所感觉的一部分被表象出来。宫泽想要把基于地质学和植物学等知识的自然环境的理解、土地的历史和记忆、对于自己所住场所的眷恋等作为诗歌固定下来。当然宫泽同样明白，把基础建立在场所的感觉里的——自然环境的表象，自然是远离东京文学的既成势力的。因此，有时在作品中敢于插入的那些科学用语甚至达到了啰嗦的程度，这虽然显示了在近代科学的光辉中把自然光景作为"精神素描"去变形，或者显示了想要看作所谓的"冒犯"——宫泽的欲望，但同时应该也可以读作是暗示了那也是对受到近代欧洲文学强烈影响的中央文坛的叛逆。若是让斯奈德来评价的话，欧美的近代文学，是把焦点放在"有才能，经常有巨大影响力的人，并且大多是男性，那些人的道义性困惑、英雄的行为、恋爱和灵魂的探究"上面的文学（*Place*，164）。并且，这种文学在一边凝视着人类和自然的同时，思考着如何在场所里生存的问题，以及在宫泽所战斗过的20世纪20年代的日本也都存在的主流的文学性关注。对于日本文学的主流来说，把焦点放在远离首都的一个地方场所的同时，想要激进地超越人类中心主义的文学和思想的美学，最终是不可能成为评论的对象的。尽管如此，无关乎自己文学方面的野心，贤治在一个地方停留了下来，以生态和佛教的概念为基础尝试着作为定居者去回答"自己是谁，作为人应该如何在场所中存在"的问题。换而言之，就是贤治在他的文学中创造场所文化的同时，正如梅原所指出的那样，尝试着从根本上颠覆具有支配性的都市文学的美学实践。吉本隆明评价宫泽贤治的文学说"虽然几乎没有人际关系的内讧和争斗，但与'自然'景观的联欢和争斗却是无限的"（242）。这是和之前所引用的斯奈德的文章包含着许多共鸣部分的分析。就这一点而言，在作为"边境"的花卷，为了使得日本的读者深刻理解贤治想要完成的事情，必须要等待从礒贝和梅原论文里所提起视点出发的洞察。为了要实现那个目标花费了从 20 年代开始的大约半个世纪的时间。如果进一步来说的话，对于贤治工作的世界性标准的评价，也就是分析那些作品的国际层面的同时代性的意义，通过生态批评的导入，到了 21 世纪初期应该说渐渐变得可能了吧。[8]

对于作为再定居者的斯奈德来说，为理解自己和那个场所提供主要视点的是生态学和佛教。在 1968 年回国之后出版的诗集里，诗人想要摸索着幻视人类与非人类新的关系性的深度思考和偶尔严峻的生存方式被表象出来。如果说宫泽是作为定居者，在熟知的土地上冀求人类和大地新的关系性的话，那么应该说，斯奈德则是为了摸索所谓人类新的意义和地球的未来模样，才开始了在内华达山脉西侧斜面的森林上再次定居的。

当要讨论这两位诗人探究各自的场所，确立场所感觉时的相似点和相异点的时候，我们注意到在斯奈德的作品里存在着，可以称之为美国式的场所的感觉——这种特别的意义。正如能够看到"在这片土地上发生过的事情"（"What Happened Here Before"）那样，斯奈德想要深刻地了解自己所住的自然环境的历史背景。作为到这个场所的新的参与者，或者说是再定居者（似乎应该说是斯奈德式的吧）场所的探究，3 亿年前——也就是从想要想象原始地球的地质学的姿态就开始了。300 万年前，树木、动物和鸟类等来到这个场所开始生息；4 万年前，带着弓箭、歌谣和舞蹈等的原住民来到了。然后在"125 年前"——
"白人来到这里，住在大房子里／推倒了树木和岩石／在古老的沙
砾层里寻找黄金／马、苹果园、扑克游戏／开枪射击、教会、监
狱"（*TI*，78—79）。

就这样，对于斯奈德来说，场所的感觉是如果不理解土地的
历史就不可能获得的东西。若是进一步来说的话，那就是这部作
品暗示了在场所的获得与丧失、文化的丧失与创造、对生态系统
的入侵和破坏（以及再生的尝试）这样的辩证法中美国的再定
居者是不可能获得自由的。对于斯奈德来说，所谓再定居，意味
着最终在所谓历史与自然环境的背景中摸索自己与场所（也即
生态系统）的关系，然后努力去理解在这颗行星上的人类的存
在方式。

在斯奈德的作品中经常能看到像这样的历史认识和自然环境
意识。例如《山水无尽头》中的下面一段——"哎呀，终于到
了毕肖普了／这里是欧文斯溪谷，这里被叫做帕亚夫纳多并不是
很久的事情"（*MRWE*，140）。这是想要去"怀特山脉"看地球
上最古老的生物"狐尾松"（Bristlecone pine）的旅行者说过的
一句话。"帕亚夫纳多"是这个场所的原住民派尤特族曾经使用
过的地名，这位旅行者显然对此是熟知的。也就是说，扎根于场
所、在历史中觉醒的现代美国文化，不可能与"后殖民"的场
所感觉是无缘的。若是换用其他说法的话，那就是在美国确立场
所的感觉，就如斯奈德的诗歌和散文所显示的那样，还包含着把
在生态系统中产生的历史性的、地理性的文字上的暴力暴露在阳
光之下的行为。

5. 场所和人类

对于再定居者来说，场所感觉的确立意味着生活在构筑扎根
于生态地域的谨慎生活的过程。正如斯奈德所指出的那样，现在

的我们并不拥有讲述这个过程的语言——"虽然存在着文化化或者是文化变容这样的词语，但是描述人们扎根于场所，或者再次扎根于场所过程的语言我们现在并没有能够拥有"（*Practice*，25）。在这个过程中生活了长达三十年之后，斯奈德形成了自己独特的人生观。那就是，人类和所住的场所是不可分离的整体，最终地球整体会被看作是一个所有的存在在那里相互依存的流域（"Coming into the Watershed"，*Place*，219—235）。

定居者宫泽没有在这样的过程中生活的必要。但是，正如刚才所说的那样，宫泽努力地用新的科学的眼光来观察自己生存的场所，并把自己如下地表象出来：

> 称为"我"的现象
> 是被假定的有机交流电灯
> 一盏苍白的照明
> （是所有透明幽灵的复合体）
> 风景和大家一起
> 匆忙地闪烁着
> 仿佛确定是一直持续点燃着的
> 因果交流电灯的
> 一盏苍白的照明
> （光亮维持着，电灯却已经失去）（10）

这是《春和修罗》第一集的开始部分中广为人知的一段，在这里贤治的人生观被清晰地表达出来。在从生态学的自然观与佛教相融合的思想基础上产生出来的相互依存的世界观的背景下，表象出"称之为'我'的现象"。那种现象并不是在所有的存在上屹立的实体，而是和"风景及大家成为一体/匆忙地闪烁着"一直点燃着的苍白的照明，也就是，只有在相互依存的网中（也即是因果关系的法则中）才能得到生命的光芒，虽然"确实是一直不断地点燃着"，也只是在最终不知道什么时候再次在这个相互依存的网中消失扩散命运中的某个现象而已。叫做"有机交流电灯"和"因果交流电灯"的这些词汇似乎是有些难以理解的，但是，即使如此这些也是在融合近代科学精神和佛教的过程中努力地创造新的争论、有着蓬勃干劲的贤治所创造出来的词语。也就是说，这些是想要表象生命的不可思议和强烈充满诗意的想象力所产生出来的造词。把这样的争论作为新的内容完全能够感受到的，应该是目睹了现代主义的界限之后被锻造出来的从20世纪后半期到21世纪初期的感觉吧。这样的诗语和人生观在现代主义肆虐的20世纪20年代里即使遭受到近乎于默杀的待遇也并非是不可思议的。

　　但是，宫泽绝非是构筑了乐观的文学世界。金关寿夫指出，"在贤治的诗里面有着斯奈德完全理解不了的日本式的忧郁"，进一步地对二者进行比较说，"在宫泽身上有着对于人生深深的挫败感，与之伴随的那些如同烂泥般的芥蒂的东西，成为了他多数诗歌的写作契机，在斯奈德身上自然没有那样的东西存在，所以表现出一种更为洒脱的美式风采"（209）。但是，毕竟宫泽没有陷入绝望的深渊，在以《寄学生诸君》为题的作品中关于诗与诗人的作用如下写道——"崭新的诗人呀／从云中从光芒中从风暴中／获得透明的能量／暗示出人和地球应该依靠的形态吧"（269—270）。斯奈德并没有打算翻译这首长诗的迹象。*Miyazawa Kenji：Work Sheets* 里面也没有收录这首诗歌。但是谷川所编的《宫泽贤治诗集》里是有的，而斯奈德所使用的版本正是这个，所以自然是有读过的可能。但是，与在这里议论是否读过这首诗相比，对我们来说仅仅理解斯奈德与宫泽一样有着同样的视野就足够了。虽然这段引用稍微有些长，当斯奈德的这段文字和宫泽刚才的文章确实是存在共鸣：

　　　　生物学和生态学（在沉默中）变得拥有了精神性的侧

面。我们应该变得把矿物的循环、水的循环或者是空气的循环以及养分的循环当作是神圣的事物来看待。并且，把能够从那里得到的洞察植入到我们自身个人性的精神探究中去，同时必须把那些同我们从过去继承来的知识融合起来。这样的行为若是用语言来表达的话会非常的简单——对所有的事物怀有感激之心，对自己的行为持有责任感，并且保持与在自己的生命中流淌着的能量之源（也就是泥、水还有肉等）的接触。（"Reinhabitation"，*Place*，188；《再定居》，山里合译，237）

斯奈德和宫泽暗示了新的人类形象和未来的行星面貌，充斥着这个世界的能量的根源，就是从与自然的诸多要素的接触中被创造而来的。并且，还有幻视那样接触的也是诗人的领域。

　　20 世纪的文化和文学运动是通过各种各样越境文学和思想的相互作用而形成的。因为与俳句的接触而成为契机从而诞生出了的意象主义就是其中一个显著的例子。如果就宫泽和斯奈德来说的话，生态学和佛教位于那种世界观的核心地位，成为作品产生的基础。并且，这两个要素也是连接亚洲和北美的科学和宗教。这两位诗人通过进行扎根于场所的生活，确立场所的感觉，努力表象人类和地球的新的姿态。读者一边在太平洋两岸阅读那些作品，一边吸收着对于新的地球姿态和人类形象的想象力。

　　注释

　　（1）这个主要是由日本人研究者完成的。代表性的有金关、志村、富山等人的分析。志村指出"在那里被收录的18篇里面没有一个'译'字，也就是说，那些诗歌已经是斯奈德的一部分了"（169）。志村的评论虽然很尖锐，但在本文主要从"翻译"的观点出发来分析作品。

　　（2）富山记录下"斯奈德旅日期间了解到贤治的诗歌"。

　　（3）以下，只要没有特殊的标记，这个信息就是从斯奈德发出的 Email 中获得的。

（4）本资料虽然详细地展示了斯奈德是如何翻译宫泽作品的情形，并把翻译的过程清晰地故事化，但是详细的分析过程想要让给别的机会。关于引用已经获得作者的许可。

（5）关于"场所的感觉"，请参考山里胜己的《对加里·斯奈德的采访——场所的感觉》（《对开本 a》1999 年第 5 期），第 10—24 页。

（6）引用部分是宫川彻三编的《宫泽贤治诗集》，第 18—19 页。本书是斯奈德用于翻译的文本。只要没有特别的注释，本文中的页码就是指本书中的页码。

（7）斯奈德如下写道，"在他的诗歌里包含了很多的佛教用语和自然科学用语。他也曾经担任过化学教师（His poetry has many technical Buddhist allusions in it. as well as the vocabulary of natural science. At one time he was a chemistry teacher）"。在《内部之国》的序文里面并不包含这篇文章。

（8）罗杰·帕尔巴斯说，"如果宫泽生于欧洲的话，肯定会获得世界性的评价吧"（247）。帕尔巴斯的论文，虽然不是从生态批评的立场来写的，但也成为暗示在宫泽的世界性的文脉中评价的存在方式的内容。

参考文献

A 宫泽贤治/Gary Snyder 作品

谷川彻三编《宫泽贤治诗集》，岩波书店，1950 年。

——《宫泽贤治全集》，筑摩书房，1980 年。

Snyder, Gary. *The Back Country*. New York：New Directions, 1968.

——. *Earth House Hold：Technical Notes&Queries to Fellow Dharma Revolutionaries*. New York：New Directions, 1969.

——. Email to the auther. July 23, 2002.

——. "Miyazawa Kenji：Work Sheets. " Special Collections, Shields Library. University of California, Davis.

——. *Mountains and Rivers without End*. Washington, D. C. ：Counterpoint, 1996.（山里克己、原成吉译《山水无尽头》，思潮社，2002 年。）

—. *A Place in Space：Ethics, Aesthetics. and Watersheds*. Washington, D. C. ：Counterpoint, 1995.（山里克己、田中泰贤、赤岭凌子译《给想象

行星未来的人们》，山与溪谷社，2000 年。）

——. *The Practice of the Wild.* San Francisco：North Point，1990.

——. *Regarding Wave.* New York：New Directions，1970.

——. *Turtle Island.* New York：New Directions，1974.

B 日文文献

磯贝英夫《日本近代文学史中的宫泽贤治》，《日本文学研究资料蕞书　高村光太郎·宫泽贤治》，有精堂，1973 年，第 168—175 页。

梅原猛《宫泽贤治与讽刺精神》，《日本文学研究资料蕞书　高村光太郎·宫泽贤治》，有精堂，1973 年，第 189—198 页。

金关寿夫《美国现代诗注释》，研究社，1977 年。

志村正雄《神秘主义和美国文学——自然·虚心·共感》，研究社，1998 年。

富山英俊《关于加里·斯奈德和宫泽贤治的备忘录》，《现代诗手帖》1996 年 3 月号。

原子郎《新宫泽贤治词汇辞典》第二版，东京书籍，2000 年。

罗杰·帕尔巴斯《宫泽贤治生为日本人有损失吗?》，《异文化理解的视角——从世界看到的日本、从日本看到的世界》，东京大学出版会，2003 年，第 237—248 页（上杉隼人译）。

山里胜己《对加里·斯奈德的采访——场所的感觉》，《对开本 a》1999 年第 5 期，第 10—24 页。

吉本隆明《宫泽贤治 近代日本诗人选 13》，筑摩书房，1989 年。

奔走于世界的约翰·缪尔

——1911—1912 年的南美、非洲旅行

迈克尔·P. 布兰奇/生田省悟译

通过这次梦想了近半个世纪的旅行，我度过了非常灿烂的时光。我目睹了这条地球上最高贵的河流超过一千英里的美景，并超越期待地接触到了时常被提及到的、令人赞叹不已的森林。（引自约翰·缪尔，于 1911 年 9 月 19 日从亚马孙三角洲发出的书信）

1. 约翰·缪尔的整体形象

每当想到约翰·缪尔的时候，浮现在我们脑海里面的是有着各种各样特征的、众多的印象。首先关于缪尔能够联想到的是加利福尼亚内华达山脉的荣耀。他耗费大半生在群山中探险、研究，同时充满感情地把它称为"光辉之岭"。另外，我们还会联想到作为环境保护运动家的缪尔。他为了把约塞米蒂作为国家公园来保护而不遗余力，在创立塞拉俱乐部的同时起到了指导性的作用，给予了当时刚刚萌生的国家公园的想法以明确的形式，在美国的环境保护运动中鲜明地提出了作为保护主义者的立场。也在大坝建设计划中为了保护赫奇赫奇山谷而斗争，虽然最终迎来的是痛苦的悲剧性结果，但在美国的环境保护运动史上成为了划

时代的事件。我们还可以进一步联想到作为自然主义者取得了卓越成就的缪尔。他关于塞拉地形的初期研究，第一次证明约塞米蒂溪谷是因为冰河而形成的；通过关于植物的后期研究，他获得了全世界科学家的一片赞扬。除此之外，我们在脑海中浮现出来的恐怕会是作为从印第安纳州到墨西哥湾徒步长达 1000 英里的旅行者缪尔，或者是七次阿拉斯加旅行——其中多数情况下是独自旅行，极少数情况下是在当地的向导陪同下进行的——也许会想到作为探险家发现了在北方风景戏剧性的特征的大胆的缪尔吧。当然，缪尔也是一位能力非凡的登山家，在暴风雨肆虐之时爬上道格拉斯冷杉之梢也好，在明月之下转绕到约塞米蒂的瀑布背后也好，还是攀岩丽塔山的垂直峭壁或者在黑暗中朝着被大雪覆盖的沙斯塔山肩前行，这其中的大多数攀登都变成了传奇。我们或许同样能够联想到作为才华横溢发明家年轻时期的缪尔，和作为不仅仅是历届总统的亲密朋友，并且和著名的记者、画家、作家、企业家成为朋友的老年时期的缪尔。最后，在这些应该令人感到惊叹的经历一个个清晰地显示出来之后，是作为自然主义者的缪尔。他经常表达出这样的观点，把写作当作是从自然不幸的逃离，似乎是有些悲伤的、传达自然的神圣的间接手段。虽说如此，他依然通过创作关于环境的作品，作为原始自然审美的、生态学的以及精神上的价值代言的、在美国最具雄辩和影响力的作家之一受到了大家的关注。

　　然而在如此多样的活动和业绩之中，我们知之甚少甚至学者和崇拜者都很少提到的另一个缪尔的形象出现了，那就是游历于全世界的缪尔。"被群山环抱的约翰"在威斯康辛州原始自然的野孩子、神圣塞拉的守护天使、阿拉斯加的伟大老人这些各种各样的记忆中，他所奔赴的数次重要外国旅行其中的大多数已经被遗忘了，关于最后以南美洲和非洲为目的地的海外旅行几乎无人知晓。为了充分地理解作为旅行家、植物学家、环境保护论者的缪尔的关心是如何涉及地球规模的程度的，认识到海外旅行在他的人生和工作中所起到的重大的作用就显得至关重要了。

1864 年，26 岁的缪尔因为最初的国外旅行跨越了国境线，进行了为期 7 个月的植物调查，这次旅行是以研究在加拿大未开发地区的花卉为目的的。大约 30 年后的 1893 年夏天，他进行了欧洲之旅，访问了苏格兰、挪威、英格兰、瑞士、法国、意大利、爱尔兰，并与各国的自然主义者进行了会面，还拜访了由冰河形成的挪威沿岸的峡湾、英格兰的湖区（Lake District）、马特峰、勃朗峰、基拉尼湖、苏格兰高地等著名的风景胜地。10 年后也就是从 1903 年 5 月到第二年的 5 月缪尔以调查树木为主要目的进行了环球旅行。最初是同哈佛大学的植物学者查尔斯·S. 萨金特一起，之后独自走访了欧洲、俄罗斯、远东、中东、澳大利亚、新西兰，经由火奴鲁鲁返回了圣弗朗西斯科。虽然当时他已经 60 多岁了，但通过这次世界旅行缪尔确信了自己对于外国旅行和自然研究的热情，激发了他对地球上还没有看到过的两大地域——南美和撒哈拉以南的非洲——想要航海去的愿望。缪尔最后的外国旅行——人生最后的大规模旅行，也是他自己断言回报最多的旅行——但与加拿大调查旅行和环球旅行相比并不为人们所知晓，这次旅行才是此次出版的《约翰·缪尔最后之旅》的真正主题。

2. 最后旅行的真正开始

想要理解约翰·缪尔最后旅行的意义和迫切感，就必须重新探讨他最初的那次重要旅行——1867 年，缪尔 29 岁的时候所进行的从印第安纳州的印第安纳波利斯出发到墨西哥湾的长达1000 英里的著名的徒步旅行。虽然从因公受伤造成的阶段性失明状态中恢复不久，缪尔就于 1867 年 9 月 1 日从印第安纳波利斯出发向南前进，尽可能地寻找"最原始的、枝叶茂盛的、罕有人迹的道路"（Badé, 1）进行旅行。他在书中写道，"我向着南方前行，企图在这个国家温暖的顶端部分进行关于植被的调查。若是有可能的话甚至想要行走到南美，希望可以目睹被美丽的椰子树所覆盖的热带植被"（*Thousand*，xix）。实际上如果神灵为他恢复了视力的话，缪尔一定会遵守他自身的约定——与人类的思考相比更要为了研究创造的美而使用。他独自行走 1000 英里来到墨西哥湾佛罗里达州的西斯塔凯（Siesta Key），甚至打算乘船继续到南美去旅行。年轻的缪尔在编写关于这次伟大的徒步旅行日志的时候，首先在衬页的空白处写下"宇宙 地球 = 行星 约翰·缪尔"。如今这句话已经广为所知，明确地显示了他对于人生新的方向。

　　虽说遭遇到了事故，但并没有影响到缪尔想要去远方探险的想法，并且他以这次事故为契机，想要实现孩提时期理想的念头越发地强烈了。少年时代的缪尔非常喜欢阅读南美和非洲探险家的冒险故事，一直憧憬着有一天自己也能亲身尝试着进行那样的探险。缪尔在自传中提到了 1860 年出版的苏格兰探险家的著作——《非洲内陆地域之旅》，他写道："男孩子是非常喜欢旅行家的书的，有一天我读了蒙戈·帕克的非洲行纪之后，妈妈说：'哎呀约翰，你有一天也许会像帕克和洪堡一样去旅行呢。'"（*Story*，145）在激发缪尔去外国探险这种幼小的理想上，比蒙戈·帕克起到更重要作用的是德国伟大的探险家以及科学家的亚历山大·洪堡。他有着广阔的胸怀，被看作是带有哲学性倾向的自然科学者的典范，缪尔立志一定要成为像他那样的人。主要是因为洪堡关于南美旅行的记述，激发了缪尔进行亚马孙河流域热带雨林的探险和研究——这种仿佛燃烧一样的愿望。

　　缪尔 1867 年因公负伤之前，在 19 世纪 60 年代中期的书信里明确地表现出对于南美的航海之旅抱有的强烈愿望。在这些书信里，尤其是在不幸发生的第二天写给朋友的那封信中，清晰地显示出缪尔曾经是多么认真地思考过向南旅行的事情。他这样写道："长达好几个星期，我每天查阅地图就是为了找寻出到达南部诸州、西印度群岛、南美和欧洲的通道——那是为了在我心中长久深藏着的植物采集旅行。凭着这些，我一边在思索着热带植物种群美丽的模样，一边持续地燃烧着内心的激情。可是，尽管如此，唉，现在的我已经是半个瞎子了。失去了为了进行精密分析而训练过的右眼，甚至也几乎没有想要尝试着睁开另外一只的勇气"（*Thousand*，xvi）。随着视力的慢慢恢复，缪尔感觉到自己对于旅行的热情与之前相比似乎变得更加强烈了。他这样解释道："长久以来，我都被上帝创造的南方的热带庭院吸引着。这个从未改变过的憧憬虽然因为许多的干扰失去了锐气，遭遇了埋没，但即使如此那一点点残存的力量，依然压倒了所有的一切"。（*Thousand*，xviii）

缪尔关于这次伟大徒步旅行的日志——现存60篇中其中最早的一篇——在他死后，于1916年以《行走一千英里——朝着绿色》为题出版。自此之后，值得接受的来自各方面的评价蜂拥而至。但是几乎没有机会被公众所知晓的是，这次徒步旅行的最终目的地并非墨西哥湾，而是南美。西斯塔凯（Siesta Key）并非目的地，只是在朝着世界上最大的河流流域前进的漫长旅途中，因为生病而出现的预想之外的栖身之地罢了。这一点从缪尔自己关于旅行计划的记述中也是可以明确知道的。在那里描述了真的想要进行类似于洪堡那样冒险的野心，在那里写着"长久以来我一直期望着想要去探访奥里诺科河流域，特别是亚马孙河流域"，"按照我的计划，原本打算是在那片大陆北端的什么地方上岸，穿越包围着奥里诺科河流的原始自然然后向南进发，离开亚马孙河的支流之后乘坐木筏或者是小船沿河而下走完大河的全程，最后达到河口"（*Thousand*，96）。1月初前往哈瓦那的船只到达西斯塔凯（Siesta Key）的时候，缪尔决定把在古巴的短期停留纳入计划之中。虽然在古巴沿岸采集贝壳和植物的日子很快乐，但他的体力并没有达到完全恢复的程度。最终他作出判断，这次野心勃勃想要进行的亚马孙之旅在这样不利的条件下无法实现，虽然遗憾但也只好暂且保留。

此时，由于决定旅行延期也使他的人生历程发生了改变，那就是正如现在我们所知道的那样，影响了美国对于环境的关心、环境保护和环境文学的根本。"于我来讲，去南美的船只现在无论如何都没有办法找到，因此我只好转向北方，制定了前往一直憧憬着的纽约冰冷的气候，还有加利福尼亚的森林和群山的计划"缪尔这样写道。对于当时的他来说，已经有过阅读了某个自豪地描述了塞拉·内华达山脉充满惊异的地质和植物小册子的经历（Clarke，58）。"我在那个地方恢复健康的同时也许会发现新的植物和山脉吧，我想在那个深感兴趣的地方度过一年之后应该能转向实施前往亚马孙的计划吧"（Thousand，69）。这个决定从此与他的命运紧密地联系在了一起。也就是在 1868 年 3 月下旬他经由巴拿马海峡到达圣弗朗西斯科，之后缪尔进入塞拉以及约塞米蒂的深处，并且在历史上留下了自己的名字。

3. 长久被搁置的梦想

所谓那个我们了解并做出高度评价的缪尔，只不过是在两次去往亚马孙河间隔的四年中取得了成功的一个人物罢了。关于我们所知道的缪尔作为作家、登山家、科学家、自然哲学家以及环境的拥护者所作出的几乎全部的贡献，无论是说幸运也好，都是他到达加利福尼亚之后带来的成果。但是，如果在缪尔看了一眼塞拉之后就整理成"之后的事情就如同大家所知道的那样"的话，那么成为话题的他的人生和旅行的履历恐怕就会一直是残缺不全的吧。虽说如此，众所周知缪尔的冒险生涯进行了长达 40年的时间，但他依然坚持着在年轻时期遭遇挫折的亚马孙之旅，因为他一直没有放弃在 1867 年从印第安纳波利斯出发的时候倾注了如此多热情的航海也许什么时候就会变成现实的希望。

1908 年，缪尔已经年逾七旬，也已经成为国民性的偶像和著名的科学家、环境保护主义者和作家。妻子路易莎于三年前去世，女儿旺达和海伦也已经为他带来了外孙。一方面，他因为要口述为自传材料，开始挖掘以前的梦想和回忆。另一方面，因为作为活动家工作的关系，旅行的机会受到制约，再加上上了年纪，写作活动变得越发紧张起来。在 1911 年 3 月 2 日的书信中，缪尔谈到当时正在着手编写的几本书，并补充说道："另外作为正在计划中的内容，有关描述约塞米蒂别的方面的书还有一本、关于登山的书一本、关于树木的书一本、关于阿拉斯加的书一本或两本、关于由于侵蚀引起地形变化等方面的书两三本、关于海外旅行的书两三本、然后关于动物等方面的书还有一本。"

在慎重地思考了对于写作的野心和原始自然之旅所具有的吸引力之后，如同迄今为止好几次所做的那样，缪尔认为写书这件事情应该被推迟。在马上迎来自己的 73 岁生日之前，对于朋友问到是否已经彻底放弃南美航海之旅的问题时，缪尔饱含热情地回答道："对于我是否已经忘记了亚马孙河，这条地球上最伟大的河流时，我的回答是那是绝对、绝对不可能的事情。那条河流在我心里已经燃烧了半个世纪了，并且会永远地燃烧下去。"1911 年晚冬或是早春的时候，缪尔在十分清楚这次将会是最后机会的基础上，为了实现到达这条伟大的河流——这个已经中断了许久的梦想——开始制订计划。也许这是在他最喜欢诗歌中的其中之一吧，在拉尔夫·瓦尔多·爱默生的《在 T.J》中的一句，"恐怕黑暗不久就要降临了吧"。缪尔回忆起了这句诗，他在给朋友罗伯特·安德伍德·约翰逊的信中写道，"趁现在还不晚"，想要到南美去。在加利福尼亚整理了尚未完成的事情之后，缪尔于 1911 年 4 月 20 日离开圣弗朗西斯科，乘坐火车前往东部。

从到达纽约之后到 8 月 12 日向巴西赤道附近的热带雨林出发为止的三个月里，缪尔非常的忙碌。一方面是因为赫奇赫奇溪谷保护的事情，向有影响力的著名人士进行陈情活动，另一方面是进行整理现在尚未完成的自传和出版关于约塞米蒂著作的准备工作。如果读了截至出发的几个星期内寄给缪尔的那些尚未公开的书信的话，就会注意到家人和朋友们是多么拼命地想要阻止他独自航海。缪尔郑重地拒绝了他们提出的已经超过了去航海的年龄了呀，容易生病呀，现在已经是位重要人物了呀诸如此类的忠告。并且不再理会那些表示出来理解但完全不能分享对于原始自然倾诉的热情的朋友们的反对，坚定了去往亚马孙河的决心。

　　想到即将到来的旅行，缪尔对于和所爱的人们之间越发迫近的离别感到十分难过。与此同时，抱着必须要趁早实行的确信，缪尔认识到这次旅行无论是对于作为个人的自己，还有作为自然主义者的自己都是十分重要的。朋友们和家人——尤其是现在虽然已经成为了一个叫缪尔的小男孩母亲，但时常表现出柔弱性格的女儿海伦——在给她的信中显示出了他温柔的担心，作为父亲写下了许多表达忠告和激励的语句。此时因为高龄的威胁而不幸地失去了许多的朋友，缪尔在感到应该奔赴航海这种迫切感的同时，孤独和死亡的预感也越发浓重起来。在写给海伦的这封让人感触颇深的信中，缪尔想到了最近死去的三位朋友，"昨天收到了你写的亲爱的塞拉茨于周日去世的信，内心感到十分悲伤"，他这样写道"树叶当看到附近的叶子掉落的时候也许也会品味到孤独感吧"。

　　来自于家人和朋友反对的声音，数位好友不久前的离世，围绕着赫奇赫奇溪谷的苦恼，要完成关于约塞米蒂草稿的严峻课题，并且还有年迈之时只身前往亚马孙的密林之中，这真是会让人产生无比寂寞的展望啊。若是考虑到这些的话，缪尔的旅行最终得以实现实在是令人惊异。尽管有这样的阻碍他也毫不在意，这段期间缪尔从未动摇过探访亚马孙河的决心。他给担心他的朋友们写信道"在旅行的时候你问到我是否会感到孤独，谢谢你如此的为我担心，即使如此我作为流浪者一直被幸运眷顾着，也并不害怕对我摩拳擦掌、虎视眈眈的噩运"。出发的前一天夜里，"明天就要朝着那条长久以来一直想要看到的、那条伟大的热情的河流前行，并且和往常一样依然独自一人"，他这样写道并邮寄出去，但缪尔对这次孤独的旅行一直抱着希望，"正因为我们极度孤独的彷徨，才能获得最丰硕的成果"，他也如此说明道。

缪尔于 1911 年 8 月 10 日完成了关于约塞米蒂的著作之后，仅仅两天后就奔赴港口，踏上了应该是最后一次的大规模旅行。1868 年年轻的缪尔犹豫着放弃了南美之行，转而来到纽约踏上了开往加利福尼亚的船。在 44 年后的今天，他重返纽约，并且最终朝着亚马孙河开始前行。

4. 行走四万英里的奥德赛

缪尔这次伟大的航海开始于 1911 年 8 月 12 日。从布鲁克林出发以后航线直取向南穿过大西洋和加勒比海，到达位于亚马孙河口的巴西的贝伦（当时称为帕拉）。然后从那里乘坐蒸汽船逆流而上 1000 英里，终于实现了追随着洪堡的足迹到达地球上最大河流流域的梦想。缪尔在亚马孙河与里约热内卢河交汇的玛瑙斯附近度过了一周的时间，他在那里观察树木、植物、鸟类和爬虫类，钻入繁茂的密林中进行了一次为了探索一种稀有的巨大睡莲——王莲（*Victoria Regia*）的特别旅行，那是一段被兴奋包围着的时间。因为很少有逆流而上的蒸汽船，因此不可能再向内陆地区前进 1000 英里，虽然如此缪尔把此次旅行作为 40 年前开始的那次旅行的完结，从内心对在亚马孙河的密林中的经历感到满意。回到贝伦之后，缪尔乘船前往里约热内卢，享受着由冰河形成的景观和来自于周围群山的眺望。之后又沿着巴西的海岸向南驶去。

从巴西的桑托斯出发，缪尔又开始了一段为寻找一种珍稀树木——属于南洋松的巴西松树（*Araucaria Braziliensis*）的旅程。

他了解到那种松树自然生长在巴西的南部。并且他还远离了在20世纪初期极少探访过这个地方的旅行者曾经走过的路线，乘坐火车从桑托斯驶向内陆地区，然后乘坐小型蒸汽船沿伊瓜苏河逆流而上，进入巴西原始自然的中心地带，终于发现了巨大的巴西松树的森林。他在这片森林中停留了一周多的时间，每天不论天气如何几乎每时每刻，都在专心地对生长在自生地的这种特殊树木进行着正确的观察。

接着缪尔返回海岸把航线指向南方，驶向乌拉圭的蒙得维的亚，甚至是阿根廷的布宜诺斯艾利斯。然后，他开始了应该称作是寻找巨木航海的第二阶段，从阿根廷沿岸横穿南美大陆向西行驶到达智利。他想在那里找到巴西松树的近亲但与之相比更加珍稀的被称为智利松树（*Araucaria imbricata*）的一种树木。但是由于缪尔并没有关于那种树木在何处被发现的准确信息，因此他依靠的只是作为植物学家的本能，从圣地亚哥出发向南前进500英里到达维多利亚。越过起伏不平的地带，在经历了几乎到达雪线的残酷的山丘地带的旅行之后，缪尔到达了维多利亚，在那里缪尔终于发现了甚至要横穿大陆才得以寻找到的森林。他对着智利松树又是调查又是素描恍惚地过了一天，在树木的枝叶下面被安第斯的夜晚拥抱着睡着了。对于能够观察到智利松树感到满足的缪尔马上离开那里返回了圣地亚哥，然后横穿潘帕斯草原回到了布宜诺斯艾利斯。而后刚一从布宜诺斯艾利斯回到蒙得维的亚，缪尔就去寻找前往南非的船只，他打算在那里继续旅行和进行植物研究。

缪尔旅行的第二阶段是从12月上旬开始的，他经由加纳利群岛取海路驶向南非——当时的海上旅行要长达半个月的时间，是件极其艰苦的事情，从缪尔挑战这个困难来看，我们可以明确地了解到缪尔想要研究非洲大陆的植物状况和景观的强烈愿望。在大海上迎来圣诞节和新年之后，缪尔终于在1912年1月中旬，到达了开普敦。

缪尔从南非沿岸出发开始了他的巡礼，这次还是巨树——生长在非洲的猴面包树（*Adansonia digitata*）。在乘坐火车进入内陆之后，在赞比西河著名的维多利亚瀑布附近找到了这种树木。猴面包树被认为是地球上最古老生物的同类，缪尔相信它的树龄已达 2000 年之久。缪尔想要发现这种珍稀树木的决心，还有终于在维多利亚瀑布附近找寻到以及调查时候的表达出来的喜悦没有什么是不可思议的。实际上缪尔观察并对猴面包树进行了素描，并且断言这是他迄今为止的人生中回报最多的经历之一。

在继续朝着非洲西南海岸前进之后，缪尔接下来取道向北目标是蒙巴萨，即现在的肯尼亚，从这里开始了非洲旅行接下来的行程。2 月初的时候他乘坐火车去往内陆，经过野生生物丰富的阿提平原，到达内罗毕甚至是维多利亚湖。他乘坐小船渡过这片宽阔的湖泊，途中他调查了中部非洲的植物相貌并到达了里本瀑布，观察了尼罗河的河水从这里到大海 3000 英里行程的源头。接下来缪尔回到沿岸地区，花费了数日时间进行树木调查并准备此次长途旅行的最后阶段。

缪尔在 2 月下旬乘船向北航行，经过印度洋、亚丁湾、红海、苏伊士湾、苏伊士运河，经由地中海到达了意大利的那不勒斯。他的此次旅行于 3 月 15 日进入了最后的行程，他先是沿着西班牙多山的海岸前行，从直布罗陀海峡进入北大西洋。途中冲过了罕见的残酷的暴风雨，于 3 月 27 日安全地回到了欧洲，那时距离他 74 岁的生日只剩下几周的时间。他在前年的夏天从美国出发之后进行了 4 万英里的旅行，却从来没有生过病。

5. "我人生中收获最多的一年"

在长达 8 个月的南美和非洲旅行期间，缪尔把观察记录做成了 3 本便携版的旅行日志保存下来。第四册小型日志完全是用作读完关于"两块热情的大陆"的植物学、动物学、地质学的书籍和小册子之后留作记录笔记用的。现存最早的缪尔的日志记录着他跋涉1000英里徒步旅行到墨西哥湾的事情，与此相同的是，在现存的缪尔60册的日志中，最后一册缪尔带着它穿过森林和原野，并把那些精密的科学观察记录以及哲学性的思考记录其中。在这本日志中包含了关于无论是原始的自然还是有过人工痕迹的自然，植物样貌、动物样貌以及景观的记述。甚至还在此基础上满满地添加上在旅行期间眺望过的群山、落日，尤其是那些他亲眼见过，并且认为是一种光荣的珍稀树木的野外素描。这些用铅笔描绘的纤细的素描，几乎没有比扑克牌大的，有的差不多和拇指指甲那样大小，缪尔用它们精密地描绘出耸立的山顶、宏大的萨瓦纳和巨大的古树。在观察自然和与自然发生关系时，他的技巧是在借助文字的同时也借助于视觉表现，从日志中数量众多的素描——多达160张以上——可以看出来它们与本文文字描写之间的有机关联，而在日志各页中的记述和图解，也是相互关联在一起的。

通过这些日志我们与缪尔一同旅行，我们能够沿着宽阔的亚马孙河逆流而上，进入巴西南部的密林，攀登到安第斯山的雪线，穿过非洲南部和中部站立在尼罗河的源头。并且还可以渡过六片海洋，到达他如此长的时间里一直坚持着一定想要调查的稀有的森林。缪尔的日志通过语言和图画，不仅表明了他曾经看到了什么，还为我们理解他是如何来看的提供了极其少有的机会。通过这些，我们不仅可以触摸到无论是原始的抑或是有着人工痕迹的自然——这些南方大陆的景观，还可以了解到完全成熟的缪尔在最后的巡礼时是如何观察、思考以及表达所奔赴的赤道地带以及亚赤道地带的美丽。

虽然有着无法估量的价值和重要性，但关于缪尔1911—1912年旅行的日志几乎没有引起任何的关注，这么珍贵的资料时至今日仍然没有公开。我们为何会无视缪尔的外国旅行呢？并且在我们关于缪尔的人生和品格，形成更加全面、更加富有真实感的见解时，南美和非洲的航海日志会起到什么样的作用呢？

　　我们几乎无视缪尔旅行的主要原因之一在于，我们容易乐于认为缪尔是一个在各地游历，凭着想象力制作了美国原始自然地图的人。这样一来把缪尔规定为美国的自然主义作家、探险家和环境保护论者就能够理解了。但是从那些海外旅行和自然研究中让我们想起来的是，缪尔忠诚的对象并不是威斯康辛、加利福尼亚抑或是美国，而是地球。甚至在行走南美和非洲之前，对写作活动燃起热情的缪尔已经把海外旅行纳入视野之内了，在1911年3月写给某位朋友的书信中，他提到正在认真思考创作的书籍中，会有"两三册关于外国旅行的东西"。"游历者"——缪尔喜欢这样自称——在现存的旅游日志里，如同在最开始的日志中被写下的文字所强烈倾诉的那样，他的住处不是加利福尼亚州的约塞米蒂溪谷，而是地球——这个宇宙中的行星。

　　关于缪尔最后旅行的日志，明确地显示出他对于自然美的鉴赏力和想要在原生地进行植物调查的愿望已经超越了国境。另外他对于环境的担心也是一样的，他把发生在智利的不负责任的砍伐树木的影响与在世界其他地区看到的状况进行比较，为安第斯的森林"正在被急速地破坏"而发出悲伤的叹息。"干枯的树干和枝条堆积在每棵树的周围之后被燃烧殆尽，曾经花繁叶茂的森林如今只剩下让人怀念的、焦黑的纪念碑"，他这样写道，"与此相同的树木的荒废也只是在新西兰能小规模的看到。"甚至他作为自然科学者的工作也已经超越了国境。因为缪尔非常喜爱岩石、冰雪和树木，包括亚赤道带的"生长着椰子的高贵的冰雪之地"在内，无论在什么样地域的原始自然中他都会去探求。在这些日志中被记录的涉及多个方面的正确的树木调查，证明了缪尔是一名优秀的植物学家，正是因为那些令人印象深刻的专业知识和热情才证明了他在遥远的"光辉之岭"取得了植物学研究的成功。

　　此外出于1911—1912年的资料是关于记录缪尔老年经历的

理由，对缪尔抱有关心的人群中为调查那种记录是否真实而感到犹豫的人似乎大量存在。也许我们受到社会喜欢年轻和活力的影响，把缪尔固定在攀登绝壁、腾挪于雪崩之中的年轻人的幻象中。缪尔初次看到约塞米蒂的时候已经快30岁了，创立塞拉俱乐部，出版第一本书的时候是50多岁，数次前往阿拉斯加航海的时候年龄越发大了起来。我们似乎不顾及这些，提起想象中的缪尔首先完全是不知疲倦的登山家，面对着丽塔山的峭壁紧贴着丝毫不能移动，在冰点下庄严的沙斯塔山中沉迷于冥想的人物。我们在实际场合下谈到老人缪尔的时候，话题总是被限定在关于赫奇赫奇溪谷的奋斗。并且我们会把缪尔的死去归结为是因为失去了他所热爱的溪谷，详细地记述了殉葬于原始自然保护这种大义名分之下的他的斗争。

在我们集体性的想象力中把缪尔定型为永远的年轻人，对他来说也许是一种荣耀。和梭罗一样，缪尔经常为我们提供各种各样当作理想的要素，即顽强、野性、富有独立精神、具有自信心，把都市生活的腐败——当作责任的，即使不能说到那个程度——呼吁着这些我们逃避的那一部分。进一步来说，我们所喜欢的年轻缪尔的人物形象应该是通过的全部作品提供出来的。之所以这么说，是因为他在生前出版的书——包括自传在内——主要是基于年轻时候缪尔的经历和日志写成的。但是在我们的脑海中描绘出屹立于山顶，攀登在树梢的缪尔是和推崇青年崇拜联系在一起的，这也许会剥夺充分理解他作为一个人、作家和自然主义者所作出贡献的机会。

而实际上缪尔乘坐火车、蒸汽船和汽车，确实感受到了年老和身体的衰弱，也承受着因为与妻子的死别和众多亲友去世的打击。但是缪尔在1911—1912年的日志和书信中告诉我们的一点是，他仍凭借着身体和性格中令人惊异的力量，承受住了这样的丧失感和苦恼的重压。73岁的缪尔仍然做出了单独奔赴南美和非洲这个燃烧着希望的航海之旅的选择——并且他精力十足，怀抱着热情和喜悦继续着旅行，而且收获了成功。他的勇气和独立性的全部，暗示了和一般性地把他和充满力量的年轻同样令人感动的内容。

通过关于南美和非洲的日志，我们认识到了一个和一直以来的评价不一样的英雄，也即是可以把缪尔看作虽然是上了年纪，但在忍耐力和对知识好奇心的支撑下更深入地踏入冒险之地的一个人。

当想到作为老人的缪尔时总是伴随着犹豫，把他看作是一个社交型的人物——似乎他是和家人和朋友之间的联系非常紧密且热烈的一个人——也往往伴随着犹豫。对于许多人来说，提到从约翰·缪尔这个名字中被唤起的内容的时候，是一个热爱孤独，极度厌恶从森林中出来进入到污浊的文明社会中去，只要有一张毛毯和一点面包和红茶就会从连接人类的感情栅栏中逃离出去，并且超越这个联系也能够生存下去的人物形象。

南美和非洲的航海日志——尤其是书信——所取得重大成果之一就是让我们认识到缪尔是一个多么情感丰富的人。他品味着与家人分别以来发自心底的寂寞，担心着家人的幸福，通过强烈的爱的牵绊与女儿们和外孙们联系在一起，对许多牵挂的人表现出了广阔的胸怀。虽然缪尔确实是独自一人奔赴最后的旅程的，但他在途中遇到并且帮助了许多的旅行者，也从中享受着与他们做朋友和被款待的快乐。在他把独自进行的自然调查当作是重要事情的同时，也时常会被孤独感所笼罩，意识到自己已经远离家园。缪尔后半生的日记和书信作为使我们再次确认了他的人情味的依据，使我们想起来他是科学家、冒险家、作家的同时也是兄长、丈夫、父亲、祖父、朋友、邻居、果树园主和实业家——他不仅仅是为美国的原始自然代言的偶像，还是一个拥有真正爱情、野心、恐惧和获得成熟的人。

进一步来讲，关于南美和非洲旅行的日志成为理解缪尔的文体和美学感受性的线索，也是在吸收广泛的主题这一点上带来刺激的内容。1911—1912 年的日志虽说没有为了迎合出版而做得很细心——其实也不能说是因为没有做得很细心——才具体地把缪尔在野外观察的场合下自然涌现出来的精力和洞察力显示出来。每天这样的观察记录和素描，正如缪尔所说的"全心全意"那样，虽然是在火车的客房或者是蒸汽船的甲板、民宿或者是旅店、公园或植物园、茂密的丛林、森林、湿地等场所里被记录下来的，那些记录展示给我们的与其说是伏案工作的缪尔不如说是在野外中缪尔的形象——成为那些经过好几次无数地方修改后被出版著作的特征的，并不是写作时回想的方式，而是把回想的瞬间展示给了我们。在缪尔日志简洁的记录中能够看到如同俳句一样凝练、带有力度的词语，展示着与在围绕塞拉初期的日志中所迸发出来的对原始自然赞美的语言有着很大不同的美丽的和充满文学色彩的感受性。

　　1911—1912 年的日志还使得缪尔写作活动上的主题进一步扩大。通过这些日志，我们获得了验证他对于不是温带而是热带的植物形态，不是北方而是赤道地带的冰河地形，以及不是严格的自然记录而是对于人类文化关心的机会。虽然与缪尔同时代的人把亚马孙雨林主要和疟疾、食人蛇联系在一起去考虑，他自己却发现了这片地域的丰饶，以及在拒绝再次踏入的绿色森林里感受到的喜悦。他对南美人民的热情进行了描述，也没有忘记对途中所遇到伙伴的宽容表示感谢。作为冰雪学家和地质学家，他表达了目睹到"在距离赤道如此之近的地方，并且在与海平面持平的高度，如此清澈且高贵的冰的作用的显现"的喜悦。并且为发现了"并非美国铁杉和桧树或者是松树，而是带有椰树树叶装饰的冰河顶"而感到震撼。与朋友西奥多·罗斯福在非洲所做之事不同的是，缪尔没有去猎取大型的动物，而是把与之相比更加珍贵的、巨大的猴面包树作为目标。并且在发现代表这个种类的植物之后，把能够享受到"在我幸运的人生中与巨木相遇的日子中，最伟大的一天"这件事情和满怀感谢的心意写进日志里。

一系列的航海活动构成了缪尔最后之旅的其中一部分，也给了我们阅读占据缪尔庞大的自然文学作品大半部分的——并非关于陆地上的景观而是关于海洋上的景观记述的机会。围绕着海豚、鲸鱼、海豹、海鸟、飞鱼、波浪、光影和暴风雨的描写，在想要去理解称为船上之旅的他的经历，以及在理解和表象那种经历时他的美学感受性的时候，成为令人感到兴趣浓厚的线索。

6. 畅游银河

1911 年的夏天，缪尔在踏上亚马孙河之旅的时候给朋友们解释道，"在黑暗来临之前，我想好好地看一眼这条世界上最大的河流"（Wolfe，*Son* 331）。还有当旅行接近尾声的时候，他如此断言道，"在这两块炎热的大陆上，我度过了人生中收获最多的时光"。关于在旅途中看到的那些充满自豪地回想起来的景观、植物、动物，他幸福地记录着"我所看到的崭新的美是无穷无尽的，也无法用语言把它们全部表达出来"。约翰·缪尔在 1912 年 3 月下旬回到纽约的时候，距离他 74 岁的生日只剩下几周的时间。他在海外度过了 7 个半月，在此期间，他进行了 4 万英里的旅行，经历了长达 109 天的航海，横穿了 6 次赤道，调查了长久以来一直期望见到的南方大陆的河流，密林、森林、平原、山脉以及那些珍稀的树木。

缪尔曾经紧抱着高耸的道格拉斯冷杉剧烈摇动的树梢，在度过塞拉的暴风之后，他曾写道，"我们大家，人类和树木，其实是一起在银河中旅行"。他哲学性地说道，"在极其普通的意义上，树木也是旅行者"，"树木也要进行多次旅行，虽然确实没有走到那么远的地方。即使如此，出发返回——我们自身这种简单的旅行与树木的摇动相比只不过是程度稍微大些罢了——在许多的场合甚至比不上树木的摇动"（*Mountains*，256）。为了和树相遇而旅行、感受到树在旅行的缪尔，把自己本身的漂泊当作是和受到风吹剧烈摇动的桧树树梢一样，是自然的并且痛快的行为。他自己这棵树也如同树木摇动那样，被带到了南美和非洲的未开发地带，然后在 74 岁生日的时候安全地，被带回到了加利福尼亚。从最后的旅行归来后不到三年，缪尔漫长且硕果累累的生涯拉上了帷幕。并且据说他在 1914 年的圣诞节，安详地迎来死亡的时候，庞大的尚未发行的部分草稿还摆放在他触手可及的地方。

　　1867 年 9 月，当缪尔恢复了视力并且明确了人生的展望，就从印第安纳波利斯出发，奔赴亚马孙河。1911 年在经历了占据人生大半部分的 44 年的迂回，他到达了目的地，终于得以实现由衷盼望的，也应该是一生中一直期望着的梦想。并且若是把现存的最初的日志，在看作是站在 "地球——这个宇宙中的行星" 的立场上所发出的宣言作为开始的话，这部第一次被出版的最后的日志，则忠实地守护了缪尔曾在失明状态下立下的誓言，并且可以断言他直到生命的最后也一直保持着地球的学徒、恋人和市民的角色。

　　[*John Muir's Last Journey*：*South to the Amazon and East to Africa* 可以从 Island Press（orders@ islandpress. org 或者是 1 - 800 - 828 - 1302）中获得。]

参考文献

　　*在本文的引用之中，没有明确标注出出处的全部引用自 *John Muir's Last Journey*。

　　Badé, William Frederic, ed. Introduction to *A Thousand-Mile Walk to the Gulf*, by John Muir. 1916. San Francisco：Sierra Club Books, 1992.

　　Branch, Michael P., ed. Introduction to *John Muir's Last Journey*：*South to the Amazon and East to Africa*. Washington, D. C.：Island Press, 2001.

　　Clarke, James Mitchell. *The Life and Adventures of John Muir*. San Francisco：Sierra Club Books，1979.

　　Muir，John. *John Muir's Last Journey：South to the Amazon and East to Africa.* Ed. Michael P. Branch. Washington，D. C. ：Island Press，2001.

　　——. *The Mountains of California.* 1894. New York：Dorset Books，1988. (小林勇次译《远山的博物志》，立风书房，1994 年。)

　　——. *The Story of My Boyhood and Youth.* 1913. San Francisco：Sierra Club Books，1992.

　　——. *A Thousand-Mile Walk to the Gulf.* Ed. William Frederic Badé. 1916. San Francisco：Sierra Club Books，1992. (熊谷矿司译《行走一千英里——朝着绿色》，立风书房，1994 年。)

　　Wolfe，Linnie Marsh. *Son of the Wilderness：*The Life of John Muir. Madison：University of Wisconsin Press，1945.

特丽·坦皮斯特·威廉姆斯

——"保守宗教里的激进精神"

谢丽尔·格洛特费尔蒂/结城正美译

1. 家园——激进的场所

特丽·坦皮斯特·威廉姆斯的《鸟、沙漠和湖》,[①] 是一部激烈且又真挚地描述了痛苦与丧失感的日记。这部作品也是一部围绕威廉姆斯的母亲被发现患有卵巢癌之后到两位祖母去世为止的七年间里（1982—1989 年）所发生的事情而写成的自传。威廉姆斯的母亲被诊断为癌症的时候，被称为鸟类的圣地，同样也是作家喜爱的地方——大盐湖淡水湾附近的湿地正由于前所未有的湖水增加而导致将要沉没于水面之下。这片湿地，不仅是鸟儿们的栖息之地，也是威廉姆斯守护自身的场所。在这充满困难的七年时间里，威廉姆斯也是有所收获的，那就是，她学会了适应变化，变得能够通过爱的力量，找到守护自己的场所。如果这部作品的读者也是恰恰处于自我丧失之中的话，那么也许会对书中

[①] 《鸟、沙漠和湖》（英文名：*Refuge: An Unnatural History of Family and Place*）一书曾由生活·读书·新知三联书店出版过中译本，译名为《心灵的慰藉·一部非同寻常的地域和家族史》（程虹）。本文中的引用基本上出自石井伦代的日文版，译名为《鸟、沙漠和湖》，为尊重作者意图，作品名称和翻译原文仍以日文版为基础。——译者注

所讲到的事情感同身受吧。对于那些通常避开人们的视线而默默忍受的苦痛，这部作品给予了表达的机会。但是，《鸟、沙漠和湖》真正的杰出之处，并不是在于个人层面上，而在于它关注的是场所、自然、性别、宗教、公民权利这些更大的问题。在这部作品饱含着强烈感情的结尾——《单乳女性家族》这一部分里，表达了威廉姆斯家族的高患癌率和因此导致的乳房切除，可能与 20 世纪五六十年代联邦政府实施的地上核试验，犹他州受到放射性核弹试爆沉降物有关的观点。于是原本是个人的作品被演变成了政治性的作品。在作品的最后，描写了以在内华达核试验场抗议联邦政府继续进行核试验的理由逮捕威廉姆斯的场面。

威廉姆斯是第五代摩门教徒，也是犹他州本地人，与《鸟、沙漠和湖》的舞台——大盐湖周围的风景、历史有着密切的联系。母亲的亲属、父亲的亲属以及父母双方的祖先，都是摩门教的"手推车开拓者"，也就是指那些由于受宗教迫害，用两个轮子的手推车驮着自家家当，从伊利诺伊州逃亡到大盐湖的人们。大盐湖虽然被其他的移居者抛弃，但是在摩门教的领导者百翰·杨的眼里，大盐湖却是一个适合养育圣徒的地方。"这里才是理想的场所"，这是他曾在 1847 年讲过的著名的一句话。对于特丽·坦皮斯特·威廉姆斯的家族来说，大盐湖同样是理想场所，坦皮斯特家族的男人们在犹他州开展铺设输油管道的事业已经长达四代人之久。《鸟、沙漠和湖》中还讲到威廉姆斯与祖母咪咪之间的特别关系。威廉姆斯对于鸟和自然的热爱，据说是由在她年幼的时候经常带她去观察野鸟的祖母培养起来的。在州立犹他大学读书期间，出于想要使对于风景的热爱和对于语言的热爱得到兼顾的愿望，威廉姆斯做出了把英文学科作为专业，生物学科作为第二专业的选择。之后，她又取得了环境教育硕士学位，并且成为犹他州州立自然博物馆的教育学艺员[①]兼驻当地博物

---

① 教育学艺员是指博物馆专门进行资料收集和调查研究的职员。——译者注

学家。

　　就读大学期间，威廉姆斯在当地的书店工作，在那里邂逅了一位男性。特丽·坦皮斯特与这位同样喜爱读书，并且有着生物学学位的男性布鲁克·威廉姆斯，于1975年在盐湖城的摩门教堂举行了结婚仪式，当时特丽19岁，布鲁克23岁。在1991年的采访中，威廉姆斯说道，这段婚姻在她的人生中有着最为重要的影响。通过与布鲁克的关系，威廉姆斯怀着由于被灵魂伴侣呵护而带来的心情愉悦的安全感，不断地前进同时也挑战着危险，使土地与人们的关系进一步得到深化（Petersen，9）。在《鸟、沙漠和湖》中，也描写了威廉姆斯围绕着是否应当要孩子这个问题而产生的苦恼。威廉姆斯担心因为有了家人，就会失去对于自己来说不可缺少的孤独，倾注于创作上的精力和时间也会被剥夺。夫妇二人最终做出了不要孩子——这个违背摩门教文化性质的选择。这种选择，对于威廉姆斯来说，是一种相互矛盾的、既是以自我为中心的同时也是一种自我牺牲的行为。但无论如何，威廉姆斯确实开展着旺盛的创作活动，通过一系列的著作，形成并发展了她独特的思想。到目前为止，她在创作代表作《鸟、沙漠和湖》之前有五册著作，之后又有四册，合编著作三册，并且出版了许多散文，甚至还亲自参与制作纪录片的画外音。威廉姆斯的作品，每一部都是她对野生自然寄寓的强烈热爱的表达，充满着保护自然的热情。此外生物学家所具有的对于事实的忠诚与诗人所具备的巧妙的语言、表现力的融合、女性生存方式的探究、精神世界给地上世界带来生机的摩门教的魔法性世界观、时而极其赤裸裸的公私的界限与我无关的态度以及借用作家自身的话来说，经常使用"迂回于修辞之中的穿透内心"的讲故事形式等，都可以作为威廉姆斯作品的特征被列举出来（Red，3）。

　　在《鸟、沙漠和湖》中，威廉姆斯对于熊河候鸟保护区的风景如下描写道：

因为于我而言这是一处极其亲近的风景，好几次在实际
上远远地看到鸟儿之前就已经感到一直是知道它的种类的。
美国大杓鹬总是在距离保护区大约七英里的草地上觅食，年
复一年它们从未让我失望。当六只中杓鹬加入到它们的群落
时，中杓鹬作为一种概念进入了我脑海。在实际上看到它们
与大杓鹬合为一群之前，我觉得就如在已经熟知的场所中突
然有了新的发现那样把它们识别了出来。(21)

对于许多读者和文学研究者来说，《鸟、沙漠和湖》的出版
本身也许就是作为"在熟知的场所里的新发现"被反映出来的
吧。威廉姆斯把正在实践的带有自然日志性质的观察与个人、家
族历史的结合——在把双筒望远镜对准鸟类的同时把焦点定位在
与家族癌症的抗争上——这种模式是从来没有看到过的。长期以
来，按照传统观念，科学家要努力地做到客观，接受着在写作的
时候要排除"自我"，不可以把个人的生活掺进出版物中的训
示。另一方面，即使是将焦点放在家庭关系上的创作型作家们，
在血缘关系的基础上去把握鸟类的也不多见，更不会把与在人际
关系的复杂性上所注入的同样程度的注意力放到自然界中去。
《鸟、沙漠和湖》在"家庭"和"场所"上，也就是围绕母亲
患癌症的故事与围绕鸟类和涨水的大盐湖的故事上给予了同等的
时间和重要性，因为这一点也给图书馆和书店等带来了分类上的
困难，不知道应该摆放在是自传类还是自然志类的书架上。通过
在通常所经历的分类法中寻求新的见解，威廉姆斯促使读者从整
体上把握生存，"在由事物构成的家族中"试着去想象我们所处
的场所。

在《鸟、沙漠和湖》一书的开头和结尾部分，分别被添加
了大盐湖的地图和在大盐湖栖息的鸟类长长的名单（是常用名
和学术用语的排列）。这部作品在极其特定的场所上进行设定，

但是以鸟类为中心的这一点却是毫无疑问的。若是稍微浏览一下《鸟、沙漠和湖》的目录大概这样的印象会进一步得到加强吧。在目录中被标示出来的 37 个章节的每一个标题名称（数字并没有印刷在上面）都是由一个或者几个鸟类的名称构成的，不是通过在自传中经常出现的日期，而是通过用甚至精确到小数点第二位的英尺标记出来的大盐湖的水位，"使时期被特定下来"。如果进一步详细来说的话，其中的两章——"粉红的火烈鸟"和"天堂鸟"①——巧妙地处理了关于章节名称的约定。大盐湖的水位随着作品的进行缓慢地上升之后又降了下来。正像文学研究者所熟知的那样，小说和戏剧等——现在的话大概还要加上电影吧——采用随着行动的高涨（情节）达到最高潮，经过结局或者是问题的解决又开始向下降的模式，通过这样特有的弧形创造出能够使读者获得满足的感情轨迹。这种模式虽然在小说中经常被运用，但在自传中很少用到，至于自然志就更是少用了。这里所说的《鸟、沙漠和湖》模仿小说的故事形态——也就是，表面上的构造是根据水位的升涨，内在的构造则是以发生的事件为基础的——从中可以看出这部作品是多么慎重地完成的。关于这部作品所具有的极大的感情效果，其中的一部分原因应该也是很清楚了吧。

在《鸟、沙漠和湖》中有着强烈的故事性，通过这种故事性，围绕着因为熊河候鸟保护区的破坏而达到顶点的大盐湖水位上升的故事、与围绕着因为癌病带来的死亡而达到顶点的戴安·坦皮斯特衰弱的故事难以分割地结合在一起，但是并不能因此就说这部作品是一部连续的故事。倒不如说这部作品的各章都是由片段构成的，在作品被设定的 7 年时间里，从威廉姆斯所记下的 22 册日记中选取的没有日期的摘录，与围绕着摩门教的历史、自然志、家族史的短篇散文一起被分布在作品的各个地方。即使

---

① 日文版译者注：在日译版中分别是"火烈鸟"和"Strelitzia"。

在主题以及形式上，《鸟、沙漠和湖》也是一部由各种内容混合而成的作品，诱导着读者努力去统合各种各样的片段。在主题这一点上，《鸟、沙漠和湖》引入了很多与环境有着深刻关系的社会问题，有着作为和环境的关联存在着明确解释的场所和自然的主题，以及在通过以稍微复杂的形式与环境相关联的内容中有着性别、宗教和公民权等方面的主题。

在通过寻求不断地变化才会被人们了解的美国，并且在这种把移动性作为特征的时代里，威廉姆斯说道："说到对于现在的我们能够做的最激进的行为，也许就是停留在自己的场所（home）里了。假如不那样的话，究竟谁会停留在一个地方记录那个场所的变化呢，又究竟谁会告诉我们关于美国大杓鹬从犹他州普罗蒙特利草丛茂密的山谷里飞回来的事情呢？"（*An Unspoken Hunger*，134）在《鸟、沙漠和湖》中，威廉姆斯将鸟的羽毛和迁徙的意象与树根和家的意象进行了对照。这位作家一边记录下自身因为大盐湖畔的风景而形成的样子，同时也暗示了那些对于场所怀有热爱的人们有着保护那个场所的责任和义务——这种场所和人类之间的相互关系。威廉姆斯积极地参与到围绕美国西部土地使用的激烈战斗中，为从开发和压榨中保护荒野而战斗着。

在《鸟、沙漠和湖》的开头，威廉姆斯证明了"自己出身于深深扎根于美国西部的家族"。她的家族居住在犹他州已经长达五代，不仅家族的根系已经延伸到地下深处，她个人也被犹他的风景赋予了特征。"候鸟保护区一直在那里，从未变过。……这些鸟儿和我一起共同拥有着博物学是因为在一个场所长久的居住，知性和想象力也都在其中相互融合这样一个扎根方法的问题"，作家如此写道（21）。威廉姆斯幼年时期曾几次去大盐湖，与弟弟们一起仰面漂浮在湖面上长达几个小时，"大盆地的蓝天刻进我的心里。我的心里被大盐湖慢慢地充斥着，正是在那段幼年时期"，她在文中写道（33）。若是说到成年之后与大盐湖的关系的话，则是更加激进地表现为"我是沙漠，我是高山，我是大盐湖"（29），暗示了她自身与围绕着她的环境之间不存在任何的隔阂。如果根据作为深层生态学思想被了解的、这个场所＝内部＝存在的理解方法的话，人类是通过保护场所从而保护自身的。这样也就是说，因为通过一视同仁地看待人类和场所，作为个人的自己在比包括环境在内的更大的"自己"上同化。像这样的与特定风景之间的亲密关系才正是威廉姆斯希望读者关心，恐怕甚至祈祷他们自己也能希望拥有的吧。因为要说到与什么东西发生关系的话，那么只有通过亲密的结合之后才会变得可能。

2. 风景与想象力

对于威廉姆斯而言，与场所的一视同仁就是与场所身体的一视同仁。因此例如大盐湖被当作是她自身，当作是女性来看待。关于鱼泉的沙丘，威廉姆斯这样描述道："那是一位女士，优美的曲线，腰部的纤细、胸部、臀部。腰，还有骨盆。那是大地原有的形态。我希望可以抹去她赤裸着横躺的样子。被隐藏的肉体。"（109）关于大盐湖她如下描写道，"我尝试着想把大盐湖看作是拒绝被豢养的'女性'，看做是我自己本身。犹他州用堤坝把她围起来，把她的水引向两边，也许正在打算建设连接她的堤岸与堤岸之间的道路，但根本上那些都不是问题。她应该会摆脱我们的介入继续生存下去吧。我把她当作用自己给自己定义的纯净的野生来认识"（92）。关于地球她抛出了"对于已经备受蹂躏的地球，我们应该如何共鸣呢"的疑问（85）。由于将女性与自然同等地看待，威廉姆斯在生态女性主义的语言环境中被定位下来。所谓的生态女性主义，就是指处于男性支配文化下的女性与在自然的压迫中存在着共通之处，在将其明确的同时达到根除为目标的理论性见解及社会运动。威廉姆斯对于生态女性观的同感，已经在《鸟、沙漠和湖》的开头部分，在和她的女性朋友一起谈论"关于愤怒，关于女性和风景，关于如何才能使我们的身体和地球的身体被发掘"的场面里得到确认（10）。威廉姆斯对于大自然的热爱是从女性的以及女性主义者的感性中产生出来的，同时她对于破坏自然的现象从心底里感到愤慨。

　　像威廉姆斯那样深深地热爱着风景的举动同时也伴随着危险。当所爱着的风景濒临危机的时候，存在着陷入恐慌的事态就可以作为其中一种。这种现象在美国西部尤为严重。联邦政府在西部的土地占有率是极高的，例如在犹他州为65%、在内达华州为87%——这样一种状况。西部人民关于土地使用即使相互持有完全不同的意见，但是对于土地使用政策在东部的华盛顿DC被讨论以及由那些从来未曾到过西部的议员们来决定西部的命运，在许多场合下表现出一致的不满。为了有效地保护西部的荒野作为作家能够做些什么呢，威廉姆斯勇敢地思考着这个问题：

　　　　应该怎么做，才能把这片广漠的土地是如何的辽阔并充满着力量，传递给那些——已经来过的人们自然不用说，还有那些未曾到过这里的人们呢？应该如何做，才能根据自己的经历和对于这片野生的土地的深深的热爱进行书写，一边维持使得人们敞开心灵而不是关闭心灵的语言呢？为了阻止开发，从可能的有限的视角反复写文章时，运用怎样的方略才能有效呢？应该如何在明确地表达心声的同时，保证语言的可信性呢？（Red，11—12）

　　在《鸟、沙漠和湖》中，威廉姆斯讲述了美国西部由于东部政策立案者的误解和虐待，产生了地图上的"空白地带"：

　　　　地图上的那处空白地带意味着空旷的、寥无人烟的土地，一片恰好适合丢弃神经瓦斯、新型炸弹和毒性废弃物的荒地。军方认为大盐湖的沙漠是实验生化武器最理想的场所。原子能委员会的一位官员曾就犹他州的圣·乔治与内华达州的拉斯维加斯之间的沙漠有过如下的评述："它是一个适合丢弃旧剃须刀刀片的好地方。"（241—242）

《鸟、沙漠和湖》与这样带有污蔑性的西部观相对抗，把风景作为肉体的、精神的东西来描写，把充满和平、伟大的美丽的大地与个人的邂逅，在作品的每一页上重现游走。威廉姆斯是这样认为的："地图上的空白地带是我们与自然界会面的邀请函，在那里，我们的个性被风景塑造出来。……对于一部分人来说他们把这里看作是堆放废弃剃刀刀片、毒素和生化武器废料场所的犹他州不被人知的地域，但这里却是充满着引发丰富想象力的风景。是一处只能对那些能够保守秘密的人们才能说的秘密的场所。"（244）

　　《鸟、沙漠和湖》出版后的第二年——也就是1992年，威廉姆斯在某次采访中说到自己无法想象离开犹他会是怎样的。"我真的很热爱犹他。犹他是我的家乡，是与我自身有着密切联系的地方。不论是生活上还是更深层次的内容上。"（Gross）《鸟、沙漠和湖》出版十年之后的2001年，收录了散文、故事、书信的《红色——沙漠中的激情与耐心》出版。在冠以《家庭作业》这个绝妙标题为题目的开篇散文中，作者再次谈论起围绕着在《鸟、沙漠和湖》中被展开的场所、家庭、个人相互等同的问题，这种关系所包含的内容在一种关于政治性参加的伦理的语言环境中展开讨论：

　　　　我们每一个人都从属于各自特定的风景。那是一个告诉我们自己是谁，承载着我们的历史与梦想，将我们系留在超越思想之上的某种行动的道德界限之内的地方。在每个风景之内，家庭作业都是必要的。那就是要参加公共生活、使那些在进化、私利、无知的旗号下所进行的破坏全部都不存在的事实得到确实。这是一个人无法完成的。那是能够从民主主义的坚固岩盘上产生的希望，也是一边在我们热爱的存在基础的场所上努力地保护并思考进来的问题。（*Red*，19，着重号由威廉姆斯标出）

位于大盐湖西北岸的熊河候鸟保护区，由熊河的淡水湿地构成，作为美国最早的水鸟圣地设立于 1982 年。现在，它起着作为超过 100 万只鸟儿繁殖、迁徙、越冬的据点或者是中转站的作用。这个候鸟保护区对于威廉姆斯个人而言，也同样是她的保护区，能够让她通过与鸟儿们的共处，度过静谧的时光。因为往年从未有过的（大量）降水引发熊河水量增加、导致湿地遭受破坏这件事——也即是，鸟儿们和威廉姆斯的保护区的丧失——是《鸟、沙漠和湖》的中心主题。湖水水位上涨的时间，偶然与威廉姆斯的母亲因患卵巢癌走向死亡的时期相重合。"将候鸟保护区的事情与家族的事情分开来考虑，对于我来说是不可能的。破坏是不会考虑界限之类的。我童年时代的风景和家族的风景，一直被我认为是根基的两个风景，现在或许也要发生变化了，就如流沙那样。"（40）令人感到讽刺的是，保护区被破坏的原因不是人类的错误管理，而是在于降雨、积雪融化的自然原因。同样的，在《鸟、沙漠和湖》的最后，湿地的再生被描写为自然的进步。面对这种自然进步，威廉姆斯获得了也许能够摆脱悲痛的希望。

虽然说处于自然状态下的湿地有很强的恢复能力，但全世界的湿地由于开发而陷入了危机的状况，在《鸟、沙漠和湖》中也被提及。湿地的生态系统对于鸟类来说是重要的栖息之地，威廉姆斯说，据科学家的研究，那样的栖息地的消失与鸟类繁殖率下降有着"明显的统计学关系"。在美国西部也存在着数量正在减少的鸟类。"近年来，作为在岸上栖息的鸟类——北美最大的滨鸟长嘴杓橘在西部大盆地的数量一直在减少。其原因是由于开荒造田和其他土地开发使长嘴杓鹬失去了大量的栖息地。在中西部，它已经被收入濒临灭绝的物种之列。爱斯基摩杓鹬也濒临灭绝的危机。"（145）"由于沿海栖息地的减少，自从 20 世纪 60 年代以来，加利福尼亚州、俄勒冈州和华盛顿州沿海地带的环颈鸻数量下降了 50%。"（257）"在过去的一百多年里，加利福尼亚州失去了 95% 的湿地。"（111）"全国的湿地正在无声地消失，诞生了一片再也不能听到鸟鸣的土地。"（112）在威廉姆斯这样的警告中，我们也许能够感受到绝望的哀鸣。

在《鸟、沙漠和湖》中所提到的这个严峻的统计并不算是特别新奇的东西。实际上，因为一大半的美国人都已经听到过好几次，因此统计本身变得没有了意义，也失去了督促我们行动的效力。正如威廉姆斯拼命地摸索为了宣传荒野的价值和自然保护的必要性的有效语言那样，现在也正在想要寻找为保护鸟类最好的写作方法。"如何才能使灵感变得有价值？怎样才能统计出鸟类中有多少野生的？大部分鸟类的生活都是我们没看到过的，所以哪个是哪个，也不是每一只鸟我们都十分清楚地了解的吧。"（*Refuge*，265）《鸟、沙漠和湖》之所以能够使读者把眼光放在对鸟儿们的理解与关心上，是由作家杰出的力量所造就的。如果打比方的话，就像是一个皮纳塔①破裂了，充满其中的许多修辞的策略——升华、故事、诗歌、精神性——掉落下来似的。此外，她的力量从把对鸟类的涉及和关于鸟类的信息穿插进围绕着母亲癌病的壮烈故事的手法中也能清晰地窥探出来。通过这样的策略，读者在被震撼的人类故事吸引的同时，也在潜意识层面上学到了关于鸟的知识。当然这种战略的前提是威廉姆斯讲述了许

---

① 皮纳塔，放有糖果、水果和纪念品的从天花板吊下来的罐子，来自墨西哥的圣诞节余兴节目。——译者注

多关于鸟类的故事。其中有关于她在幼年时期同祖母一起参加奥杜邦协会的野外旅行时，透过巴士的窗户所看到的鸟儿的故事。里面有反嘴鹬和黑翅长脚鹬是如何"（同威廉姆斯）甚至都达到了有血缘关系的地步"的故事（19）。还有为了已经成为惯例的圣诞节的野生鸟类调查，在盐湖城的市立垃圾处理场，猫着腰趴在黑色的垃圾袋上数白头翁的故事。有关于穴鸮如何守护雏鸟、筑巢的地方是如何被加拿大雁狩猎俱乐部用碎石子填平的故事。还有第一代的摩门教徒开拓者陷于一大群饥饿的蟋蟀袭击粮食作物的困境时，被一群加利福尼亚海鸥奇迹般救助，这种鸟之后也成了犹他州州鸟的故事。有以爱为主题的故事，也有关于死亡的故事，还有与好奇心有关的故事。另外，还有围绕着共鸣、亲密性、罕见的景色、求爱、巡礼等方面的故事。通过与作为故事的登场人物而不是自然志性质的标本多达几十种鸟类邂逅之后，甚至连之前几乎对于鸟类毫不关心的读者也具备了关于每种鸟的知识，萌生了对鸟的关心吧。

在故事中鸟类虽然是作为一种个性的存在被导入的，但是从读者一方来看的话，鸟类通过威廉姆斯优秀的抒情性而作为一种美好的事物映入眼帘的同时，读者因为威廉姆斯的精神世界观而产生的关于鸟类的惊异与可能性也随之被唤起。比如，即使对于加拿大雁狩猎俱乐部的某位男士来说穴鸮是"肮脏的家伙"，但是威廉姆斯却通过富有诗意的描写用以感召读者。"穴鸮身长不足一英寸，羽毛呈麦黄色，用两条细长的腿支撑着身体。它们犀利的目光仿佛能点燃草地似的。那黄色的眼睛更显得炯炯有神。"（9—10）此外，对于鹈鹕的描写，在从细微之处切入的精细性这一点上与抽象画的手法极其类似。"几百只白鹈鹕出现了，仿佛在蓝色的背景下浮现出来白色的影子。它们转弯，消失。当它们再次出现的时候，蓝色背景中看到了点点黑色。它们再转弯，消失。当再一次出现的是，蓝色的天空中重新出现白色的身影。"（149）还有在下面关注鸟的眼睛的描写中，通过如同唱歌一样的旋律把从未尝试过去想象的印象，给了读者的观点以强烈的冲击吧。"鸱鹞的眼睛是祖母绿色的；雄鹰的眼睛是琥珀色的；鹂鹠的眼睛是红宝石色的；彩鹊的眼睛是蓝宝石色的。这四种用在宝石上的原石折射出鸟类的心灵——连接天地之间鸟类的心灵。"（95）

3. 视觉的野生

在威廉姆斯的词汇中有许多是与宗教相关的。比如，"羽翼的合唱"（264）、"鸟类的魔术"（18）、迁徙的"奇迹"（264）、海鸥的"巡礼"（76）、"连接天地的"鸟（18）等。通过这样的词汇，将鸟类是神圣的思想诉诸读者。当然，就威廉姆斯而言，这样的见解在很大程度上也许是来源于摩门教的魔术性世界观，但也是与美国原住民信念的结合，也就是在这种性质上，参与到了以自然和人类的关系"再神圣化"为目标的社会运动中。1996 年，威廉姆斯同史蒂芬·特林布尔一起，以保护西部荒野为目的，编写了一本收录了活跃在当前文坛 21 位作家文章的小册子，寄送给了联邦议会的每位议员。这本册子的标题为《证言》，序文为"基于信念的行为"。尝试着重新将大地、地球想象为"神圣的土地"，并且，通过重新看待仪式的惯例和制度——这样的幻想变得被提倡的行为，不仅能促使我们树立重视环境的态度，也能够把我们从"疏远"这种现代病中解救出来吧。威廉姆斯这样说道：

> 我对着鸟儿祈祷。我对着鸟儿祈祷是因为我相信它们会把我的心声带给上苍。我对着鸟儿祈祷是因为我相信它们的存在，相信它们的歌声标志着每一天的开始与结束，那也是布道前的祈求和礼拜结束时的祝福。我对着鸟儿祈祷是因为它们提醒我所爱的事物而不是所畏惧的事情。当我祈祷结束

时，它们教会我怎样倾听。(149)

如果严格来说的话，向鸟而不是向神祈祷的行为，违反了摩门教会的教义，她把地球中心论的看法导入到了宗教式的忠诚里来。实际上威廉姆斯究竟对于什么抱有忠诚，从发生在4月某个星期天早上的事件里就能很清晰地看出来。那是每年一次召开摩门教总会的日子，世界各国的圣徒都被召集到盐湖城，从教会指导者那里接受最新的教义。与此相对照的是，威廉姆斯则正乘车穿过圣殿广场的"铁门"，驶向能让自己变得"自由"的候鸟保护区。"栖息在这里的精灵支撑着我，让我旋转起舞，令我神魂颠倒。大盐湖是一块精神的磁铁，紧紧地吸住了我。教义无法吸引我，荒野却可以。"（240）在品尝过风和浪与肉体的接触之后，威廉姆斯离开了湖边，"栖身于山艾茂盛的圣地"（240）。在正统的摩门教徒看来，描述从教会团体中的逃避以及自我的自然崇拜的这一段，几乎就是一种邪说。实际上，威廉姆斯也把自己说成是"保守宗教中的激进精神"（引自 Anderson，973）。威廉姆斯想把以下两点告诉志同道合的摩门教徒们。首先一点是摩门教是"信奉个人的启示"的。还有一点是，以耶稣·基督、约瑟夫·史密斯为代表的初期预言者是在大自然中享受神圣的幻想的。"我相信他们在自然中的漂泊之旅是神圣的。难道我们与之相比会有所逊色吗？"（149）通过与在摩门教历史和教义中和自然界的联系获得再生，把这种强有力的宗教组织的意识引向环境的方向，这正是威廉姆斯专心处理的问题。1998年，威廉姆斯与威廉姆斯·B. 斯玛特以及吉布斯·M. 史密斯共同着手编集的划时代选集《新创世纪——围绕土地与共同体的摩门教读本》出版，可以说通过这本书的出版，威廉姆斯罕见地参与了在摩门教内部进行的诸如末日圣徒发起的呼吁末日环境改革的运动。就如前面所说的那样，威廉姆斯在一边热心致力于野生土地和野生生物的保护工作，一边宣扬荒野的精神性价值的时候，或者与之相反、一边置身于摩门教文化努力地"把我们的崇拜，拉回地球"（241）奋斗的时候，经常使用宗教性的语言。对于威廉姆斯而言，就像母亲的癌症与大盐湖的涨水之间没有差别那样，教会与州府、宗教与政治之间也几乎是没有差别的。

　　威廉姆斯并不经常明确地解释自己的政治见解。"在摩门教文化中，人们尊重权威，敬重顺服，却无视个人的独立思考。当我还是个小女孩时就被告诫不要'兴风作浪'或是'捣乱'。"（Refuge，285）摩门文化遵从家长制，女性都很顺从，并且用缄默的态度表达对教会、州府以及男性的敬意也被认为是理所应当的。就像威廉姆斯的祖母咪咪所说的那样，摩门教的女性"一直被教育要牺牲自己，帮助别人，忍受苦难"（117）。并且，咪咪这样问道，"为什么我们女性就这样心甘情愿地放弃了自己的权威呢?"（116）。在《鸟、沙漠和湖》的最后，威廉姆斯收回了话语权，她断言道"逆来顺受的代价已经变得太高"（286）。从顺从转变为激进主义的故事，确实具有威廉姆斯的作风。在母亲去世后一年的某天，威廉姆斯告诉父亲她迄今为止做了好几次的梦，梦到在夜晚的沙漠中有一道明亮的闪光。令人吃惊的是，父亲回答她说，那道闪光不是梦，而是在现实中发生过的事情。1957 年，威廉姆斯刚刚两岁，全家人驱车行驶在拉斯维加斯的北部，在距离天亮大约一个小时的时候亲眼目睹了核弹爆炸。听到这个事实，威廉姆斯连话都说不出来。她回顾道："就是在此刻我才清晰地意识到了我一直生活在怎么样的虚假之中。美国西南部的孩子是喝着受污染的牛挤出的被污染的牛奶，甚至是喝着包括我的母亲在内的，从自己母亲受污染的乳房中流出的受了污染的母乳长大的。"（283）就像她说所的那样，1951 年到 1962 年间，在位于拉斯维加斯北部的内华达核试验基地上进行地上核试验被认为是理所当然的事情。之所以这样说是因为，当时美国与苏联的冷战正处于白热化，深陷于共产主义的恐慌之中。以大量的武器、氢弹为代表的更加强大的核武器的研发也在地球两端进行着。制造出来的武器，按照合众国政府积极的核试验计划进行定期试验。在地上核试验进行的 12 年里，有 1116 枚原子弹被试验。一次实验所释放出的放射性沉降物，就可以与 1986 年切尔诺贝利原子能反应堆泄漏事故中所泄漏的放射性污染物相匹敌（Schneider，xv）。与围绕切尔诺贝利原子能反应堆事故的大量报道相反，20 世纪 50 年代的美国核试验并未能引起人们的关注。对于居住在位于核试验下风口的犹他州居民，政府声称保证他们的安全。原子能委员会的册子上这样写着："你们应该采取的最好的行动，就是不要担心放射沉降物。"（引自 Refuge，284）

　　若是把关于合众国政府进行的核试验与威廉姆斯所得到的事实相对照的话，就会发现她的母亲以及亲属中的六位女性因为癌症死亡的事实——再加上，她自己两次接受乳腺癌切片组织检查，肋骨之间存在着被诊断为接近于恶性的肿瘤——这些都可以认为是没有必要发生的悲剧。作为犹他州的居民，在威廉姆斯看来，如同"羊、已经死去的羔羊"一样的女人们的死因，被看作是"对权威的恐惧和一切都无法质问的姿态"（286）。而作为个人而言，她在某次采访中如此说道，"我认为我们被政府利用了。如果像原子委员会所说的（犹他）是'实际上无人居住的沙漠地带'的话，那么就意味着我的家族、我们世世代代的人，实际上过去并没有居住在这里"（Gross）。在《鸟、沙漠和湖》结尾，"我真正所知道的是，作为第五代摩门教徒中的一位女性，我必须对每件事情提出质疑，即使它意味着丧失信仰，意味着我在原本从属的人群中成为异端人物，但以爱国或者宗教的名义下而纵容盲目的顺从最终将把我们的生命置于危险之中"（Refuge，286）。当威廉姆斯讲出这些话的时候，一个革命家就此诞生。在《鸟、沙漠和湖》的最后，描述了全世界的女性在沙漠中围着熊熊燃烧的火焰无忧无虑地跳舞的梦。在那个梦里，女性们是以"为了孩子们，为了大地，夺回沙漠"为目标集结到一起的（287）。1992 年，《鸟、沙漠和湖》平装本出版时对

1991 年的第一版进行了某些修改，从中我们可以看出威廉姆斯自身从牺牲者到能动者的转变。进行修改的部分是，因为抗议合众国政府持续进行的地下核试验，威廉姆斯闯入内华达核试验基地被逮捕的场面。在第一版中，一名警官给她铐上手铐，另外一名女警官对她进行搜身的时候，写道："她没有注意到我的痣。"（290）在平装本修订版中，改成负责搜身的警官发现塞在威廉姆斯左边靴子里的笔和纸，被问到"这是什么"的时候，威廉姆斯回答说"这是武器"，"我们的目光相遇，我笑了。她把我的裤脚放回到靴子上"（290）。从"痣"到"武器"的变化，与威廉姆斯从苦恼到斗志——在环境保护上迸发出的斗志——的产生过程相重合，描绘出《鸟、沙漠和湖》的道德轨迹。[1]

虽然《鸟、沙漠和湖》现在依然被看作是环境文学的经典作品，威廉姆斯也以此确立了自己作家的地位，但即使是在十年以后的现在，她依然在持续地战斗着。通过融合了热情、梦想、雄辩的独特风格，威廉姆斯关于自己为何会写作进行了反复的思考：

> 我为了寻求与自己无法控制的事情的和解而写作。为了在这个或白或黑的世界里创造出红色的领域而写作。为了发现、为了阐明、为了与我的亡灵相遇、为了对话、为了从别的角度观察事物，并且因为我认为通过从别的角度观察事物也许世界会发生改变，所以我写作。为了敬仰美而写作。……为了与强权对抗、民主主义而写作。我从噩梦中起笔，直到完成我的梦想。在从共同体中产生的孤独里写作。……为了不忘记而写作。为了遗忘而写作……为了记录面对失去时自己爱着什么而写作。……从愤怒起笔，直至热爱。……为了想要为锦绣文章震惊而写作。怀抱着炼金术的信念而写作。……为了揭穿一切而写作。……赋予语言以形态、大声讲出那些词语、接触根源、被根源接触、阐明我们

是多么容易受伤的个体、多么短暂的存在是危险的，危险到
就像爱那样用生命做赌注，所以，我写作。我写作，就如同
在所爱的人耳旁呢喃那样。（*Red*，112—115）

注释

（1）关于从精装版的"痣"到平装版的"武器"变化的故事，是直接
从威廉姆斯那里听到的。据她说，在《鸟、沙漠和湖》结尾部分的《单乳
女性家族》的散文，最初刊登在《北极光》（*Northern Lights*）（1990 年第 6
卷第 1 期）杂志上。那篇散文最后的一幕，就是特丽与逮捕她的警官之间
关于"武器"真实的对话。听说在写作过程中，她并未想过将这篇散文编
入《鸟、沙漠和湖》中，但是之后发现如果没有这篇散文故事没法完结，
所以就放在了结尾部分。当时负责的编辑要求把最后的场面改成"她没有
发现我的痣"，主张通过这个改动与作品中和特丽关于切片组织检查与丈
夫布鲁克交谈时候的印象重合起来。因为是真实存在的事情，所以威廉姆
斯并不想修改，但是由于长期写作疲惫不堪，威廉姆斯无奈地接受了编辑
的要求。她说因为被修改的地方，就像是她自身的力量被放弃了一样，让
人觉得很遗憾。平装版的发行准备刚一开始，威廉姆斯就主张想要用回原
来的关于"武器"的对话。因为通过这些，她能够取回自己的力量，肯定
自己最初的直觉，能够描绘出不是作为牺牲者而是作为战士得到的贯穿自
己信念的力量的——她的参与政治的方式（Personal communication to the
author，2002 年 5 月 29 日）。

参考文献

Anderson, Lorraine. "Terry Tempest Williams." *American Nature Writers*,
vol. 2. Ed. John Elder. New York：Charles Scribner's Sons，1996. 937 – 88.

Gross，Terry. Interview with Terry Tempest Williams. *Fresh Air*. National
Public Radio. WHYY. Philadelphia. 1 Oct. 1992.

Petersen，David. "Memory is the Only Way Home：A Conversational Inter-
view with Terry Tempest Williams." *Bloomsbury Review* 11. 8（Dec. 1991）：8 –
9.

Schneider，Keith. "Foreword." *American Ground Zero：The Secret Nuclear*

War. Carole Gallagher. ［Cambridge, Mass. ： MIT Press］, 1933. xv – xix.

Trimble, Stephen, and Terry Tempest Williams, eds. *Testimony*： *Writers of the West Speak On Behalf of Utah Wilderness.* Minneapolis： Milkweed Editions, 1996.

Williams, Terry Tempest. Personal communication. 29 May 2002.

——. *Red*： *Passion and Patience in the Desert.* New York： Pantheons Books, 2001.

——. *Refuge*： *An Unnatural History of Family and Place.* New York： Pantheon Books 1991. Rpt. New York： Vintage Books, 1992. （石川伦代译《鸟、沙漠和湖》，宝岛社，1995 年。）（本文中出现的引用虽然基本上以所译日文为基础，但也对部分内容作出改动）

——. *An Unspoken Hunger*： *Stories from the Field.* New York： Pantheon Books, 1994.

Williams B. Smart, and Gibbs M. Smith, eds. *New Genesis*： *A Mormon Reader on Land and Community.* Salt Lake City： G. Smith, 1998.

环境文学的生态学尝试

——以特丽·坦皮斯特·威廉姆斯和石牟礼道子为中心

结城正美

故事避开了修辞，直达人的心灵。借着故事带给人们的印象与感情，我们又被带回了更高层次、更深远的自我。也正是在那个自我中，我们意识到自己是和邻居们一起生活的。　　　　　　（特丽·坦皮斯特·威廉姆斯《家庭作业》）

首先从语言开始打破，这是现代化进程中最为重要的。　　　　　　　　　　（石牟礼道子《首先从语言开始打破》）

1. 故事的行为主义

虽然在程度上各有差异，但是现代环境文学中蕴涵了环境行为主义的契机。环境文学，确切说是可以称之为它前身的自然写作，在 20 世纪 80 年代获得几乎被称作"美国新文艺复兴"（斯科特·斯洛维克）到来的文学性和社会性关注的背景之下，蕴涵着对现代环境意识的危机感。说起 20 世纪 80 年代的美国社会，面对里根政权所持有的反环境政策，围绕对它的批判而展开的环境保护言论行动的激烈程度可谓前所未有。也正是在这一时期，"接近环境"这一观点开始被引入文学研究之中，环境文学研究的基础也被迅速打牢，甚至产生了"生态批评"这样一种批评模式。由此，自然写作的文学性、社会性认知不再和已经无法置之不理的环境问题急剧恶化的现实，以及对于这种现实的危机意识无关。因此，自然写作支撑着引导对现代社会和环境的关系进行根本性再思考的期待，直至现在这种期待感仍然持续存在着。在那种意义上，环境行为主义——把这种表达，在和所谓的环境运动位相不同的、依据语言表达的行动意义上所使用的——的要素与作家的意图如何无关，而是体现在自然写作，进一步来说，是体现在环境文学中的。

关于自然写作所发挥的环境意识的变革作用，斯科特·斯洛维克曾对其进行了精辟的分析。根据他的分析我们可以设想出，在自然写作中存在着以"自然共感、自然礼赞"和"耶利米式的悲叹"为两个极端的修辞可变动区域。越接近前者则间接的（认识论性的），越接近后者则直接的（政治性的），参与到环境行为主义中来。这种可变动区域上的分布，并非是对每一位作家进行定位。即使是同一个作家，作为为了提高读者的环境意识而使用的修辞，在某些作品中为了唤起读者对于自然的惊叹和畏惧会使用间接的、认识论的手法，而在别的作品中为了激发读者对于自然环境破坏的危机感则会选取直接的、政治性的手法。以蕾切尔·卡逊为例，会发现她的大海三部曲——《海风之下》（1941 年）、《包围着我们的海洋》（1951 年）、《海边》（1955年）——中充满了自然礼赞式的表达，对于自然环境破坏的担忧则是浅淡地"隐藏"在作品之中；同样是她的作品，在《寂静的春天》（1962 年）一书中，她则对环境污染的事实敲响了警钟，在把"耶利米式悲叹"当作基调低音并使之响起同时请求把"现状改革"作为紧急课题（斯科特·斯洛维克，173—175）。通常，仅仅只有"耶利米式悲叹"会作为政治性修辞被注目，但是根据斯科特·斯洛维克的分析，表面上看起来似乎是与政治性无关的"自然礼赞"的风格，同样因为包含了变革读者意识的力量，而具有一定的政治性。进一步说的话，贯穿了悲观性论调的"耶利米式"的修辞"有着使那些对于环境保护毫不关心的人们远离重要问题的可能，甚至有可能引起有着较高环境保护意识读者的抵触情绪"。与此相对，斯洛维克说道，在自然礼赞式的修辞能够期待从读者个人内心变化的这一点上，从长期来看的话更加具有切实的政治性效果。由此明确了自然写作的政治性波形图（177—178）。

被分类为自然写作的作品，几乎都存在于斯科特·斯洛维克所提出的可变动区域内。但是另一方面，还存在着一种既不是"自然礼赞"式修辞，也不是"耶利米式悲叹"式修辞，更不是二者的混合体，而是通过新的语言表达来摸索对于环境意识施加作用的动向。总起来说，这里所提出的是一种把依据于"故事"的语言表达作为环境行为主义的参照基准的可能性。故事通常被放在政治性言论的相反位置上。若是以非＝政治性的语言表达作为依据，来进行关于环境的现代意识变革的话，那么在这里被实践的，并不是把故事作为既存目的达成手段来使用，而仅仅是把故事特有的位相转换成行为主义的基础。因而，这种新的趋势与其说是"由故事而产生的行为主义"，还不如说它是"故事本身的行为主义"。并且，基于故事的性质，这种新的趋势较之通常被定义为"第一人称纪实散文"的自然写作更加具有综合性，若是把环境和人类的关系作为主题的话，不论纪实散文、小说、诗歌或是戏剧等体裁，这种趋势在把目光投向环境文学时都应该会愈发鲜明。在本文中，笔者以作为通过着眼于故事开拓了文学环境行为主义新的领域的作家——特丽·坦皮斯特·威廉姆斯和石牟礼道子为例，通过分析这两位美日两国具有代表性的现代环境作家的作品，考察由故事的非政治性和环境行为主义的政治性所产生出的独特的磁场。

故事这种语言表现可以与政治性修辞学进行对照，或许也正因为如此，故事成为了环境行为主义的依据标准，例如在威廉姆斯与其他作者合著的《证言——西部作家为犹他州的荒野而呼喊》一书的序言部分里就明确提到了这一点：

> 怎样用行动来表达对土地的热爱呢？本书就是其中的一个范例。它是基于二十五位作家信念的行动。我们一直坚信着，在故事的力量、野生的自然成为我们人类的活力、希望和支撑根源的事实中，不断地使我们恢复过来的故事的力量。（3）

在这篇标题为《基于信念的行动》的序言中所说到的"土地"，具体来讲指的是犹他州南部的荒野。这本百余页的小册子内容详实，封面采用了使人能够联想到岩石和沙砾的红褐色，令人印象深刻。是为了向美国联邦议会提出将犹他州南部确定为荒野，并加以保护的这一要求，由威廉姆斯和与她一样住在犹他州的摄影家史蒂芬·特尔布林共同编纂的。在那种背景下，存在着对关于《犹他州公共土地管理法》（Utah Public Lands Management Act）那些犹他州所选出来的议员们采取的功利主义的、妥协态度的失望、愤怒和危机感。其过程是，威廉姆斯和特林布尔·史蒂芬为了直接在联邦议会上起到作用，向二十余名作家朋友以犹他州的荒野为主题进行约稿，把当场收到的十九位作家的文章和其他相关的重要材料以在出版界从未有过的速度，编辑、校正、印刷，然后分发给上下两院的全体议员。

　　正如这个背景性事实所明确表述的那样，《证言》是一场切实的政治活动。并且那次行动的实质是为寻求贴近于故事的内容。所谓的把故事当作行动使其发挥作用，具体来讲也就是"避开政治性修辞，直击人的心灵"（7）。在回避政治性修辞这样的表达中，应该可以很容易地看到，标榜组织性的标语和信息的旧式行为主义的限制已经被认识到了。实际上，关于这本书的编辑方针，作者明确地表示"不从属于任何的政治派别和环境团体……以个人的名义、避免被误认为是新的组织的宣传"，由此宣告了与旧式行为主义形式的决裂（6）。摆脱依据于政治性修辞的行为主义，向"直达人心"的故事的行为主义进发。《证言》所追求的不是所谓的理论，而是基于"内心"议论的存在方式。

对于围绕环境问题组织性言行的怀疑，以及对作为新的行动可能性的故事的关注，在石牟礼道子的作品中也能够作为特征被窥视出来。自从《苦海净土——我们的水俣病》（1969 年）出版以来，作家又陆续发表了多部作品，主题以水俣病为代表、涵盖了日本各地的边远地区。众所周知，作家不仅通过写作活动，还亲自参加了由水俣病受害者组织的抗议运动，积极地开展各种活动。作为行为主义者的石牟礼，因为《苦海净土》和《天之鱼》（1980 年）等这些直接以水俣病问题为主题的作品而声名远播，但我们也应该认识到，那些没有直接涉及水俣病现象的作品同样也是作家行为主义的构成部分。之所以这么说，是因为水俣病并不仅仅是与作为受害者或者加害者的人们相关的问题，而是中央与地方、先进与落后、资本主义产业与传统生活，在这些现代化所带来的扭曲的形式上阶层性地附加价值所产生的"现代病"，作为生活在现代中的每一个人都应该重视的问题被提出来。在那种意义上，就连看起来似乎是对水俣病进行了认真记录的《苦海净土》，也应该被当作探究被水俣病这种现象具象化的普遍的、真实的独创性纪实作品来阅读，而不是简单地将其看作是局限于描写水俣病现象的纪实作品。

另外，关于自己在处理"现代病"这一问题时选用的"故事"这种表现手段，石牟礼在与伊凡·伊里奇的对话中这样说道：

对于我们人类来说最后残留的自然、再也禁不起破坏的

自然，其实正是必须重新认识的正是人类本身，我想重新回
到那里。但是，要想回去，就必须将已经穷途末路的现代社
会这个怪物改编为温暖的故事世界，并为它重新注入灵魂。
（《诉说〈希望〉》，xxiii）

我们没有办法在这里咀嚼、讨论石牟礼所说的"对于人类来说
最后残留的自然"，也就是"必须重新认识的人类本身"到底指
的是什么。但是，笔者想强调的是，至少和威廉姆斯一样，石牟
礼也看到了在故事这种语言表现中关于环境的现代意识——有着
颠覆——现代这个穷途末路的怪物的可能性。

　　如果故事的行为主义能够"避开政治性修辞"，"直达读者
的心灵"的话，那么显然它与政治演讲中的行为主义有着本质
上的区别。如果不怕说得过于简单的话，所谓"环境运动"的
这种动向中，在很多情况下都包含着保护阵营与开发阵营、生态
中心主义与人类中心主义、我们与他们这样的二元对立项。"我
们"与"他们"之间有一道屏障——为了使"我们"的构想获
得实现，就去批判"他们"，要求"他们"进行变革，或者将
"他们"拉拢到"我们"的阵营中来，在这些举动中树立起了隔
离我们和他们之间的壁垒。只要有那样的壁垒存在，就不可能期
待我们的语言能够"直达对方的心灵"。要想使故事能够发挥它
的行动力，就必须打破这道壁垒，构建一个能够互相分享、相互
讨论的平台。[1]

　　在那种场合下，所谓分享和对手相互讨论的平台，具体来讲
是怎么一回事呢？作为其中的一个例子，从威廉姆斯在一次访谈
中谈到关于她和父亲之间关系的轶事中，我们可以窥见一斑。威
廉姆斯为了保护荒野而倾尽全力，而她的父亲则在西部沙漠从事
铺设输油管道的工作，关于环境保护两人处于自由主义和保守派
的对立关系。然而在"9·11"系列恐怖袭击活动发生的过程
中，她的父亲为了重归自我，而选择了回归荒野。这也使得威廉

姆斯能够深刻认识到，荒野、沙漠是获得平静、对自己的存在基础进行重新确认的场所（williams interview）。在环境政策上分属于不同阵营的威廉姆斯父女，通过西部沙漠这个场所，再一次变得亲密起来。这则故事向我们暗示出，持有不同见解、分属于不同阵营的人们并不应该单纯地只是一方将另一方同化，而是应该在他们之间寻找能够相互倾听的场所，并以此为基础构建对话的可能。刚才文章中引用到石牟礼的"残留给人类的最后的自然"，也许也可以在那个能够分享感觉·体验的位相中被寻找到吧。

2. 生态学讨论

故事行为主义为环境行为主义指明了新的方向。当前，重要的不是批判、抗议或者是请愿，而应该是"我们"与"他们"能够互相分享的思维样式。这样说可能有过分乐观之嫌，但如果能够打破阻隔双方的那道壁垒的话，当前在政治行动中经常出现的各种主张的应战应该不会继续出现了吧。并不是以对环境的压榨性开发为名义，向对方提出责难，也不是为特定的问题提出替代方案。或许，故事这种形式原本就不是用来表明自己主张的吧。那也就意味着，在观点主张中附加价值的这种现代知识体系下，故事只是位于支流罢了。但是，也正是因为如此，它才能够成为照亮围绕着诸多现代社会环境问题的光源不是吗？

意大利哲学家吉玛·科拉迪·菲乌马拉指出，近代西方的知识体系把主张特权化，把"基本上无论关于什么都可以发表意见"当作特征。但是也由此导致了"缺乏倾听"这一事实（菲乌马拉，11）。不言而喻，语言与世界观是基于同一个知识体系的。正如以下来于自菲乌马拉的研究清楚地表明的那样，只认为"说"才是有价值的语言是有失偏颇的，这种语言与不去倾听自然、环境的近代西方的人类中心主义的世界观不可分割地交织在一起：

>　　　我们所使用的最先进的语言……与这些如"臭氧层"、
>"温室效应"、"酸雨"等令人担心的表达有着深深的共鸣。
>它们正是大自然传达给我们的悲伤的信息。但是，因为那些
>是实际上会威胁到人类生命的东西，我们才会去"倾听"
>这样的信息。并且，因为我们的不去倾听他者的逻辑，地球
>才开始受到伤害，我们变得开始去倾听来自自然的信息，完
>全不是自觉的行为。若是到把地球伤害到必须去注意的程度
>为止，我们连什么都不能从地球听到的话，那么应该是在倾
>听这件事情上面出现了问题。（6）

正如这一段所表明的那样，如果依照之前的逻辑、伦理或者知识
体系的话，就不可能期望构建与环境之间的可持续关系。引文中
"不去倾听他者的逻辑"，在英文翻译（原文为意大利语。本文
中引自菲乌马拉论述的英文翻译）中表述为"our deaf logic"。
这个场合下的 deaf，与其说成是"听不到"，不如理解为"不愿
意去倾听"、"不去听"的意思。之所以这么说，是因为问题并
非在于天生的或者是生理性的失聪，而恰恰是没有从倾听中发现
有任何意义的态度上。正如菲乌马拉所说，既然只有在主张上发
现价值——这种逻辑的破绽已经很明显了，那么通过倾听他者来
加深知识的存在方式就变得十分必要。以倾听他者的态度为基础
的、在自我和他者的相互关系中深化的知识。那种知识的网络，
使人联想起生物圈的生态学的样态。菲乌马拉把现在正在被追求
的东西，称为"生态学"知识的原因也正在于此（9）。

　　打破关于环境（问题）与敌对阵营之间的壁垒，在"直刺
心灵"的位相中寻求议论的范例，威廉姆斯和石牟礼的这些尝
试，可以被看作是生态学讨论的探索。无论是自然、环境抑或是
人类，"倾听他者"都位于生态学讨论的核心地位。在这里必须

要注意的是，倾听他者的态度和行为，与在环境文学和自然写作中经常能够看到的所谓"为了自然/为自然代言"（speaking for nature）的姿态有着根本性的不同。当然，自然不能通过人类的语言来表达自己。因此，"倾听"自然的声音，为自然代言的这种行为，特别是虽然是出于拥护自然的立场而产生的，但是在这种行为里面围绕着他者表象正当性的问题无论如何都是逃避不开的。也就是说，所说的被讲述了的他者的声音，始终是被讲述的主体表象 = 代表的，只能是通过被纳入讲述主体知识体系中的形式表现出来的他者的声音。同样，作为自然的声音被代言的内容，不是也存在着——难道不是代言者自己恣意听取的声音的问题吗？在生态学讨论中倾听他者的行为，没有一点想要讲述（欺骗）自然的意图。它所追求的是语言的输出者和接受者共同在自然、环境中，能够相互倾听的一种范例。

3. 所谓分享体验——特丽·坦皮斯特·威廉姆斯的《证言》

作为作家为了实现环境行为主义，什么样的语言才具有效果呢？威廉姆斯在《红色——沙漠中的热情和忍耐》所收录的散文《家庭作业》中对自己这样问道：

> 应该怎么做，才能把这片广漠的土地是如何的辽阔并充满着力量，传递给那些——已经来过的人们（自然不用说），还有那些未曾到过这里的人们呢？应该如何做，才能根据自己的经历和对于这片野生的土地深深的热爱进行书写，一边维持使得人们敞开心灵而不是关闭心灵的语言呢？为了阻止开发，从可能的有限的视角反复写文章时，运用怎样的策略才能有效呢？应该如何在明确地表达心声的同时，保证语言的可信性呢？

这位作家一直在摸索"避开政治性的修辞，直刺心灵"的语言。基于围绕着作者自身荒野经历的文章为达到"使人们的心灵敞开而不是关闭"的目的，什么样的语言才能有效地提问，恐怕已经意识到对自然共感/自然礼赞的修辞感到厌烦了的读者的存在吧。实际上，自然共感式的表达确实一直是乐观地或者是自我沉溺地反映出来。一旦在文章中感受到自我满足的要素，也许读者的内心就会被封闭起来。为了使依据自己经历的语言能被读者接受，那种经历就必须引起读者的共振、共鸣。或者是有必要在读者的内心唤起和作者的经历相通的体验。威廉姆斯一直尝试着寻找把这些想法变成可能的语言。

之前已经讲到，《证言》的特色在于故事这种行动上。但是在《证言》中所收录的文章，也并非全部都采用故事这种形式，其中也包括相当一部分是直接地发出政治信号的文章。在采用故事形式这一点上，被收录的文章中，威廉姆斯自身的文章是最为纯粹意义上的故事。接下来一篇收录在《红色》中题名为《血的流淌/血统》的散文，讲述了下面这样一个故事。

居住在犹他州格林河流域的一位女裁缝，途经圣拉菲斯维尔的时候被人强暴了。因为脸被按在地面上，所以她并没有看到凶手是谁。在这场暴行的过程中已经失声的这位女性，也无法大声呼喊寻求帮助。她没有把自己遭遇的暴行告诉家里的任何人，而是带着红线和剪刀回到了被强暴的地方。在那里她把红线剪下一段放在地上，又剪下一段放在地上……摆好的红线仿佛是大地的裂缝一样。她把这个当作是血的流淌，一边想着那些低劣的动物——为熊摆三英尺，为青蛙摆一英寸——把红线剪开摆在地面上。时光飞逝，转眼已是秋天。她把红线的一端系在树上，另一端拿在手上沿着科罗拉多河流经的地方行走。红线绵延长达几英里，她通过这种举动把失去的东西缝合起来。时间到了春天，她站在当地被称为"产子石"的一块大石头的旁边，被沙漠的热气包围着。大约有食指大小的脚被刻在石头上。在那两只脚的脚尖所指的方向，描绘着许多张开双脚正在蹲着产子的女性的样子。婴儿的头已经从两腿之间露了出来。她觉得，这是把两个存在看作是一个存在的象征。然后她把手掌对着古代的人们打磨好的黑曜石锋利的刀尖，从生命线的一端划到另一端。拇指根部被染成了红色的新月形状。她把手放到石头上，放声大叫起来。

在讲述完这个故事之后，威廉姆斯这样说道："在眼前不断被开展的政治活动中，我想起了圣拉菲斯维尔的这位女性，想起了把记忆缝进大地的她的红线。艾米莉·迪金森曾经这样写道，'活着是一种强大的咒语，因此所有的东西都想从中解脱出来。'其实我们并不是束手无策，难道不是这样吗？"（52）

这篇圣拉菲斯维尔女性的故事，政治家读后会有什么样的反应呢？（在这里重复一下，《证言》原本就是为了邮寄给上下两院的议员们而编纂的。虽然现实中如何让政治家真正地去阅读也是需要策略的，但这个问题在这里不做讨论）我们也只能推测。也许会有人把这位女性的治愈过程作为一种巫术仪式来理解，或者也存在着把它作为一篇描写了对于女性和自然施加的暴力性榨取和压制的——女性生态主义式作品的阅读倾向。这位遭受强暴以致身心受损、失语的女性的治愈过程，因为和自然——被人类社会的暴力所玩弄的自然——的生命的重新认识重合在一起，可以说在这里替代现代社会功利主义自然观的一种崭新的与自然之间的关系被描绘出来。这种关系就如红线所象征的那样，又如《血的流淌／血统》这个后面被冠以的题目所暗示的那样，是一种以人类和自然之间联系的自觉为基础建立起来的关系的存在方式。这种新的关系性，也因为女性的治愈过程作为"重生"的故事被讲述而得到加强。并且加深"重生"这个主题的是贯穿这篇故事的"生产"的隐喻。因为暴力行为而身心受到严重伤害的这位女性，怀着对动物们的想法在地上所摆放的那些长短各异的红线，也许是代表了动物们的生命。沿着曲折的科罗拉多河延伸的红线，给了人们一种女性和动物们的生命一起经过产道的印象。当然，这也是作者通过女性沿着河走，最后到达"求子岩"这一情节的展开，预先被引导的印象。但无论如何，科罗拉多河的水流让人联想到产道，在"求子岩"女性所流下的血让人联想到生产时的出血，在那里恢复了的女性的声音和生产时的叫喊重合在一起，在这种情况下，这篇文章可以作为贯穿了生产隐喻的再生故事来读。进一步来说，如果是熟悉威廉姆斯作品的读者的话，也许会在这篇故事里所谈到的强奸的暴力中，联想到在《鸟、沙漠和湖》中所描写的对女性的身体和对地球身体的榨取——由于核试验这种暴力而导致女性身患癌症和西部沙漠的"死产"。

　　故事的解读方式可以是多样的，并不存在"正确的解读方式"。只是，可以确定地说，通过倾听这个故事（也许有些画蛇添足，但即使是在"阅读"的场合下，也是通过采取倾听的态度）把围绕荒野的讨论从政治性的位相转换到个人的位相。在读者中间，圣拉菲斯维尔是什么样的场所，科罗拉多河流域是什么样的地方，连大致的方向在哪里都不知道的人应该也有吧。若是没有实际上去过或者是听说过那个场所的话，出现上述情况也是自然而然的事情，毕竟对犹他州南部的荒野了解很多的人应该是极少数的吧。但是，即使不了解被描写到的场所，也能够理解这个故事，并且伴随着具体的印象和情感。那个时候，在读者内心产生的印象和情感，如果读者未曾实际上到达过所描述的那个场所的话，那种印象和情感就应该是从读者自身的经历中引发出来的内容。因此，作者（威廉姆斯）对故事的印象和读者的也许是不一致的，但是即使如此，还是可以一起分享故事。或者也许可以这样说，那就是，虽然故事的类型可以分享、共有，但理解那种故事类型的语言环境（由此而产生具体的映像、印象和情感的理由）却是因人而异的。

　　这和美国原住民文化中特有的叙事构造极其相似。关于叙事已经有很多的研究，例如切诺基族作家玛丽露·埃维昂科塔（音译）提出，通过故事被传达的应该是"真实"（truth），而非"事实"（fact），因此必须在读者内心产生"印象"，"在内心构建起结合关系"（Awiakia，15）。所谓传达的不是事实而是真实指的是，例如，将从古代流传下来的故事的细节，用适应时代的形式进行灵活的变化（诸如把在故事中出现的狩猎工具由弓箭变为猎枪），而应该被传达的内容本身则进行保留的一种姿态。重要的是，故事形式上的普遍＝不变性，为了保留那种不变性则没有必要拘泥于"事实"。在威廉姆斯的故事中，读者也没有必要拘泥于圣拉菲斯维尔或者科罗拉多河这些故事的细节是否真实。只要通过作品，遵从于在自己的内心产生的印象就可以了。由此，故事获得成立的模式和思维样式得到了共享。通过在个人经历的基础上产生的印象和联想，故事的模式被具象化，使在个人层面上的故事理解成为可能。以此为开始，作者和读者能够一起站在生态学的立场上。

我们应该从圣拉菲斯维尔那位女性的故事中读到什么呢？作品中没有明示，也许是不被明示的内容吧。所以说，威廉姆斯并非只是讲了一个故事放在那里，她在认真地倾听者读者们的反应。而当读者们展示出他们反应的时候，关于犹他州荒野的生态学讨论也将正式开始。

4. 耳朵的修复——石牟礼道子的《天湖》

我们真的能够变得会去倾听他者、自然和环境吗？

石牟礼的《天湖》（1997 年）所提出的人与自然、人与人之间的生态学交涉的存在方式，以令人不得不去追问的程度"直刺读者的心灵"。

《天湖》这部小说讲述了一个生活在天底村人们的世界，作品中的天底村被南九州的群山环绕着，现在已经沉入了因为修建大坝而形成的湖中。有几位村民觉得村子就像它的名字那样，是与上天相连，并位于天的底部，他们在村子沉入水底 30 年后，仍然对村子的象征——冲之宫的垂樱念念不忘，在一个月明之夜来到湖畔，想看看是否能够看到水面下村子的样子。这个村民们在干旱的年份跳舞祈雨，供养着田地里昆虫的人们的世界，若是照实来说的话作为一个凡灵论的世界，若是从本文来讲的话则是作为一个生态学的世界（这并不意味着生态学的世界能够等同于凡灵论的世界），被石牟礼用她特有的抒情性笔触描写出来。但这部小说并不是一部一直在描写一个与人类的森罗万象相呼应的世界，并把读者诱导至其中的作品。在与天底村心灵的羁绊中生存着的村民中有一位叫柾人的村民，他在大坝建设的时候就离开村子打算在东京度过余生，但他将城市里"普通的汽车声音"幻听成"战车兵团"，在与天底村世界的隔绝中苦苦挣扎的这位老人被当作精神病人，有着和被送进精神病院的家人一样的眼神（32—33），也即是把天底村人们的世界当作是发狂的现代社会的目光，在这部作品的深处被拷问着。若是换成别的方式来表达的话，就是这部作品通过极其微小的方式，审视着把生态学的世界当作是疯狂的现代社会的疯狂这一问题。

　　天底村作为一个被双重疏远的场所描述出来。首先，装扮成上流阶层的柾人的儿媳对这位老人的方言口音，所发出的"原住民的方言"这种侮辱性的表达中所渗透出来的（240），是由看不起乡下的眼光带来的疏远。另外，30 年前已经淹没在大坝湖中，现在是一个不存在的、被忘却了的场所，在这层意义上天底村也被疏远着。若是把建设大坝看作是近代产业主义的象征，那么就会清晰地发现，这两种疏远其实是表里一体的关系。倾听那个已经被近代产业社会埋葬的世界，那个在现实中已经不存在的、只有在梦里才活着的世界，在《天湖》中这样的生态学的尝试，绝非是抒情性质的内容。在只有在梦里才能达成的设定，以及在让出场人物说出"不能让梦里的天底村死去"的石牟礼的姿态中（325），在能够读取到故事世界给现代性的意识带来变革希望的同时，可以感觉到那是作者在放弃之前一直追求的东西。

"梦里的天底村"——曾经村民们生活过的，现在依然在几个原来村民的梦里回归的世界，若是借用唯一一个被允许一起去寻找通往天底村的"梦想之路"的其他地方的人——柾彦的客观表达的话，是"和之前有着完全不同感觉的世界"（45），"有着和平时很大不同的感觉波动的世界"（352）。《天湖》编织了一个为了在祖父柾人的故乡凭吊，从东京来拜访的这位青年所引导的、那种和现代社会的内容有着不同感觉的世界，那个世界的存在方式被如下描写出来：

> 神灵们日夜巡视着各个村落细小的水渠、水井和水田，检查着水流十分畅通，有没有阻塞水渠的脏东西。那些神灵们也许会化身为葭竹根下的蛇，或者是以红楠枝头雨蛙的样子出现。细细的田畦和田地旁边的昆虫供养，以及全村出动举行的打田鼠等，都意识到了神灵们的目光，人们必须要注意有没有出现纰漏。就这样，检查着大地的毛细血管，使水流保持畅通的担心，不断地在村民的感受性中培养出来了。（121）

在这里需要重复的是，《天湖》并不是一部呼吁回归凡灵论世界的作品，也并没有提出"回归自然"的意识形态。它所追求的是，就如柾彦所说的"即使在现实中没有体验，也可以在梦中去了解"的那样，把被天底村具现出来的人与人的，人与自然以及环境的关系，在每个人的语言环境中进行体验——也正是前面所讲述到的关系性的"形式"。也就是说尝试着去理解"在场的老人，和即使现在梦里也想要回到天底村人们的心情"（337）。即使说《天湖》的主旨尽在这一点应该也是没有错的吧。日常生活中在蛙和蛇等身上发现神灵的样子——如此的和自然的关系，即使现在在现实生活中也不可能体会到，但能够感受到的那种信念，与之前引用的石牟礼的话——"残留给人类的最后的自然，再也禁不起破坏的自然，其实正是必须重新认识的人类本身"——产生了共鸣。这里所说的理解活在梦里的天底村人们的"心情"，也就是说读者在共享天底村的关系性模式之后，才能真正地站在生态学世界的入口。

有意思的是，要进入"梦里的天底村"，耳朵不好是不行的。[2] 当然，这里并不是单指听力出众的意思。初入天底村拜访时柾彦的耳朵被描述为"缩成了一团"、"也许可能已经坏掉了吧"（41、40），这些表达并不是指对于失聪的恐惧，而是因为"都市性的不和谐声音"而导致的现象（251、353）。而这种"都市性的不和谐声音"是由电车、卡车、汽车噪声等"凶器"（46）和从"眼睛看到的、耳朵听到的、手脚所触碰到的所有的东西，被从活着这种实质中切断了的"人们所发出来的声音中产生的。但是他来到沉入湖底的天底村，在与"和都市的，仿佛要把神经撕裂开来的无秩序的不和谐声音完全不同的，植物轻柔的呼吸"和被"虽然繁杂但却充满秩序的宇宙性旋律的根本"所支配的世界的接触中（45），柾彦渐渐感到"自己的听觉变得清晰起来"（95）。并且，那样一个被宇宙性的旋律的根本所支配的世界，仅凭柾彦的一己之力是不可能进去的。虽说天底村只是存在于梦里，村民们置身于分不清梦境和现实区别的世界里——随着他接触到以阳菜、小桃姑娘为代表的村民们所体现的人与人之间，人与自然之间的亲密关系——随着他体会到了那些人的心情——柾彦的听觉变得敏感起来：

　　　　现在登山的心情，与初到这里时大不相同。行走在厚厚的落叶上，全身沉浸在大山干爽的氛围中。停下脚步仔细倾听，从树木枝头和鞋子底下，柾彦感觉到了细微生物的气息

在欢迎自己，并随着自己前行。是一种皮肤的全部毛孔，变
成了被精密地调整过的感官的感觉。（260）

由于受损的耳朵得到修复，变得能够"停下脚步仔细倾听"的
柾彦所听到的是"细微生物们的气息"。那种气息与其说是被听
到的，不如说是被感受到的。通过"仔细倾听"，他变成了"被
精密地调整过的感官"。所谓位于《天湖》底层的耳朵的修复，
也正是感官的修复。反过来说，那些感受到"细微生物们的气
息"感觉的衰退，也招致了卡车、汽车等噪声的猖獗和现代都
市不和谐声音的越发增长。并且，与那种情况并行的，"只顾着
表达自己的欲望"，不去倾听他者的态度，难道不是已经成了现
代都市的常态吗（271）？

在那样的常态中生活的现代人，果然单纯地把在《天湖》
中讲述的梦里的故事世界当作是虚构的内容来读的话，那真是令
人无奈了。能否被《天湖》引导，找到通往梦里世界的道路，
对于我们每个人都关系到"残留下来的最后的自然"。

5. 结语

提出在环境行为主义中故事的可能性并非仅仅只有威廉姆斯
和石牟礼。例如加里·保罗·纳卜汉曾如此说道，"为了使土地
重获健康（restore），首先，必须重新讲述（re-story）关于土地
的故事"（319），他一直关注着故事对于环境意识所起的作用。
作为民族生物学者的纳卜汉提出，要想从根本上改变与环境之间
的关系，就有必要把评价环境价值的尺度，从环境的科学性、生
物学性的事实转变到土地与人类之间的文化的、精神的关系上
来。因为故事是土地与人类关系结合的具体表现，所以它也成为
实现那种转变的重要手段。另外，在北美原住民的非营利机
构——文化保护协会（Cultural Cinservancy）从 1998 年开始进行

的"故事风景计划"中，从祖先流传下来的歌谣中——在原住民社会，歌谣和故事一起成为表达思维样式的重要手段——土地和人类之间的精神上的联系被具体表现出来。在这种认识的基础上，通过歌谣来抗议以建设核废料处理场为代表的诸多问题（参见 Nelson and Klasky）。就这样，不仅是以威廉姆斯和石牟礼为代表的作家们，还有在通过各种各样的形式参与到环境保护中去的人们之间，以"故事"为基础的生态学尝试正在被实践着。

　　被生态学的语言引导着，恐怕我们自身都可能会面对"残留下来的最后的自然"。在那里，正如在题头威廉姆斯的话中所表达的那样，"我们意识到是和邻居们一起生活的"。也就是我们是和其他人、动物、植物、山川、大地即这些所谓的他者一起生活的意思。如果说将我们引向那里的道路是由语言铺就而成的话，那么在重新认识与环境关系的时候，对于语言以及文学的关注应该被进一步加强吧。

注释

（1）通过"我们"与"他们"之间两项对立的消除，产生出关于他者的感觉，与他者的对话也得以成立。这在交流伦理的领域中也已经讨论过，即使在那个领域，也十分重视"倾听"的态度。说话者倾听听话者的反应，听话者对对方的词语给予反应（沉默也是反应的一种）——在这种交流中，说话者成为听话者，听话者成为说话者这一对话方式得以成立——这样的观点被提出来。参见 Pinchevski。

（2）在石牟礼的作品中，经常会出现有着优于常人听力的人物，并且在作品中占据着重要的位置。并且，不单单是听力敏锐，视力弱而听力好的场合也有很多。例如，在《苦海净土》的开头部分出现的胎儿性水俣病患者（在该病的患者中视力、听觉受损的场合很多）小年山中九平，虽然"眼睛看不到东西"（15），"耳朵却非常敏锐"（25）。同样地，在《苦海净土》的第一章中出现的老渔夫，"虽然耳朵像破旧的法螺那样，朝着不知火海张开着，眼珠却像布满阴云一样浑浊"，只能勉强照看幼小的孙子（12）。还有就是在《苦海净土》和《椿海记》中出现的石牟礼的祖母茂香

（音译），虽然双目失明但是听力却极其敏锐。正如在《椿海记》中所描述的那样，这位被石牟礼形容为"疯女人"的祖母在作家的世界观形成上起到了无法估量的影响。进一步来说还有《天湖》的主要人物，体现地界与天界、现实与梦想、过去与现在的连接的老妇阳菜，虽然"视力日渐衰弱"（7），但听力却比正常人敏感一倍。并且因为她是一位文盲（9），视力的衰弱象征着与文字世界关系的稀薄，也从别的层面上凸显出在石牟礼作品中听觉世界的意义。另一个在《天湖》中与阳菜同样重要的出场人物——在东京长大的柾彦，"耳朵已经缩成了一团"（41）。表现了被东京象征的大都会充斥着"不和谐的声音"。

关于石牟礼作品的听觉世界，特别是《苦海净土》的听觉世界，请参照拙稿《〈风土的心声〉——石牟礼道子〈苦海净土〉中的音景》。

参考文献

A 作品

石牟礼道子《苦海净土——我们的水俣病》（1969 年），讲谈社，1997 年。

——《椿海记》，朝日新闻社，1997 年。

——《天湖》，每日新闻社，1997 年。

Trimble Stephern，and Terry Tempest Williams，eds. *Testimony*：*Writers of the West Speak On Behalf of Utah Wilderness.* Minneapolis：Milkweed Editions，1996.

Williams，Terry Tempest. *Red*：*Passion and Patience in the Desert.* New York：Pantheon Books，2001.

B 日文文献（含翻译）

石牟礼道子《首先从语言开始打破》，《编织灵魂的语言——石牟礼道子访谈录》，河出书房新社，2000 年，第 29—49 页。

伊凡·伊里奇《讲述〈希望〉——来自于小世界的信息》，《梦劫之人——石牟礼道子的世界》，河野信子、田部光子编，藤原书店，1992 年，i – xxvii。

斯科特·斯洛维克著，结成正美译《被埋葬的逻辑/独立的逻辑——美国自然文学中的认识论与政治》，《发现》1996 年第 28 卷第 4 期，第

166—180 页。（Scott Slovic. "Epistemology and Politicss in American Nature Writing: Embedded Rhetoric and Discrete Rhetoric." *Green Culture*: *Environmental Rhetoric in Contemporary America*. Ed. Carl G. Herndl and Stuart C. Brown. Madison: University of Wisconsin Press, 1996: 82 – 110. ）

Terry Tempest Williams 著，石井伦代译《鸟、沙漠和湖》，宝岛社，1995 年。（Terry Tempest Williams. *Refuge*: *An Unnatural History of Family and Place*. 1991. New York: Vintage, 1992. ）

结城正美《〈风土的心声〉——石牟礼道子〈苦海净土〉中的音景》，《音景》2001 年第 3 期，第 47—53 页。

C 英文文献

Awiakta, Marilou. *Selu*: *Seeking the Corn-Mother's Wisdom*. Golden, CO: Fulcrum, 1993.

Fiumara, Gemma Corradi. *The Other Side of Langeage*: *A Philosophy Listening*. Trans, Charles Lambert. London: Routledge, 1990.

Nabhan, Gary Paul. *Cultures of Habitat*: *On Nature*, *Culture*, *and Story*. Washington D. C. : Counterpoint, 1997.

Nelson, Melissa, and Philip M. Klasky. "Storyscape: The Power of Song in the Protection of Native Lands. " *Saving Stories*. Spec. issue of *Orion Afield* 5 (2001): 22 – 25.

Pinchevski, Amit. "Freedom from Speech (or Silent Demand). " *Diacritics*31. 2 (2001): 71 – 84.

Williams, Terry Tempest. Interview. *Colorado Springs Independent* 11 Oct. 2001 〈http://www. csindy. com/csindy/2001 – 10 – 11/cover. html〉.

第 三 部

场所诸相

寻求与动物的邂逅

——从儿童文学到自然写作

高田贤一

1. 作为体裁的动物文学

西班牙某个石窟的墙面上保存着描绘狩猎场面的古代绘画，或许从人类出现在世界上开始，便和动物产生了关系。在文学领域内，自《伊索寓言》开始，便有关于二者关系的多样化描述。仅着眼于美国文学，以儿童文学为代表的普通文学体裁中，动物发挥重要作用的作品也屡见不鲜。例如麦尔维尔的《白鲸》（1851 年）、杰克·伦敦的《荒野的呼唤》（1903 年）、福克纳的《熊》（1942 年）以及海明威的《老人与海》（1952 年）等作品。倘若考察动物在儿童文学中所占比重的话，应该比其他的文学体裁更多吧。除去以动物为主要观察对象的博物志，在文学世界中被作为表现对象的动物，还可以把它们大致分为两类：由于自身的强大，所以不仅不屈从于人们的支配，甚至还会威胁到人类存在本身的野生动物；或是作为宠物被人们宠爱的以及像宠物一样被饲养的动物。无论是哪一种类型的动物，动物作为一种重要的存在登场的故事总称为动物文学。进一步细分的话，如果把面向孩子们创作的作品称为"动物故事"，类似于面向大人创作的作品称为"动物小说"的话，那么面向孩子们创作的"动物故事"显然要多得多。这或许是因为与宠物或者是宠物化的动物的邂逅以及情感的交流，是描述孩子成长方面的一个重点吧。

虽说动物小说在数量上并不多，但是从动物发挥重要作用这一点来看，和动物故事并没有太大的差别。这些将重点放在动物身上的文学，虽然把动物本身或者人类与动物的关系当作问题点，但是概括说来，这些动物只是作家阐述自己思想的道具，抑或是被当作一种象征或者隐喻。比如《白鲸》中凶暴而又体型巨大的白鲸莫比·迪克，或许可以看作是执着并拥有强烈自我意识的亚哈船长视觉化的产物。逃离残酷的饲养主，在阿拉斯加的大地上野性觉醒，并逐渐野性化的小狗帕克，如果对照自然主义文学的理念来看，它被赋予了一种反映存在于人类内部的兽性的功能。还有大熊老班，被定位成一个超越时间、广阔的原始森林的化身，老渔夫圣地亚哥遭遇的大马林鱼也是把隐藏着未知因素的大海丰富化的存在。这种利用动物作为比喻性表达的构想，始于将列车比喻为"铁马"的梭罗的《瓦尔登湖》（1854 年），在斯蒂芬·克莱恩的《红色英勇勋章》（1895 年）等多部作品中也经常能够看到。尤其是克莱恩的《红色英勇勋章》这部作品，反复运用多种比喻手法，将战争和士兵比作凶暴的动物和胆小的动物，可以说是利用动物进行比喻的典型，甚至达到了过分的地步。

虽然在这些作品中，通常都牺牲了动物本身的存在感，当动物在作品中带有重要的意义登场时，就一定扎根于它坚定的存在感和现实感。但是，如果登场的动物是一种很明显的比喻，那么这部作品就会成为宣扬自我主张的寓言故事。在作品中，动物所占的比重越大，动物的生态以及真实面貌也会理所当然地被深入描写，使得原本应该被作为象征或道具的动物，有时也可以炫耀动物本身的存在价值。麦尔维尔的《白鲸》、福克纳的《熊》以及海明威的《老人与海》等都符合这种说法。这些作品的主人公，与其说是人类，倒不如说是通过近乎于脱离常轨的被巨大化的形式、刻画出人类的卑微和极限的那些被神话化了的动物。

　　动物文学到底经历了一个怎样的历史过程呢？威廉姆·H.玛奇的论文《动物故事——对技术的挑战》（1964 年）简洁地向我们展示了这一过程。玛奇说，"关于进化论的争论，或许并不那么重要，但是因为它直接影响到了文学"（221），"在近代文学中，使用动物的现象变得频繁始于 19 世纪的后 25 年间"（223）。在这个过程当中，开创新纪元的是被视为动物故事古典之一的英国作家安娜·塞维尔的《黑骏马》（1876 年）。如果说近代的动物文学，几乎是和进化论以及自然主义文学的确立是同一时期的话，那么可以说动物故事的兴盛，是同作家们的人生观密切相关的。关注包含儿童观在内的人生观通过浪漫主义和自然主义的兴盛而发生巨大变化的这一历史事实，而且如果能够知晓英国儿童文学作品中优秀的动物故事也创作于这个时期的话，那么玛奇的学说是极具说服力的。即便是在一般的文学作品中，比如杰克·伦敦的《荒野的呼唤》，从第三人称的视角描写了温和的家犬回归野蛮的野生生活的故事，并且在这个过程中与饲养主日趋狂暴的过程相重合，将隐藏于人类内心深处的兽性暴露出来。故事的最后设计了这样一个结局，即把与善良的人的相遇作为一种救赎，但是在作品深层的思想上是人类根据自己所处的环境发挥出兽性这样一种当时的自然主义的人生观。在这部作品中，回归野性的小狗帕克，起到了一面把那些将兽性表露出来的人类反射出来的镜子的作用。

　　儿童文学研究者横谷辉，在论文《少年动物故事的过去与现在》（1969 年）中指出：围绕着动物的文学大致可以分为两种，即对动物进行观察记录的流派和以动物和人类的关系为基轴的流派。前者接近于详细描写动物生态现象的博物志，后者则选择了观察动物的人类故事的形态。在那样的场合下，博物志的主体是作为对象的动物，观察者的想法完全处于从属地位；但是在故事里，通常动物和人类的关系会发生逆转。实际上，基本上所有的动物文学都可以称为人类的故事。如果这样思考的话，我们就应该重新把握《白鲸》、《熊》、《老人与海》等远远凌驾于人类之上的动物出场的作品，它们的主体依然是人类。如果故事接近于虚构性较弱的博物志，那么距离自然写作就只是一步之遥了。无论是哪一种类型的作品，是以动物为主，还是以人类为主，这当然与作家的写作目的、立场以及他的动物观、人生观有着很大的关系。因为，如何表现动物，总是必须归结为如何表现人类这一问题。文学中被描述的动物之所以值得关注，原因也正在于此。

2. 动物观的变容

关于在动物故事中出场的孩子以及孩子所接触的动物被赋予的象征性功能，横川寿美子作出的敏锐分析很有说服力。"在少年成长的那一刻，就宣告了他们和动物以往的关系就此结束，或者是和动物的关系发生变化之际，少年的成长也就变得明显了。"（123—149）的确，很多动物故事的主人公从幼年期到少年期或从少年期到青春期转变的过程中，对他们而言，动物发挥着一种能让他们意识到自己现在所处位置以及督促他们努力成长的作用。在那种场合，动物大多被赋予这样一种机能，即类似于反映少年现在和梦想的镜子。

例如，描述了在农场里生活的少年和小马的相遇以及离别故事的约翰·斯坦贝克的《小红马》（1945 年）也是如此，为了通过成人礼而杀死小鹿的玛·金·罗琳斯的《一岁的小鹿》（1938 年）也是很明显的例子。或者是描写了动物伴随着成长逐渐回归野生，和少年分离情景的斯特林·诺斯的《淘气小浣熊》（1963 年）也是其中一个例子。对于主人公斯特林来说与小浣熊拉斯科尔的分别，虽说是为了让小浣熊率先意识到野生的存在而成长，也理所应当地成为母亲死后促成孤独少年自身成长的信号。此外，作为这类故事的变形，还有莫里斯·桑达克的图画书《野兽出没的地方》（1963 年）。在这本图画书中出现的居住在异界的怪兽们，是反抗母亲披上狼皮怪兽装胡闹的少年马克斯内心憧憬的自由和野性的化身。该书的日译本题目中的"怪兽们"，虽然在英语中指的是粗暴的、野生的东西（wild things），但是在去远方世界旅行而遇见的野生生物真的住所，实际上是在小孩的内心深处。从旅行中归来回到家里的马克斯摘掉怪兽装的头巾、看到儿童房里准备好的热腾腾的晚餐，这暗示他感受到了母亲的爱，从而转变成一个性格温和的孩子。

这种故事情节明确地告诉我们，在故事中动物主要是作为诉说人类转变的工具而起到作用的，这也可以说是以人类为主体的故事描写动物的基本方法。但是，与此同时，如果把这些故事中描述的孩子和动物的分别，尝试着作为一种迫使从动物们是孩子内心世界的居民这一错误看法中觉醒的体验重新读解的话，那么就可以认为这预告了新型的动物和人类故事的诞生。几乎没有儿童文学将人类和动物设置为平等关系，在这种现状下，消除把动物当作是反映自己的镜子，或者作为一种变换了形象的朋友的存在这种拟人化的思考方式，把动物当成所谓的他者，一种拥有自己固有世界的存在而表达的故事，虽然很少却也存在。

基于这种想法而创作的故事中的先驱性作品是罗伯特·劳森在战争时期的 1940 年发表的《兔子的山丘》。这部作品以童话的形式描述了小兔子的成长以及动物们和人类的关系。把故事的舞台，即兔子们和其他生物居住的小山丘，设定为一个动物王国，与小山丘接壤的附近是广袤的人类社会。这里原本是没有人烟的穷乡僻壤，但随着开发变成了一个小镇。这两个世界的交界处有一所无人居住的房子。因为之前住在这里的人们敌视破坏院子里耕地的动物，甚至打算加害它们，因此对于动物们来说，即使这所房子现在无人居住，也同样是一个能唤醒恐怖的危险空间。可是有一天，一对老夫妇搬入这所房子，还在院子里种了很多兔子们喜欢的蔬菜。蔬菜成熟的时候，饥饿难耐的动物们闯入院子，发现院子里不仅种着刺激味觉的新鲜蔬菜，还准备了消除口渴的饮水场所。老夫妇虽然知道动物们的临近，但他们却仍在房间里过着和往常一样的生活，完全没有要威胁动物的举动。装作没有看到的样子，根本不会去干涉它们，说到底，他们绝没有要驱赶那些破坏院子里作物动物的意思。倒不如说，蔬菜就是为了动物们而种的。在兔子山丘的山脚下居住着的人们大都视动物为敌人，与此相反，这对老夫妇却将动物作为自己生活的一部分，理所应当接受动物存在的风景。这部作品里描述的老夫妇，确实是和一般居民不一样的另类。值得注意的一点是，这对老夫妇没有忘记关照兔子山丘原住民的动物们，他们把像鼹鼠一样毁掉田地、吃光农作物的小动物们的行为看成理所应当的，从而体现出和自己生存在不同世界的居民之间的和谐。这部作品虽然是发表于充斥着仇恨和斗争的战争时期，但是作品中的世界和当时的外部世界截然不同，树立了一种动物和人类拥有同一个世界的关系，主张人类和其他生物实现共存的可能性。

斯科特·奥黛尔在《蓝色的海豚岛》（1960 年）中，强有力地表现了动物和人类共存的可能性。和平的小岛被利欲熏心的岛民和来自外国的海獭猎人废弃后，岛民为了寻求新的居住场所都搬走了，在这样一片混乱之中，主人公卡拉娜和她的弟弟被留在了岛上。不仅如此，有一天，她的弟弟也被野狗咬死了。在无人岛上一个人生存的卡拉娜的故事，就这样开始了。少女为了保护自己免受野狗威胁，打破了岛上不允许女性制作并使用武器的禁忌，并设法把杀死弟弟的野狗首领变成了自己唯一的朋友。她的行为，打破了所谓的旧文化的禁忌，拆掉了性别差异的壁垒，甚至与可恨的敌人——动物之间建立了友情。

在故事的后记里，作者把主人公少女卡拉娜的故事称作《鲁滨逊漂流记》的女性版本，但是卡拉娜与笛福描写的主人公之间有着决定性的不同。研究《鲁滨逊漂流记》文化史意义的布伦特林格分析道：带着枪漂流到岛上的鲁滨逊，始终认为自己是小岛的所有者、是君主，因此他让体现野生自然的野人星期五称呼自己为主人，两人一直维系着这种主从关系，体现了将支配人类的一方和被支配的一方割裂开来的帝国主义的思考（2—3）。如果把星期五视为野生的体现者的话，那么就可以很明显地从《鲁滨逊漂流记》中看出来这种人类支配自然的构想。

　　而卡拉娜则不同，她在无人岛上一边忍受着孤独一边把野狗作为朋友生存的过程中，她的想法发生了变化，她发誓除了杀那些必须满足自己最低生存需求的生物外，其他的一律不杀。她决心不再像从前那样为了满足自己用羽毛和毛皮装饰的欲望而去杀害小鸟或水獭。正如她所说，她帮助那些被想要获得毛皮的猎人所伤害的水獭，并和水獭母子成为了朋友。无人岛的独居生活体验，让她领悟到了动物和人类共存的新型关系。换言之，少女从原来的男权社会的规范和价值观以及物欲中解放出来的时候，便在开启自然和人类新型价值观的道路上前进了一步。为什么不杀自然中的生物呢？少女是这样解释的：

　　　　我不想杀死那些并不是朋友的生物，如果姐姐乌拉佩、爸爸还有岛上的其他人回来的话一定会大笑吧。因为，动物和小鸟虽然不像人类那样说话、行动，但却是和人类一样的生物。如果没有这些生物的话，这个世界将会变成一个不幸的场所吧。（156）

在少女的这番话里，清楚地展示出她把地球视为动物和人类共生的场所这样一种觉悟。作为一般论来听的话，这也许只不过是表明理想的话语，但是我们不能忘记卡拉娜的认识是通过残酷的磨难而获取的。在她的话语中，蕴涵了扎根于体验的厚重。

3. 日本动物故事的现代性

在这里如果把目光转向日本儿童文学的话，不难发现日本也有这类作品，即在动物和人类双方设置同等的距离。例如被称为日本动物故事创立者的椋鸠十的《孤岛的野狗》（1963 年）等作品以及户川幸夫的诸多作品，或者是先于这两位作家的宫泽贤治的作品。关于这一点，我们就结合户川幸夫的《棕熊之村》（1964 年）和《棕熊的风》（1965 年），以及被认为是宫泽贤治在 20 世纪 20 年代后期创作的《滑床山的熊》来加以确认。

《棕熊之村》以北海道开拓者的村子为舞台，开拓者为了生存把原本是棕熊觅食地的森林开垦出来饲养家畜。于是在作品中对应地设置了两种人物形象：一是不得不杀害那些——因为没有食物而变得袭击家畜的棕熊的人物形象以及单纯为了找乐子和功利心而杀害棕熊的猎人形象。与此同时，作品也描绘了为了生存而不得不袭击家畜的大棕熊的形象。虽然故事的视点始终置于开拓者者一侧，但既然二者面对的都是如何生存下去这一共同问题，那么人类的立场也就直接反作用到棕熊身上，而棕熊的立场也就同人类的立场如出一辙。杀死最狰狞的大棕熊的青年，面对村民说道："各位，我们必须紧紧地拥抱大地生存下去。并且土地也正是依靠生活在上面人们的力量守护的。"（第六卷，184）把他所说的"人类"换成棕熊的话，那么这句话出自于为了延续生命而不得不杀死家畜或者牛的棕熊之口也不会觉得不自然。之所以诱发这种替换读法，是因为作者从人类和棕熊都是具有为了生存而不得不吃东西这一共通性的视角出发，用一种等距离的视点来看待二者。

福克纳的中篇童话《熊》的译本是在 1958 年（昭和三十三年）面世的，被公认为也许是受到这部作品很大影响的《棕熊的风》的开头部分，写了如下的一段话。读完这段话，就会明显发现比起《棕熊之村》，《棕熊的风》这部作品中关于动物和人类共享一个世界，在大自然面前二者是平等的这种观点进一步被强化：

> 大自然中，有大自然专属的法律。只要不触犯那个法律，什么样的侵略、什么样的杀戮都是无罪的。即使是从人类的角度来看什么都没做的善良人，只要破坏了大自然的法则那他就是罪人，再残暴的熊只要遵守自然法则那么就不是犯罪者。
>
> 大自然只尊重自己的法律，施行不想被侵犯的大自然法则。
>
> 那就是野性世界的判决。（中略）
>
> 食人棕熊把人杀掉并吞食本事是无罪的。但是，野性世界的裁决是公正的。
>
> "'假设熊被杀了，那就是'被猎人发现是你倒霉。"
>
> "大白天到处乱跑是你不好！"（第七卷，151—52）

接着这一部分，还有如下一段话，而这段话毫无疑问会让我们想起福克纳的《熊》：

> 大树被砍倒，地面上修起了发着银色冷光的铁路，铁路上行驶着发出巨大噪音的人类创造出来的怪物，为此不管动物们的领地会被愈加侵略也好，还是被侵略惹怒的领主们如何惩罚这些新来者也好，对大自然来说都是无所谓的。因为大自然的权威是不会被这些行为触犯的。（152）

故事的结尾充满悲伤。巨大的棕熊被压倒性数量的人类和猎狗追逐，最后被一个猎熊名人射杀了。那时，这位名人面对棕熊的尸体失落地嘟哝着："早就想和你一对一地会会了啊。"（第六卷，

172）为什么"想要一对一地会会"呢？关于这个问题虽然不需要说明，只想在这里补充一下。也就是说，几个猎人和一头棕熊的对决，仅仅是一种杀戮，不是以平等关系为前提的。所谓"一对一"，就如同《老人与海》，能够令人预想到双方各自赌上全部去搏斗的关系。名人充分利用自己作为猎人的才能，棕熊也充分发挥动物的本能和敌人反复展开殊死搏斗。这才是大自然的法则，关于这一点名人是很清楚的。

从猎熊名人虽然是人类却站在和动物对等的立场上的这种想法来看，距离将人类和动物看作是共享同一个世界的生物的思考并不遥远。在此想法的基础之上产生的作品就是宫泽贤治的《滑床山的熊》。以"若是说起滑床山上熊的故事，那实在太有趣了"，这样一种愉快的民间故事的语调开篇的这部短篇童话，结尾虽然带有一种悲喜色彩，但也融入了很多诙谐因素。之所以在故事中出场的人类和动物都很明朗利落，是因为他们恪守本分地生存着。以杀生为职业的猎人小十郎、低价买走小十郎的熊肝和毛皮并二次出售的杂货店老板、为了遵守约定死得干脆的熊以及遵照本能杀死人类的熊，他们没有善恶之分，只是各自尽忠职守，和对手结成一对一的关系。

虽说熊和猎人是敌对的存在，但并不代表熊会憎恨小十郎。只要处于安全距离之内，熊就可以用一种亲密的目光注视猎人。但是，一旦双方距离很近直面对方的时候，那么遵守熊的本分扑向对方也是没有办法的事情。

　　滑床山这一带的熊，实际上是喜欢小十郎的。因为每当小十郎啪嗒啪嗒地走在山谷中的时候，或是通过那一片细长平坦、长满蓟草的溪谷岸边的时候，熊们总是一声不响地在高处目送着他。不然就是在树上双手抱住枝头，或坐在悬崖上抱着膝头，津津有味地目送着小十郎。熊们甚至好像还喜欢小十郎的狗。不过，喜欢归喜欢，熊们还是很不愿意与小十郎正面相遇。尤其当小十郎圆睁虎目地将枪口对准它们，身边那只狗则像个火球扑过来时……若碰上性情凶暴的熊，就会大声嗥叫着站立起来，一副要将猎狗踩扁似的气势，张开前臂朝小十郎步步逼近。这时小十郎总会沉着地背靠大树站立，再抬起猎枪，对准熊儿那半月形长着白毛的喉头"砰"的一声击出弹头。（292—293）

小十郎将迎面站着的熊杀死之后，这样对熊说道：

> "熊啊，我不是因为讨厌你才杀你的。我也是为了讨日子，迫不得已才杀你的。……如果你生为熊是因果报应的话，我干这行也是因果报应啊！哎，来生你就别再投胎为熊了。"
>
> 小十郎说这些话时，狗也会眯起双眼，垂头丧气地蹲坐在一旁。（293）

虽说胜败只是一时的结果而已，但强者弱者早已注定。在山里小十郎常常是胜者，但是在骗取熊皮的杂货店老板面前，小十郎则被玩弄于股掌之中。换言之，"熊受到小十郎的迫害，而小十郎又受到杂货店老板的迫害。杂货店老板住在镇子里，虽然无论如何都不会被熊吃掉，但是这种讨人嫌而又狡猾的家伙会随着世界的进步而渐渐消亡"（298）。处于这种并非食物链的巨大链条中的小十郎作为其中的一环，不久也迎来了死亡。

一个冬日，小十郎遭遇一只熊便瞄准射击它，但熊并没有倒下，而是把小十郎打死了。"唉，小十郎，我并不想杀你。"熊说道。临死之时的小十郎，对迄今为止杀掉的熊小声说道："熊们，原谅我啊。"（302）小十郎死后，熊们仿佛面带笑容地围着小十郎的尸体，一动也不动。故事将这个恪守本分甚至被熊爱戴的猎人的死亡，描写为在熊的眼中就像是自己同伴的死亡。很明显在这里，小十郎和熊们，人类和动物并非敌对关系，而是共同拥有一个有限的世界，同样经历着生存与死亡命运的伙伴的意识在起着作用。

笔者感觉：与美国的儿童文学家相比，日本儿童文学家抢先树立了一个以等距离的视角来看待人类和动物关系的观念。但是，罗伯特·劳森的《兔子的山丘》和斯科特·奥黛尔的《蓝色的海豚岛》等作品，在写实地展示了人类和自然共存的可能性上，有着巨大的功绩。问题在于现状是这种观点在他们以后的儿童文学中并没有被充分活用。在现代社会，围绕着自然环境的问题作为 21 世纪的重要课题引起了人们的关注，我们期待的不是孤岛中的独居生活，或是珍·克雷赫德·乔治的《狼群中的朱莉》（1970 年）中所描写的离家出走的少女朱莉在北极和狼群共同生活的这种极限状况下的故事，而是期待日常状况下追求人类和动物共存可能性的文学作品的出现。

但是现代动物文学面前有一个困难的问题。横川巧妙地指出了这个问题的核心所在——自然破坏和濒临灭绝的动物危机，明显地表示出"现代是一个人类和动物很难相遇的时代"（158）。既然引发这种事态的罪魁祸首是包括自己在内的人类，那么人类就必须抱有一种罪恶感。倘若这样，那么"文学里使人类和动物的相遇越来越难的最大原因就是这种'罪恶感'吧"（159）。正如横川所说，在人类是加害者，自然是被害者日趋鲜明化的现代，恐怕放手发展动物文学的空间已经很小了。那么，要怎样尝试着去重新认识和修复动物与人类之间的关系呢？为了思考这个问题，我们来看下一节。

4. 自然文学作家与动物

动物故事是在一个极其艰难的时代登场，或者说是受到重新评价的、由一些被称为自然写作作家所创作出来的作品。被定位为这种体裁的作家，对于动物持有怎样的态度呢？思考他们对于动物的态度，也许会和思考何为自然写作或者是环境文学联系起来。

例如，以这种体裁特有的场所之一的沙漠为舞台的玛丽·奥斯汀的《少雨的土地》（1903 年），一方面明确地表现了踏入沙漠的人类是多么无力的存在，另一方面也记录了生活在沙漠里的动物有时也会陷入被玩弄的境地。对沙漠一无所知的人们在只要稍微挖掘一下就会有水涌出的地方匆匆死去，清楚地了解哪里有水的动物们也会死在因烈日而变得干涸的饮水的地方。同时，小生物成为强壮动物的食物，而强壮的动物又成为更凶猛动物的食物。包括人类在内的生存在沙漠上的所有动物死后，都毋庸置疑地成为以腐肉为食的动物的食物。奥斯汀近距离观察的沙漠，"不是由人类规定的法则主宰的、而是土地自己的法则"（1）主宰着那个世界。也就是说，与人类培养出来的常识完全不同的原理处于优先地位，由所谓的自然制定的法则支配着。在这个世界里，被视为万物之灵的人类的智慧和欲望都是无力的，动物代代相传的本能同样是无力的。如果是这样的话，人类和动物虽然是不同的存在，但却共同享有同样的世界法则。

与此相似的观点，在亨利·贝司顿的《遥远的房屋》（1928年）中也能够窥探到。贝斯顿在大西洋的激浪经常涌来的科德角建造了两间小屋，在这个文明的不毛之地、这个人类无限地接近自然的边远之地生活了一年，在这段期间里，他的眼前每天都上演着令人惊异的自然景象。埋在浅滩产卵的小鱼以及从天而降袭击小鱼的小鸟每天都重复着生与死的故事、经过一夜的狂风面貌完全改变的海滨沙滩、被海浪冲击后遇难的船只、漂浮到海边的溺水者尸体等冬季悲剧反复地上演着。贝司顿所看到的自然，是一个美丽与恐怖共存的生物世界，绝非一个静止不动的世界。在那里，在自然面前，即使是人类也只能同其他生物一样无力。也许人类有时还被视为不如动物的存在，正是因为人类自身的无力，才和动物们紧密地联系在一起。他目睹着这样的事实，获得了可以称之为不变真理的认识：

> 决不能以人类的尺度来衡量动物。这些动物，比起人类社会存在得更为久远，在甚至更完美的世界里，它们不会做一分无用功，拥有着人类已经缺失的或是不曾拥有的敏锐感觉，能够听到人类听不到的声音。动物既不是人类的伙伴，也不是人类的从属者。虽说它们和人类一样生活在生命和时间的大网之下，但却是不同国度的居民。人类和动物同样都是这个世界上欢喜哀愁的囚犯。(25)

贝司顿看清了人类的极限，摸索着人类和动物建立新型关系的可能性。如果人类有一种放低自己的勇气，那么就可以获得这样一种自觉——人类和动物是共有一个世界的伙伴。尽管他们生活在不同的年代和场所，但看起来似乎奥斯汀、贝斯顿、户川幸府和宫泽贤治等人有着类似的认识。他们所讲述的故事，无论是动物靠动物法则生存，还是人类靠人类法则生存，都在让读者反思自己是否拥有这种平等的意识——奥斯汀所说的"不是人类规定的法则，而是土地自己的准则"；宫泽贤治的"熊受到小十郎的迫害，而小十郎又受到杂货店老板的迫害"这一事实；以及户川幸夫所说的"大自然法律"面前的平等。虽然是"不同国度的居民"，但同时也是同一个世界的居民这种觉悟的有无，是检验一个作家是否是自然写作作家的试金石。

　　这些作品都是在对环境的意识提高之前创作的，在蕾切尔·卡逊的《寂静的春天》（1962年）之后写实地描写动物和人类关系的作品中，马上映入脑海的就是提出创造性纪实文学的特丽·坦皮斯特·威廉姆斯的作品《鸟、沙漠和湖》（1991年）。作品中的叙事者兼主人公的"我"，遭遇了自己喜爱的候鸟保护区的崩坏和母亲的死亡两大充满丧失感的危机。在母亲被诊断为癌症末期的同时，大盐湖的水位也开始异常上升，位于大盐湖北岸的熊河候鸟保护区面临着被淹没的危机。作品展示了家庭故事以及大盐湖和保护区故事之间一种不吉祥的联动现象，这种面临破灭而描绘出相似形态的双曲线以母亲的死亡为分割点区分了生存与死亡。若干年后，母亲去世了，湖水的上升也自然地停了下来，候鸟们再次飞回来。对照描写两个危机的这部作品，明确表达了母亲的死归根到底是因为核试验这一人为理由，与此相反，熊河保护区渡过危机的重生则是由自然法则决定的。

　　大盐湖和候鸟的故事在很大程度上虽然是作为人类故事的隐喻来起作用的，但是，如果我们要用肉眼或者双筒望远镜观察候鸟和大盐湖的话，其中确实存在着一种距离感。事实上，候鸟和大盐湖不仅是作为一种比喻，还可以被认为是存在于"另一个世界"的事物。虽说如此，在被认为想要填补失去母亲的痛苦而描写出来的保护区的恢复——这样一种极其偶然的结果中，有着能够使人感觉到想要把希望过分寄托于未来的乐观。但是，让家庭和候鸟联动起来的这种叙事方法，可以说是在现代描述人类和动物的故事时所达成的一种最大限度的表现形式。

　　在巴里·洛佩兹的短篇作品《辩解》（1992 年）的结尾部分中也有着与此相似的对于未来充满希望的表述。而那种不断杀害动物的人类的罪行能够被赦免的些许的期待感，或者在冈萨雷斯·雷的《蜥蜴的第三只眼》（1993 年）中也能够看到，冈萨雷斯在这个短篇作品中，回想了自己用玩具手枪的 BB 弹幼稚地打死蜥蜴的少年时代，意识到包括自己在内的人类是自然与动物的杀戮者之后，梦见了有一天自己和蜥蜴以一种对等的关系再次相遇。

　　这些自然写作作家的作品，表明了在人类和动物关系方面持续地点燃希望之灯的重要性。这种姿态，或许在表现者眼里显得

过于天真，但却也可以说是一种有勇气的态度。在由于环境破坏
而导致很多动物濒临灭绝危机的现代，这种态度可以称得上是罕
见的不绝望的勇气，成为支撑这些作家的信念。在自然写作中偶
尔会感受到的不协调感，或许也正源于作家不断诉说希望的明快
感。如此，应该可以说自然写作与任何体裁相比都是一种充满希
望的文学。

　　笔者记得在芝加哥密歇根湖畔里的动物园出口处挂着一面竖
长的大镜子，上面贴了一张纸，写着："你现在所看到的，是这
个地球上最凶残的动物。"如果说自然写作或是环境文学，是由
地球上最凶残的动物向自然界生存的生物以及人类传送的爱的信
息的话，这才恰恰是天真的想法吧，并且天真到令人无法原谅的
地步。

参考文献

A 作品

Austin, Mary. *The Land of Little Rain*. New York: Penguin Books, 1988.

Beston, Henry. *The Outermost House*. Boston: Henry Holt, 1988.

George, Jean Craighead. *Julie of the Wolves*. New York: Harcourt Brace Jovanovich, 1974.

Gonzalez, Ray. "The Third Eye of the Lizard." *Worldly Words: An Anthology of American Nature Writing*. Ed. Scott Slovic. Tokyo: Fumikura Press, 1995.

Lawson, Robert. *Rabbit Hill*. London: Penguin Books, 1977.

London, Jack. *The Call of the Wild*. London: Penguin Books, 1999.

Lopez, Barry. "Apologia." *On Nature's Term: Contemporary Voices*. Ed. Thomas J. Lyon and Peter Steine. College Station. Texas: Texas A & M University Press, 1992.

North, Sterling. *Rascal: A Memoir of a Better Era*. London: Puffin Books, 1990.

O'Dell, Scott. *Island of the Blue Dolphins*. New York: Dell Books, 1987.

Rawlings, Marjorie Kinnan. *The Yearling.* New York：Charles Scribner's Sons, 1966.

Sendak, Maurice. *Where the Wild Things Are.* New York：Harper Collins, 1984.

Steinbeck, John. *The Red Pony.* London：Penguin Books, 1992.

Williams, Terry Tempest. *Refuge*：*An Unnatural History of Family and Place.* New York：Vintage, 1992.

椋鸠十《孤岛的野狗》，偕成社，1975 年。

户川幸夫《户川幸夫动物文学全集六》，讲谈社，1976 年。

——《户川幸夫动物文学全集七》，讲谈社，1997 年。

宫泽贤治《订单很多的餐馆》，新潮社，1990 年。

B 日文文献

河合隼雄《故事与不可思议——当孩子们与书籍相遇》，岩波书店，1996 年。

牟田折枝《儿童文学与自然》，石井直人等编《现代儿童文学的可能性》（研究日本的儿童文学四），东京书籍，1998 年。

横川寿美子《称为初潮的王牌——〈少女〉批评序说》，JICC 出版局，1991 年。

横谷辉《〈少年动物故事〉的过去与未来》，《日本儿童文学》1969 年 2 月刊，小峰书店，1969 年。

C 英文文献

Beegel, Susan F., Susan Shillinglaw and Wesley N. Tiffney, Jr., eds. *Steinbeck and the Environme-ent.* Tascaloosa：University of Alabama Press, 1997.

Brantlinger, Patrick. *Crusoe's Footprints*：*Cultural Studies in Britain and A-merica.* London：Rou-tledge, 1990.

Magee, William H. "The Animal Story." *Only Connect*：*Readings on Children's Literature* Ed. Sheila Egoff, G. T. Stubbs and L. F. Ashley. Toronto：Oxford University Press, 1969.

Nelson, Barney. *The Wild and the Domestic*: *Animal Representation*, *Ecocriticism*, *and Western American Literature*. Reno & Las Vegas: University of Nevada Press, 2000.

Russell, David L. *Scott O'Dell*. New York: Gale Group, 1999.

Usrey, Malcolm. "Scott O'Dell." *American Writers for Children since 1960*: *Fiction*. Ed. Glenn E. Estes. Ann Arbor, Michigan: Gale Research Company, 1986.

围绕海洋的自然写作

——日美海洋文学的地形学

山城新

1. 序言

　　混杂在现代美国文学研究领域内的自然写作研究和与其同一系统的生态批评和环境文学研究等一起，以学术团体文学与环境学会 ASLE（The Association for the Study of Literature and Enviroment）和机关杂志 *ISLE*（*Interdisciplinary Studies in Literature and Environment*）为媒介，正在迅速发展。其实，早在 20 世纪 90 年代中期以后，以美国现代语言学文学协会（MILA）为首的各大文学相关学会便开始定期召开学科分会，在文学研究方面自然写作这一领域似乎也获得了认可。事实上，以文学与环境学会日本学会（ASLE-Japan）以及文学·环境学会为中心，自然写作这一用语也被介绍到了日本，并出版了众多相关的研究书籍。

　　纵观日本和美国，无论是创作还是研究，自然写作无疑都已经成为一种无法忽视的存在。但是另一方面，通过这一动态，自然写作的方向性在某种程度上初见端倪，产生出来的一些问题也日益明显。第一，关于自然写作定义的问题——"自然写作"这一定义是否依然稳妥？当初设定的框架和整合性是否依然存在？第二，通过自然写作，我们认识到的社会现象以及各种问题具体是什么的问题——自然写作是经过怎样的文学发展而形成的？哪些社会的、文化的、认识的问题影响了这一文学体裁的形成？本文旨在通过探讨在最近的自然写作研究中极少被谈论到的作品，重新思考支撑自然写作的框架，并重新探寻自然写作研究蓬勃发展所蕴含的意义。笔者希望通过对上述问题的研究，能够为定义依然尚未确定的"日本自然写作"提供一种视点。

本文着重聚焦海洋文学作品，对应性地概观日美两国的纪实文学作品。为什么选择海洋呢？首先，一般情况下谈论到自然写作时，陆地生态系统和陆地审美观都会被默认为前提，对此笔者抱有深刻怀疑。在思考环境问题时或在广义上验证自然写作所表现的"自然"时，例如"荒野"、"野生"或"场所的感觉"等诸多概念，均很少考虑到海洋环境。如果说这种对海洋环境的关怀缺失，起因于我们本质上是陆地生物、包括文学在内的人类文化活动必然局限于陆地上的经验的话——或许可以将其称为土地中心主义（geocentrism）——那么是不是陷入了一种人类中心主义呢？[1]如果自然写作是对于世界环境问题的一次文学尝试，并且自然写作对"自然"，即所有生态系统都给予关注的话，那么以陆地生态系统为中心的思考方式——即使这是一种无意识的尝试——是不是会成为在思考更加普遍意义上的环境伦理的障碍呢？自然写作必然要排除海洋环境吗？支撑自然写作的博物学是一种陆地理论吗？或者是我们仍然缺乏一种将海洋环境纳入视野之内的长远战略眼光呢？

带着这些问题，本文将首先从地形学的视点出发，通过将日美具有代表性的海洋自然写作分为"海边"、"海上"和"海底"三个领域进行概括分析，在思考何为海洋自然写作的同时展开论证。因为笔者认为，通过明确海洋环境的三次元特征，能够探明海洋环境与陆地环境的不同之处，以及我们究竟应该怎样做才能将海洋环境视为一个独立的环境等问题。但是，本文的主旨并非严格区分海洋与陆地的自然写作，确立各自独立的理论体系。本文的中心是何为自然写作这一问题，并从相对性的视点出发为考虑这个中心问题提供一种手段。

2. 海边的自然写作（美国）

作为海边自然写作的代表范例，本文将介绍雷切尔·卡逊的《海边》（1955 年）。[2] 在这本书中，卡逊这样写道："为了理解海边，仅靠分类是不够的。"（8）饶有趣味的是，博物学中不可或缺的"分类"（classify）和"罗列"（catalog）等，在理解海边方面是不充分的。那么什么才是必需的呢？笔者认为，解决这一问题，不仅可以明确对于卡逊而言的海边的场所性，还与思考海洋自然写作成立的各种要素密切相关。卡逊构建的理解海边的视点究竟是什么？如果她的视点与海边的场所性在本质上相通的话，那么在描绘海边之外的自然写作的轮廓时是否依然有效呢？

正如卡逊《海边》的原题（*The Edge of the Sea*）所如实表达的那样，所谓"海边"，即字面意义上海洋的"边界"、"边缘"。它是某种位相的界限，是不同位相之间的边界。它并不一定要扎根于具体的场所，从这一意义出发，或许可以说"海边"并非具体的"场所"，而是人们伴随潮涨潮落捕捉到的一时的"空间"。各种生物混居的海边，是陆地与海洋的界限，是随海水的涨落而出现或消失的空间。海边是同时兼备陆地和海洋两种性质的空间，也是容易变化的边界。

整理卡逊所理解的海边，就会发现它呈现出三种特性："双义性"（同时具备陆地和海洋的要素）、"相互性"（生态系统和潮水涨落等、陆地和海洋环境明显的相互影响）以及"分界性"（作为陆地和海洋的流动性界限）。但是，这三种样态并非被严格区分地展现在海边。随着海边样态的变化，它们此消彼长，不断发生改变。正因为如此，对于卡逊来说，为了叙述海边，博物学的分类和罗列等认识方法是不够的。只要无法叙述海边呈现出来的模糊性，这种认识方法就是不充分的。

为了比较这一点，我们来看一下亨利·戴维·梭罗的《科德角》（1865 年）。梭罗因《瓦尔登湖》（1854 年）而被视为代表性的自然写作作家，这部为了把梭罗相对化而充满暗示性的《科德角》，作为海边自然写作的范例，对后世作家的影响也是巨大的。[3] 在这部作品中，梭罗漫步于科德角周边，以一种形同于旅客的视角，描绘了科德角的当地风光和居民生活。之所以使用"形同于旅客的视角"这种含糊的说法，原因有两点。首先，与作者以瓦尔登湖居民的身份观察生态系统后基于实际经验创作的《瓦尔登湖》相比，《科德角》中基于博物学的分类和罗列而记述的内容是相当少的；其次，在《科德角》中，叙述者行走于海边的各个角落，其视点是活动的。这种以旅客的视角描写出来的东西，常常会带有隐喻的色彩，完美地表达出海边的特征。

例如，在《科德角》中，梭罗描写了一群在边界上生活的人们——失事现场清理人（wreckers）。失事现场清理人，通常靠收集遇难后被冲上岸的物品维持生计，但有时也会出海做一些类似于海盗的勾当。失事现场清理人的描写，意味着海边的双义性和相互性不仅仅局限于半农半渔的科德角人们的生活。失事现场清理人寻找的是遇难后被冲上岸的尸体和失事船只的残骸，而尸体意味着没能踏上美国这片希望之地的欧洲移民者的终结。死与生、边界的希望与现实的残酷或者对移民而言的新世界与旧世界，这些要素正是在海边这样一个边界线上以不同的形式表现了出来。也正因如此，梭罗才有必要数次拜访科德角。

梭罗描写的其实是海陆的界限，而在这一界限中生活着的人们也具有双义性——海边的这一特性。与其说这是一种在《瓦尔登湖》中表现出来的典型博物学，毋宁借用卡逊的话说，它是一种另外的、更加综合的视角。海边的叙述也同样如此，梭罗呈现出这样一种倾向：时而将陆地与海洋的生活作为不可分割的事物加以描写，时而将海边作为一个场所或领域与领域的边界、不太会吸引人们视线（脱离人们的视线）的场所加以描写。梭罗并非单纯地从 wilderness 译语之一的"荒野"去理解 wilderness，他还从"狂暴的大海"出发观察 wilderness。对于放弃了西部而选择敢于去东部寻找荒野的梭罗而言，荒野并非局限于陆地，因为海边这一场所也表现出了荒野的复杂特征和性质这一属性。

　　另一方面，在现代自然写作中，也可以通过不同的形式来观察海边。收录在巴里·洛佩兹的《穿越荒野》（1978 年）中的随笔《鲸鱼的表象》，以新闻记者的视角或是以鲸鱼的唯物视角，描绘了围绕着被冲上岸的鲸鱼群的人群的反应。站在海边这一边界上，作者希望以一种"双义"性的立场，如实地描写出不同人物的反应。水生动物出现在陆地上，这种异常的状态意味着什么，虽然这一问题与对现代环境问题的思考密切相关，但对此作者却并未直接提及，或者说作者有意没有这么做。正如卡逊和梭罗的作品向我们展示的那样，不同性质的世界或不同性质的空间相连的场所，并且通过其相互联系创造出来的空间就是海边。如此看来，成就海边自然写作的要素与海边的场所性是相互重合的。作家展现出了这样一种姿态——站在海边这个陆地与海洋的边界，描绘那些通过分类和罗列未必能观察到的现象和意象。

3. 海边的自然写作（日本）

　　日本民俗学家第一人柳田国男，为思考日本海边的自然写作提供了重要的观角。[4]与美国的自然写作作家不同，柳田的作品不是以科学为基础的，而是采用了民俗学的途径——通过野外调查收集口头传说、民间故事以及方言。在柳田具有代表性的、以海洋为中心的作品中，有《海南小记》（1925 年）、《岛上人生》（1951 年）和《海上之路》（1967 年）等。作为诗人、学者被人们所熟知的柳田，与以海洋为中心来描写的作品相比，以《远野物语》（1910 年）为代表的、描写以山地为中心的陆地生活的作品数量其实更多。但是，柳田的作品之所以在思考日本海洋自然写作方面被认为很重要，是因为他的作品以广泛的野外调查积累的经验为基础，在叙述自己的经历时柳田所采用的方法，未必是"科学的"、"西洋的"意义上的、以"分类"和"罗列"为主要方法的博物学。而将柳田驱逐出日本文坛的，是在明治末期的西洋化潮流中思考日本传统的民族主义问题。

在《海上之路》中，柳田谈到了海边的椰子和浮木等漂流到岸上的东西，思考南方文化是如何传入日本的，进而思索日本人是从何而来的这一日本人起源论。"寄物"，是柳田经常在作品中使用的词语，并不专指浮木和椰子等自然物，有时也指示风、水等带来漂浮物的自然外力，甚至是波及日本列岛的自然现象。如同《海南小记》一样，《海上之路》的主题是：从日本文化是以海洋为媒介由南方传入的这一立场出发，比较研究南方文化，重新思考日本文化的整体形象。在研究海边自然写作时，笔者试着想要看一下在《海上之路》中出现的关于"寄物"的描写：

　　南方海上流传着许多关于儒艮鱼的故事，与此相对，在东日本岩石散布的海滨，则更多地流传着关于海獭、海豹和海驴在海中睡觉的故事。由于文字的教育只偏重在都府及其周边地区，这些故事即将永远地消失在记录之外。为了保存这些故事并将其列入对前代的考察之中所需要的努力，是至今仍保留着若干痕迹的渔网和鱼线所不能比拟的。因此，人们总是试图在现代的空气中去推理那遥远的寂寞的世界。与此相比，关于寄生植物和浮木的传说，却能更多地出现在人们的视线之中，甚至还有相关的文献记载。但是尽管如此，现在的我们仍然无法想象那个时代——我们国家的山野曾经

为巨大的树木所覆盖，那些树木不断地在自然力量的作用下被冲入海中。（10、11）

这段内容表现了两个问题，一是批判在很少反省海洋生活的情况下去论证日本文化，二是海洋环境给予了日本文化隐形的影响及其重要性。为了寻求从海上过来的民族——日本人的起源，柳田行走在海边，倾听人们的说话，想象着那条可能是日本人走过的"海上之路"。柳田的随笔之所以会被认为是海边的自然写作，其原因就在于这种从海边这一场所投向陆地与海洋的视角。而寄物则是连接陆地与海洋的存在，成为了一种隐喻。

另一方面，对柳田而言最重要的问题，就是日本人从何而来的这一日本人的起源问题。柳田之所以认为这一问题很重要，原因在于他对于在不断推进西洋化的明治时期，日本的传统文化和风景被置换为西方的近代文化有一种危机感。柳田思考如何在西洋化进程中保存和继承日本元素，通过着眼于支撑日本文化地理性条件的山地和海洋及其周边的文化，希望可以探明日本人和日本文化的轮廓。在思考自然写作的脉络时，重要的正是柳田的想要"保存"日本文化的态度。而柳田想要保存的，与其说是自然本身，毋宁说是更广泛意义上的日本文化、构成日本文化的诸多要素（如方言、神话和民间故事等）。可以说，这种面对即将消失的东西试图将其记录保存，是一种与环境的保存（preservation）相关的态度。并且柳田自身关注的是一种文化性的、意识形态领域的内容，是将自然作为文化一部分的日本自然观，这在思考日本的自然写作方面是很重要的。在此，我们并非要从自然保护和环境问题的概念出发，去思考自然写作的定义以及柳田作品的整合性。柳田的问题意识与方法，相当于美国自然写作中所谓的博物学，在思考日本自然写作的意义方面，是具有启示性的。

森崎和江的《海路残照》（1981 年），虽然与柳田的民俗学方法很接近，但是森崎的方法是基于女性的观点的，在这一点上与柳田截然不同。这部作品是森崎围绕海女的传说而记述的一部从日本南端到北端的旅行记录，是对食用鲍鱼后得以长生的海女传说进行的民俗学性质的实地调查。森崎搜集散落于日本各地的海女传说，试图探明这些海女传说的共通之处。森崎问道："为什么长寿的女人，在吃过海螺、人鱼肉或海中的东西后能够获得永远的青春呢？为什么能在这个世上长生不死呢？"（24）但是，森崎从海女传说中看到的是悲观的、残酷的另一面。"青春永驻与长生不老是一样的吗？长寿女人的传说中，似乎伴随着对于长生的反感。"（24）从自然中获得"生"却不能通过"死"来回归自然，这里表达的正是对于这种违反自然的悲哀。这或许也可以说是对自然与人类关系背离的一种同情。当然，森崎细心谨慎地表达了女性的感觉，在这一点上，或许也可以将其视为对女性与自然的背离而产生的悲哀。

　　然而，森崎瞄准的，却是更大意义上的政治的、国家的意识形态。读了森崎下面一段话，我们就能明白这一点。"在日本列岛，海神信仰并未被作为一种独立的信仰而培养起来。这可能是政治力量反复作用的结果。例如在律令制国家的时代，宗像族信仰的海之女神被纳入天照大神的系统之下，而对女神的祭祀活动也被统一到宫廷神事之中。"（69）听取海女关于鲍鱼的传说而一路北上的森崎，看到的是在日本的国家形成过程中，被遗弃和无视的地方文化，以及从海女身上体现出来的女性被疏远的历史。从政治层面来看，这也是在将神道确立为国家宗教过程中被忽视和整合掉的地方人民的生活。同时，在海女与渔民们的经历中，也若隐若现地包含着那些在中央集权过程中被疏远者的历史。

　　从这一视角出发，我们或许可以将森崎称为立足于生态女性主义立场的自然写作作家。这里所说的生态女性主义，并非单纯地指代那种主张本质主义上的"女性＝自然"这一女性原理的

立场。弗朗西丝娃·德·奥波妮认为,家长制度下女性生殖机能
的限制和环境破坏问题在根本上是相通的,而生态女性主义正是
从这一前提出发对各种近代自然观和社会观的一种批判立场。[5]
也可以说是,森崎试图将海女传说设定为在近代国家意识形态压
迫下即将消失的文化构造的中心,并剖析这种构造。在这部作品
中,森崎的批判对象是,日俄战争以后伴随着明治政府的神道国
教化政策的开展而出现的神佛分离政策,以及受政策波及的毁坏
神社和采伐森林等近代化的国家意识和经济增强政策。如同在这
一时期,以南方熊楠为代表的神社合祀反对运动,必然会披上森
林保护运动的外衣那样,森崎对于海女文化的探求,不仅是把女
性与意识形态的二元对立,还将在更大意义上的国家意识形态压
迫下的各种存在和现象也纳入了考察范畴。

　　通过以上考察,我们可以明白两个问题。第一,在柳田和森
崎的叙述中,很难看到像蕾切尔·卡逊那种"双义性"、"相互
性",并且"界限性"等要素也很少出现。柳田和森崎都认为,
海边这一场所的"界限性",能够从海洋文化与陆地文化之间的
间隔中探寻到。柳田认为海洋环境归根结底属于外侧,而陆地环
境则属于内侧。第二,两位作家所使用的方法与博物学之间的差
异。这并不意味着美国自然写作中不包含任何民俗学的方法,而
是意味着有必要重新思考同时需要博物学和民俗学这两种学科的
日本文化的土壤问题。当然,不能仅凭这两个例子来一般化定义
日本有关海边的非虚构性质,我们仍然有必要去探讨包括这一主
张的稳妥性在内的其他问题。

4. 海上的自然写作(美国)

　　海上的自然写作,一般指人们在海上的经营,也就是与渔业
或海事相关的旅行记,在这一领域中重要的有:海洋学或气象学
等作为科学的方法表现;以航海为媒介从某场所向另一场所的

"物理性移动"以及伴随着这种"移动"叙述者产生的新的自然观和世界观；船这种海上技术，作为以船长为最顶层的一个阶级社会的隐喻表现出来，并作为社会批判、经济系统批判发挥作用等内容。[6]不管是何种情况，都指出了海上经历与陆地经历是如何不同，以及海上风景与陆地风景相比是怎样不同的性质，并通过这种比较表现了海陆的环境意识。

在本系统的众多作品中，笔者想介绍理查德·亨利·达纳·二世的《帆船航海记》（1840年）。[7]达纳通过这次航海，第一次直面了海洋的特殊性。但是在表现这种海洋的特殊性时，他描写的却是非常典型的海上风光。"大海没有鸟类的叫声、人类的噪音，没有树木、山丘和从屋顶射入的阳光，也就是说它缺乏一种能够注入精神的东西。这里毫无风景可言。"（46、47）尚且年轻的水手达纳，还不能把海作为海去看待。他所能做的，只是叙述大海是如何缺乏那些陆地上的东西，如"鸟叫"、"树木"和"屋顶"等。他只能借助陆地上的经历和感觉去描绘海上的风景。但是，到了本书的后半部分，达纳作为水手已经积累了一定的经验，开始对天气、波浪和风向的变化变得敏感起来。

下面列举的内容，是在航海的后半阶段达纳典型的日志写法。"我们乘着轻柔的风驶过这曼妙的海湾。风平浪静，我们用每小时四五海里的速度前进。"（305）又如，"9月4日，星期日，风停之后，我们到达了北纬22°、西经51°，北回归线正下方的位置"（436）。达纳开始能够对那些在陆地上感受不到的环境要素产生反应，而他的风景也随之发生了变化。那些用感性的手法来描写的景物，开始变得唯物和逼真。也许把这个看作是"场所的感觉"也是可以的。自我存在的"场所"通过移动和变化，能够获得更深层次的理解。进一步来讲所谓"场所"，即通过构成场所的诸多要素——例如，水、风、天气、季节、动植物、人际关系、文化、社会、经济环境——而组成的，不一定意味着物理性的"场地"。通过海洋环境的特殊性，培养自己的场所感觉，在读这部作品的时候，把我们的环境意识变成了一种相对性的存在，从这种意义上来讲，达纳的作品作为非常重要的自然写作是不可不读的。

卡尔·沙夫纳的《大海与歌声——人类和鱼的故事》（1997年），是最近的一部海上自然写作作品，下面我们来尝试比较一下这两部作品。沙夫纳在诉说海洋生态系统保护的伦理观方面，有着自己独到的见解。他认为，对于一般人来说，海洋环境与陆上环境相比是不易体验到的，人们很难对其产生亲近感，因此对海洋环境的保护才无法推进。从这一认识出发，他采用了如下文所示的写作方法。"请想象一下鱼，它可以用与汽车相当的速度在海中飞速前行。想象一下半吨重的薄层状肌肉，那里隐藏着只需随意摆动尾巴就能杀人的巨大力量，想象一下这个温和的战士。"（9）沙夫纳设定的主题是如何使人类理解海洋以及海洋生物，他正是通过频繁地运用这种视觉性的语言和表现，把读者带入海洋环境之中。

虽然海洋环境不是所有人都能体验的场所，但是如果失去海洋环境和海洋资源的话，我们的生活便无法成立。因此，沙夫纳将希望寄托在人们的想象力上。正如达纳最初在叙述海洋环境时认为陆地审美观是必需的，沙夫纳也试图将陆地生态系统的伦理观适用于海洋环境。当然，也可以预测出使两种不同的生态系统适用于同一种规范，无疑会产生很多问题。因此，沙夫纳的目标是"海洋伦理"（439）。这是在奥波德的"土地伦理"启示下提出的概念，沙夫纳在采访各类人群（例如，潜水员、渔民、寿司厨师、政治家、建筑家，等等）的同时，向他们诉说海洋生物的危机状态，强调海洋伦理的必要性。换而言之，沙夫纳摸索着这样一条道路——通过收集与海洋直接相关的人们的具体生活方式，来获得对海洋环境的共同理解。沙夫纳试图将海洋伦理灌输到海上人们的生计之中，从这一点来说，沙夫纳可以被称为引导人们思考海上的人类与自然关系的自然写作作家。不过，虽然沙夫纳倡导"海洋伦理",但这并不意味着他想建立一门独立于"土地伦理"的不同性质的伦理观。他的目的是吸引人们关注海洋环境,诉说在这一意义上更加普遍的环境伦理的必要性。

如果要再次确认的话,可以说海上的自然写作中,博物学并没有一个清晰的形态。这或许是因为与其他的领域相比,海上所见的生态系统是很难描写的。在这一领域常见的模式是,通过与航海中的气象和天气等的关联,表现人类与自然的关系;通过与陆地环境的对比,了解和认识海洋环境的特殊性。

5. 海上的自然写作(日本)

作为文学一般来讲,以海洋为舞台的作品,通常会将以船长为首的船员组织和运营状态作为一般性社会缩图的隐喻来描写。这些作品的共同点是,都认为船是一个社会,船内的人际关系是社会共同体。但是,在思考自然写作作品时经常出现的主题却是海洋环境意识与自我认识的表现方法。[8]

堀江谦一的《孤单太平洋》(1962年),是堀江乘坐单人帆船的个人游记。那时的堀江24岁,他的航海横跨太平洋,从日本出发到达圣弗朗西斯科,这在日本历史上是第一次。当时日本航海到国外是被禁止的,堀江到达圣弗朗西斯科时甚至连护照都没有带,但得到了美国政府的特殊处理准许入境,他的冒险精神在当时的日本也被认为是英雄行为,对日本人的海洋环境认识也产生了巨大的影响[9]。

之所以在思考海上自然写作这一体裁时,堀江被认为十分重要,这首先是因为在堀江作品中表现出来的与孤独感的斗争。达纳和沙夫纳的作品,有意无意地都使用了一种陆地的审美观和伦理观,社会和社会构造作为一种隐喻表现出来。与此相对,堀江的作品所要展现出来的,却是作为一个个体的自我认识。通过航海告别陆地社会,从这个意义上来说,社会当然被作为前提,但

最有意思的却是通过海洋环境坚定地表现出来的自我认识。为期
94 天的航海中，充满了堀江面对海洋环境时的真实和坦率的反
应。例如，堀江出海两周后仍为晕船而苦恼，但晕船是从陆地生
活转换到海上生活的开始仪式。透过晕船这一生理性的肌体反
应，堀江被迫体验了海洋环境的残酷。这不是达纳式的精神上的
东西，而是为使肉体适应海洋环境而做出的努力。

　　对于堀江作品题目中的"孤单"，似乎不能按照字义模糊地
解释成"孤独"或者是"被社会孤立出来的"。这是因为，以
"孤单"的形式表现出来的堀江的自我认识，是在一边使用着有
限的食物和淡水，一边掌握应对海洋环境的技巧，对抗严峻的天
气情况，并虚心求教的情况下得来的。那是一种自己主观地选择
了那条道路，把自己的生命当中赌注去尝试，在肉体上得到的自
我的存在认识。可以说，堀江的自我认识，并非是在人类社会那
种内向的框架下，而是在海洋环境这个自然的大框架下开始把握
自我存在的新的认识。事实上，后来，堀江于 1985 年乘坐太阳
能动力船从夏威夷航行到父岛，又于 1999 年乘坐用废弃的生啤
酒罐制成的小船从圣弗朗西斯科航海至明石海峡大桥，之后于
2002 年再次使用威士忌酒瓶和空罐等制作的小船横渡了太平洋，
堀江的事业不断地在向关注环境问题的道路上发展。考虑到这是
堀江"孤单一人"而得到的自我意识，我们也就可以原谅了。
原因在于，堀江没有以人类为中心，而是在海洋环境这个巨大的
框架内认识到了人类存在是多么渺小。在此，博物学式的科学方
法销声匿迹。因为堀江向我们展示的不是一种去了解自然环境的
态度，而是一种在自然环境中"生存"的谦虚的态度。

　　小林则子的《里布号的冒险》（1976 年），则是以另外一种
方式，提出了自我认识与环境意识的问题。小林的航海是为期
57 天的横渡太平洋比赛，她也因此成为了第一位独自横渡太平
洋的日本女性。这部作品之所以在自然写作领域中占据重要地
位，是因为这是她作为非专业的、一般的（初学）水手参赛并

记录的个人经历。可以说，作为初学者，小林朴实地表现出了海洋环境的特殊性，在这一点上她的作品与其他的作品起到了对比的作用。与达纳单纯直接地描写海上风光不同，小林充分意识到，海上的世界是由男性来支配的，自己通过参赛闯入由男性支配的海上世界具有怎样的意义。船是共同体和社会的隐喻，作者表现出来的是挑战男性中心社会的女权主义的主张。[10]

首先，让我们来看一下小林是如何机敏地捕捉到海上世界的特殊性的：

> 在陆地上喝咖啡，这一行为本身是否具有某种意义呢？咖啡强烈的香味和口感，与充斥着人和物杂乱无章、满耳噪音的陆上社会再合适不过了。在驱赶扭曲、过度的疲劳，治愈糟糕的心情时，咖啡或许是必备之物。因此，在这个与混乱嘈杂无缘的、性质根本不同的世界里，我的身体似乎已经不需要咖啡了。（76）

这里小林思考了喝咖啡这一单纯的陆地社会的行为。对于小林而言，当她置身于现代社会中时，身体与环境之间的关系变得稀薄，但当她在船上时，为了安全她必须关注海洋的状况和天气的变化等。她还必须根据周围环境的变化去操纵船只。置身于这种与环境身体上的、直接的关系中时，用咖啡来治愈"扭曲、过度的疲劳"已经毫无意义了。

与堀江一样，小林也深受晕船之扰。这是她在身体上进军海洋环境的开始仪式，是身体性的调整。和意识不同，在生理上身体对环境敏感地做出了反应，而小林的环境意识也随之进一步发生了变化。例如在下面的引用内容中，就清晰地表现出了这一变化。"每当风向和海洋的状态发生变化时，即使不借助闹钟，我也会每隔一两个小时就醒过来。但是，一旦稳定下来，我又会立即酣睡六个小时。身体极其自然地形成了一种或紧张或放松的节奏。"（126）她从物理性的陆地世界以及支撑着这个世界的人际关系和价值观中解放出来。换而言之，这些身体上、意识上和社会性的不适应，形成了海洋环境意识，并明确了自己在其中的位置。

另外，在不断地适应海洋环境的过程中，小林开始意识到从未被发现的自己的野性：

> 对人这种动物来说，海上是异乎寻常的环境。一旦我们脱离大地被置于海洋之中，倘若不唤醒动物本能的话便无法生存下去，我身体内的本能自然地感知到了这一生命的危机。而我所注意到的那些身体的变化，或许正是为唤醒这种本能而发生的自律性作用。每当想到自己作为动物，又是多少带些神秘感的生物时，我都会莫名地高兴。（127）

这些都是进入海洋环境后才初次意识到的感觉。当陆地生物的人类去适应不同的环境时，堀江的航行先是从身体开始的，然后逐渐地被意识到。那些至今尚未意识到的感觉——也许可以视为小林所暗示的"野性"的回归——通过海洋环境被具体化的过程，和作为航海的物理性移动过程，在作品中平行推进。

日本的海上自然写作因为这些因素而拥有了吸引人的情节和构造。首先，如达纳和沙夫纳所说，陆地审美观和伦理观在这里成为了相对的存在。在这里很少出现博物学那些具体的方法。气象学和海洋学等虽然在实践中有所体现，但是可以说占据大多数作品中心位置的，不是科学认识，而是一种感性的、意识性的认识。当然，我们也不能无视的是海边和海上状态的不同，是作为作者们的经历和写作方法的不同表现出来的。从这一点来说的话，日美海上自然写作之间存在着很多共同点，都亲身经历并且有意识地描写了陆地与海上环境的不同。

日本海上自然写作中表现最为明显的是，同时表现出自我认识和对海洋环境的理解。只是，必须再次强调的是，这里的自我认识不是在人类社会的框架内而是在自然环境的框架内捕捉到的自我认识，比如堀江的环境自我认识和小林提出的"野性"，都是与物理性地脱离了陆地社会的连动表现。柳田国男之后的日本社会，能否意识到堀江和小林作品中主张的环境意识呢？为了理解野性，是否有必要将其与社会或文明设置一定的距离呢？虽然我们还没有足够的证据，但是围绕海洋的自然写作为对陆地经历的相对理解提供了角度，这已经是显而易见的了。

6. 海底的自然写作（美国）

威廉姆·毕比用潜水球实现了世界首次深海潜水，创作了《深海探险记》（1934年）。[11] 仅凭毕比的技术成果和生物学发现，就足以让这部作品成为历史性的重要作品，但是本文将从以科学家的视点描写深海探险这一角度出发，将这部作品作为海底自然写作的代表加以介绍。关于毕比，我们应该注意他是怎样表现海底环境的特殊性的，下面一段是很典型的例子：

> 我们似乎经历了在精神上意识到全新类型的色彩感觉。我们感到它过于异常，无法用一般方法去分类。但是，为了很好地表达出那种与深海潜水不相上下的独特情感和感受，为了证明语言的苍白无力，我必须继续写下去。（110）

如果将这一描写与蕾切尔·卡逊和理查德·亨利·达纳·二世做一对比的话，会非常有趣。所有作家都表达出对于无法准确地描写出他们所面对情景时的无奈。卡逊认为仅靠博物学是不够的，达纳则认为无法用科学的方法或是经验性地去描绘海洋环境中的现象。因此，他试图用自身的陆地经验和审美性的语言去描绘海洋环境的特殊。而正是因为海底世界的奇异，毕比表现出来的却是一种类似于惊讶和无力感的放弃。他痛感既无法用科学的知识也无法用语言去描述完全未知的事物，同时为初次目睹的深海生物和风景惊叹不已，毕比试图探索新的语言去描述。这或许与欧洲探险家们在北美大陆探险之际对于奇特的景致或动植物的惊叹，有着某种相似之处吧。作为第一个发现者，虽然他必须记录下自己此刻面对的一切事物，但是当他面对那些无法分类和罗列的现象时，科学的语言变得无力，他只能通过描写包含着惊讶在内的个人感情去表现他所目睹的惊奇景观。

西尔维娅·厄尔作为科学家、潜水员和冒险家为人们所熟知，她的作品《西尔维娅的海洋——海里六千小时的证言》（1995 年），为最近的海底自然写作提供了一些重要的问题点。首先，和毕比一样，厄尔也是从我们仍然不能了解海底生态系统这一前提出发，批判了人类对海洋环境及其生物的无知和漠不关心。她通过自身的深海潜水经验，强调了人类对于海底环境和生物是多么的无知。据厄尔所说，海底环境仍处于未开发的状态。

从现代环境保护的观点来看，厄尔的作品是把主张的边缘价值观作为问题的。她批判了人们用与陆地伦理完全不同的价值观去看待海洋环境资源，同时批判了人们盲目相信这样的神话——海洋环境会像水、空气和太阳光线那样，一直无偿地为我们提供丰富的资源。对于人类来说，海洋环境至今仍属于未开发地带，我们仍然无法知晓它的生态系统功能，这些萌生了边缘价值观，为了解决这些问题，厄尔认为科学的理解是必要的。因此，厄尔的自然写作与科学方法变得密不可分。厄尔认为应该科学地记录、分类、系统地了解那些对象，在此基础上构建环境意识。

在这里笔者联想到卡尔·沙夫纳的"海洋伦理"。沙夫纳在意识到"土地伦理"的同时，试图将土地伦理的方法套用在海洋环境中。但是这种做法中却隐藏着一个前提，即海洋与土地伦理是不同的。在沙夫纳看来，海洋环境与陆地环境之间存在的第一个差异即海洋环境不是所有的人都能轻易体验到的领域。因此他认为就像把人类比作鱼一样，我们必须通过想象力培养对海洋环境生态系统的关注，并构建伦理观。但是，厄尔认为海陆生态系统认识的不同源于理解角度的不同。人们仍然认为海洋环境资源用之不竭，并过度开发海洋资源，从这些现象不难看出人们对海洋环境的了解是远远不够的。因此，厄尔认为有必要充分认识海洋环境（至少给予与陆地环境相同程度的认识）。厄尔所明确的是，海陆生态系统都面临着危机，都必须加以保护。也就是说，厄尔认为我们不应该建立沙夫纳提出的"海洋伦理"，而有必要构建包含全体生态系统在内的更加综合性的伦理观。

7. 海底的自然写作（日本）

与美国海底的自然写作相比，日本在这一领域的作品并不多见。[12] 日本潜水的奠基人是山下弥三左卫门，他的作品《海底的神秘》（1970 年）的主要特点在于从多方面的角度出发——例如作为经历了"二战"的潜水员的战略角度、寻宝、海中鱼类的生态系统等，以及他的经历描写了海底的神秘。考虑到战后，潜水作为运动或娱乐尚未在日本成长起来，在这样的社会背景下，山下的经历和海底描写确实具有一定的价值。如同下面一段文字所展示的那样，山下基于科学观察的认识在研究海底自然写作方面是极其重要的。

"鱼类觅食以维持生命，为了产卵用以延续种族，每年都会重复漫长的回游旅程，或从南海出发游至营养盐分丰富的北方，或从北海南下游至南海产卵。这就是鱼类的生活时间表。因此，如果能够探索出这些日常生活的时间安排，并将其与海底的自然现象联系起来的话，对了解鱼类的生活方式将是有益的。"（81）山下主张在观察鱼类的生态时，应该考虑到它们生存环境的变化，并且必须依靠能够了解鱼类的更广泛的科学知识。

但是山下的立场经常是认为，因为捕鱼工具的开发和捕鱼方法的思考是重要的，所以我们要以此为基础进行思考。例如，下文所示："透过海水远眺鱼类，与潜至海底同鱼类并肩而行，在研究鱼类方面，有着天壤之别。"（299）紧接着是下面的内容："如果能够了解鱼类的习性，用手抓鱼也不是夸大其实的事情。"（299）当然，山下通过自己的海底经历也认识到了海底生态系统正在遭受破坏。"之所以渐渐捕不到鱼了，为什么呢？是因为滥捕，还是因为鱼类无法回游到渔场？又或者是因为鱼类已经习惯了渔具和捕鱼方法即使回游也无法捕得到呢？唯一能够确定的是因沿岸填海造地、建设工厂等的污水排放和因人口增加造成的生活污水，致使了渔场的荒废。"（82）山下表示，战后通过使用化学肥料和农药改善了农业，提高了农作物产量。但是，农药的流失也造成了沿岸水质的恶化，给生态系统带来了破坏。然而，由于人们不了解海洋环境，仍然看不到恢复海洋环境的努力。

透过山下的例子我们可以看出，日本的海底自然写作中经常通过对渔业的描写来表达人类与海洋的生态关系，这种倾向十分明显。环境在受到破坏，生态系统也同样在承受着毁灭性的影响，虽然有人提出了保护环境的重要性，但是作为其根据的生态中心观点（特别是在初期的海底体验记中）却相对薄弱。笔者无意论述人类中心主义和生态中心主义孰是孰非，也并非批判山下的立场。如果日本的海洋资源要比欧美文化更加贴近生活和文化这一分析正确的话，那么在比较日美自然写作时重要的一点就是，思考两者是如何同时产生环境观点的。

下面让我们来看一下最近管能琇一的作品《鱼有心来人有意》（1987年），并比较一下这部作品与山下观点的不同之处。管能批评日本渔业不尊重鱼类而进行滥捕。例如，针对养殖渔业对于环境的破坏，管能批评人们只注重商业利益，他写道：

　　　国民们若无其事的倾尽全力将北国廉价的鱼类运到南

方，并且不顾海洋污染去养殖高价的鱼类，嘴里一边高喊着
"很贵，很贵"一边却大快朵颐。毫无疑问是哪里出现了问
题。即使是这样完全无视生态物质循环的方法，只要物资和
资金周转，日子一样过得下去。只是，这样的做法是无法长
久的。(38)

对无视"生态物质循环"的社会存在方式的批判是管能理论的
根本所在，与山下相比，管能的观点更倾向于环境。之所以将管
能的观点归纳为"环境式理论"，是因为他的科学视角。管能观
察鱼类的活动并思考其中的意义。例如，在以"棘鱼的语言"
为副标题的章节中他写道，"如果将语言作为与同类间交流的工
具和手段的话，我们的周围就存在着多种多样的其他动物的语
言"。为了观察棘鱼的繁殖活动，管能将棘鱼放入水槽花费了很
长时间实际观察了棘鱼的繁殖活动。(100) 此时，管能有意地
使用了拟人化手法，通过使用表达人类关系的语言去描述棘鱼的
行动，试图使人类了解棘鱼的生活状态。事实上，管能对自己的
观察动机做出了如下的解释。"莫名地希望更多的人能够多听一
听（或领会）那些谁都能懂的动物语言。"(126) 此外，通过观
察棘鱼，管能说，"博物学不是把生物看作无生命物，而是将生
物作为生物，将人类也作为生物来看待的。从长远的角度来看，
培养和扩展博物学是保护自然、使人类与其他生物长期共存的捷
径"(142)。海底的自然写作中描写最多的是对于生物的观察和
接触。对于人类来说，水下是一个只能短暂体验的极端场所，正
如西尔维娅·厄尔所写的那样，水下仍然是一个不可知的领域。
管能给那些生活在这样的环境之中的鱼类传授语言，它们也像人
类一样"生气"和"求爱"。

事实上，如果我们概观美国海洋自然写作的话，就会发现其
中有出现频率很高的日语词汇，例如"tsukiji"和"sushi"。如
今，将世界最大的鱼类市场"筑地"作为资本主义的隐喻来描

写的作品也很多。管能的作品是当时为数不多的以日本人的立场从内部批判日本资本主义的作品，也是对地球规模海洋环境问题的一次揭发。管能的环境视点是面对海面下，也就是海洋内部的，从这一角度来说，作为潜水员的管能的观点也是具有隐喻性的。虽然与山下的作品有相通之处，通过观察海洋环境的内部情况来描写陆地生活和社会的内部，从这一意义出发，可以说海底的自然写作为扩展自然写作的阅读方法提供了新视点。

8. 结语

一般情况下，人们认为自然写作是描写自然的体裁。托马斯·瑞恩认为，自然写作是继自然志（博物学）和浪漫主义之后出现的一种相对明显的纪实体裁。丹·西斯的定义则认为，自然写作是大多依靠田园主义而存在的体裁。[13]

另一方面，概括代表性的海洋自然写作，我们能够看出这些作品并未表现出浓厚一般性的博物学痕迹。虽然以"分类"和"罗列"为主要方法的博物学的存在感相对微弱，但却通过多种形式表现了围绕海洋的环境意识。在海边的自然写作中，因为反映了海边的模糊性和多义性等特征，作品呈现出复杂的样态。因此，作者在描写时使用了多种方法，表现了自我和自然的关系。至于海上的自然写作，表达的则是作者在经过身体上的适应后，自我的环境意识与陆上经历成为了相对的存在，并揭示了这一现象的形成过程。而海底的自然写作的作品，表达的则是作者在描写未知的生态系统的同时，通过对海洋环境特殊性的捕捉，使陆地审美观和认识框架相对化的过程。只是，作品表达出了这样一种立场，即对于仍然有很多未知领域的海底世界，有必要对其进行科学的分析和认识。当然，造成博物学存在感相对较弱的原因在于——利用地形学的分析研究海洋环境的特殊性。因为海底生态系统繁杂集中，因此需要博物学，海上则与之相反。比较日美作品不难发现在日本作品中博物学方法更为少见。

在日美自然写作的比较中，作为代表性的不同之处被列举出来的有——例如柳田国男和森崎和江等人的民俗学方法。民俗学方法不是严谨的科学方法，而是一种更为主观的、经验性的方法，可以说在分析自然和人类的关系时，民俗学方法未必会将两者区分分析，而是通过考察两者相互间的影响来分析。另外，在日本海底的自然写作中，尤其令人印象深刻的是通过与饮食文化的密切关系表现生态系统与人类的关系，这导致当美国自然写作中的海洋资源保护立场受到世界范围内的重视时，关于日本饮食文化带来的影响却受到来自多方的批判。

通过上述分析可以得出，通过引入海洋视点的目的在于，有必要更加综合地看待自然写作，有必要改正博物学偏重陆地的倾向，将其重新确立为更加综合性的学科。博物学在本质上是一门关于所有的自然物和动植物的学问。因此，在定义时是不能将海洋生物和海洋环境排除在外的。如果自然写作是以博物学为基础的纪实文学写作的话，那么就应该更加积极地论证海洋自然写作。以上对围绕海洋的自然写作做了简单的概括，但是围绕海洋的作品还有很多，从认识海洋的角度出发可以重新解读的作品也不在少数。如果将我们对于有关海洋自然写作的研究无法推进的理由认定为我们是陆地生物、文学创作以陆上生活为基础的话，那么这无疑会成为在树立更为综合性环境意识时的障碍。

海洋自然写作作家们反复表达的是海陆环境的相对视点。在围绕海洋的自然写作中，日美两国的共同点是都认为海洋环境与陆地环境是不同性质的世界。海洋自然写作作家（当然彼此间的观点也偶有不同）从审美观、伦理观乃至生态系统等多个方面论证了海洋环境与陆地环境的不同。同样，如果将探明和表现自然与人类的关系视为自然写作的任务之一的话，那么我们就必须经常追问被自然写作所描写的、解读的和研究的自然到底具有何种意义。

注释

（1）这里的 geocentrism 一词仅为语言的直译，并不是像 Pattiann Rogers 所使用的那种试验性语言。Pattiann Rogers, Firekeeper: *New and Selected Poems*, Minneapolis: Mikweed, 1994.

（2）其他围绕海洋的自然写作作品（美国）还有：Bartram, William. *Travel*（1791）; Besto-n, Henry. *The Outermost House: A Year of Life on theGreat Beach of Cape Cod*（1928）; Ricketts, Edward F. and Jack Calvin. *Between Pacific Tides*（1939）; Lindbergh, Anne Morrow. *Gift from the Sea*（1955）; Hay, John. *The Run*（1959）; Zwinger, Anne. *A Desert Country Near the Sea*（1983）; Janovy, John, Jr. *Vermilion Sea: A Naturalist's Journey in Baja California*（1992）。

（3）关于这一点，可以参见 Bruce Allen 的"Cape Cod: Writing on the Edge"（《文学与环境》1999 年第 2 期，第 14—20 页）。另外，伊藤诏子《边缘·共同体·显灵》，《发现》（1996 年第 28 卷第 4 期，第 213—219 页）的内容也非常重要。

（4）以下作品属于海边自然写作（日本）：宫本常一《海上之路》（1976 年）、石牟礼道子《苦海净土》（1969 年）、有吉佐和子《复合污染》（1975 年）、新川明《新南岛风土记》（1978 年）、高桥在久《东京湾水土记》（1982 年）、森满保《海豚的集体自杀》（1991 年）。

（5）关于生态女权主义的定义问题参考了 *ISLE: Interdisciplinary Studies in Literature and Environment*（生态女权主义特集），1996 年第 3 期。

（6）围绕海上的自然写作（美国）还有以下代表作品：Douglass, Frederick. *Narrative of the Life of Frederick Douglass*（1845）; Melville, Herman. *Moby-Dick*（1854）; Crane, Stephen. "The Open Boat"（1898）; Slocum, Joshua. *Sailing Alone Around the World*（1900）; London, Jack. *Tale of the Fish Patrol*（1905）; Andrew, Roy Chapman. *Ends of Earth*（1926）; Steinbeck, John. *The Log from the Sea of Cortez*（1940）; Thompson, Keith A. *HMS Beagle: The Story of Darwin's Ship*（1973）; Thor, Heyerdahl. *Kon-Tiki*（1974）; Matthiessen, Peter. *Men's Lives*（1989）, Mcphee, John. *Looking for a ship*（1991）; Kuransky, Mark. *Cod*（1999）; Philbrick, Nathaniel. *In the*

Heart of the Sea（2000）。

（7）虽然达纳的作品容易被当作小说来研究，但是其作品是基于其自身的实际航海经历和航海日志创作的，而不是单纯地借助作者的想象力。所以应该像研究梭罗的《瓦尔登湖》一样（也就是说不能单纯地按照虚构或写实的两分法来处理），将作品中表现出来的作者的情感和经历作为研究环境意识的素材。

（8）围绕海上的自然写作（日本）还有以下作品：米潭太刀雄《海洋浪漫》（1914 年）、小柴秋夫《初次航海时》（1956 年）、矢嶋三策《船长》（1981 年）。

（9）参见小岛敦夫编《世界海洋文学》第 314 页。另外，本书于 1962 年获菊池宽奖。

（10）小林强烈认识自身作为女性的存在，但是另一方面对于生态女权主义这种信念，她则表现出了一定的距离感。（23—39）

（11）其他围绕海底环境的自然写作（美国）的作品还有：Beebe，William. *Galapagos*：*World's End*（1939）；Cousteau，Jacques. *The Silent World*（1953）；Hass，Jules. *Diving to Adventure*（1951）；Dugun，James. *Under Explore*（1957）；Harrigan，Stephen. *Water and Light*（1992）；Cranes，M. A. *Waterworld*（1995），Broad，William. *The Universe Below*（1996）。

（12）其他围绕海底环境的自然写作（日本）的作品还有：田中野代（音译）《海女小屋日记》（1991 年）、中村征夫《海族人科百景》（1993 年）。

（13）Thomas J. Lyon，ed. *This Incomperable Lande*：*A Book of American Nature Writing*. New York：Penguin，1989；Don Scheese. *Nature Writing*：*The Pashtoral Impulse in America*. New York：Twayne Publishers，1996. 其他关于自然写作定义的文献还有：Frank Stewart. *A Natural History of Nature Writing*. Washington：Island Press，1995；Finch，Robert and John Elder，eds. *The Norton Book of Nature Writing*，New York：Norton，1990. 19 – 28；Murphy，Patrick D. *Farther Afield in the Study of Nature-Oriented Literature*. Charlottesville：Up of Virginia，2000. Buell，Lawrence. *The Environmental Imagination*：*Thoreau，nature Writing，and the Formation of American Culture*. Cambridge：Harvard Up，1995. ——. *Writing for an Endangered World*：*Literature*，

Culture, *and* *Environment* *in* *the* *U. S. and* *Beyond.* Cambridge：Harvard Up，2001. Thompson，Roger and J. Scott Bryson，eds. "Introduction." *Dictionary of Literature Biography Twentieth-Century America Nature Writers*：*Prose.* New York：Gale Research，2003. xvii – xxii. 《对开本 a》1993 年第 2 期，《自然写作特集》，《发现》1996 年第 28 卷第 4 期，《"自然"体裁 2/日本自然写作》《对开本 a》1999 年第 5 期，斯科特·斯洛维克/野田研一编《阅读美国文学中的"自然"》，密涅瓦书房，1996 年，伊藤诏子《复活的梭罗——自然写作与美国社会》，柏书房，1998 年。

参考文献

A 日文文献

管能琇一《鱼有心来人有意》，每日新闻，1978 年。

小道敦夫编《世界海洋文学》，自由国民社，1998 年。

小林则子《里布号的冒险》，文艺春秋，1976 年。

中村征夫《海族人科百景》，海洋杂志社，1993 年。

堀江谦一《孤单太平洋》，文艺春秋，1962 年。

森崎和江《海路残照》，每日新闻社，1981 年。

柳田国男《海南小记》，创元社，1925 年。

——《海上之路》，筑摩书房，1967 年。

山下弥三左卫门《海底的神秘》，雪华社，1970 年。

B 英文文献

Beebe，William. *Half Mile Down.* New York：Doubleday，1934.（日下实男译《深海探险记——稀奇鱼类和生物》，社会思想社，1970 年。）

Carson，Rachel. *The Edge of the Sea.* Boston：Houghton Mifflin Company，1995.（上远惠子译《海边——生命的故乡》，平和出版社，1987 年。）

Dana，Richard Henry，Jr. *Two Before the Mast.* 1840. New York：Penguin，1986.（千叶宗雄译《帆船航海记》，海文社，1977 年。）

Earle，Sylvia A，*Sea Change*：*A Message of the Oceans.* New York：Fawcett Books，1995.（西山美绪子译《西尔维娅的海洋——海里六千小时的证言》，三田出版，1997 年。）

Lopez，Barry. "A Presentation of Whales." *Crossing Open Ground.* New-

York：Vintage，1978，117 – 146.

Safina，Carl. *Song for the Blue Ocean：Encounters Along the World's Coasts and Beneath the Seas.* New York：Owl Book. 1997. （铃木主税译《大海与歌声——人类和鱼的故事》，共同通信社，2001 年）

Thoreau，Henry　David. *Cape　Cod.* 1865. *Thoreau.* Ed. Robert　F.，Sayre. New York：Library of America，1985，847 – 1039. （饭田实译《科德角》，工作舍，1993 年。）

华莱士·斯特格纳的荒野思想

迈克尔·P. 科恩/山城新译

1.《山水之音》——作为文化问题的荒野

读了华莱士·斯特格纳收录在《山水之音》中的一系列随笔，人们就会发现那段执笔时期是他人生中最具有创造性也是最高产的时期。在这部作品中，他描写了 20 世纪 50 年代在美国西部开始抬头的环境保护思想。

作品中收录的随笔均写于大卫布劳威尔、奥尔多·利奥波德、霍华德·扎尼萨等人于"二战"后主张并拥护的原生态自然法案的形成时期。看到斯特格纳自身良心的挣扎，我们不难理解他始终在敏锐地观察着面临急速开发自然资源问题的美国西部。华莱士认为只有由政府指定的原生态自然保护区，才是对使西部风貌急速变化的、具有一定危险性的、社会及经济变化的一个重要回答。在以"结论——荒野的信"为题的《荒野来信》中所看到的他保护荒野的立场，与这些随笔所要探求的其他问题是密不可分的。

斯特格纳所坚持的立场并非是与历史无关的。他的立场和美国那些关心环境思想的人们、那些认为过去的历史思想和习惯决定着现在对于环境的态度的人们以及那些深信虽然古老神话已经退出历史舞台但却无人能逃离过去思想遗产的人们，所抱有的忧虑是息息相关的。

　　斯特格纳对于环境问题的分析和对于环境的立场，是与对于美国西部文化历史的、现代的以及个人的相关意义密不可分的。无论从历史作品还是从虚构作品中，都能够看到他关于荒野的争论。因为他并未想要将二者区分开来。从这个意义上来说，华莱士是真的在跨学科研究学问。因为他是一个背负使命的作家，他将环境作为与我们的一切行为息息相关的文化问题都写了出来。

　　斯特格纳并未将他的个人体验与观察西部历史和客观环境的视角剥离开来。因为对于他来说，所有的知识都产生于某个区域或者某个场所里，是通过实际的具体经验被唤起的。另一方面，他认为更大的抽象的文化制度也背负着巨大的使命。不仅为自己，也要为了塞拉俱乐部之类的环境保护团体发言。换而言之，他是为了大学、图书馆，以及美国西部文化的全体价值才振臂高呼的。

　　在对美国西部的自然开发和文化发展这样两个方面的忧虑掺杂在一起的情况下，斯特格纳追求的是二者的和解。这是为了在文化的存在方式中，谨慎地定位场所存在的美学。为了自然和文化以及二者之间的互动，斯特格纳主张要重视二者之间的相互依存性。

　　通过《山水之音》的构造和写作意图，读者们可以窥探出他后期作品集的构思框架。后期的随笔由个人的回忆、历史的考察、文学的分析组成，其中心部分阐述了作者关于美国人对于风景所背负的伦理责任的意见。实际上，他的环境价值观及其表现方法，几乎贯穿于他作为作家的一生。

　　尽管如此，这一系列作品也适用于描写生活在风景中的美国人的前期以及后期的纪实文学作品的基本创作框架。这个框架始于《穿过西经100度——约翰·韦斯利·鲍威尔和美国西部的再发现》（1954年）、《这是恐龙》（1955年）。斯特格纳的思考方法，表现在书名《狼柳——历史、故事和最后边疆草原的回忆》（1961年）中。而他关于美国人和环境的思考，则通过作品

《锡安的集会——摩门教足迹的故事》（1964 年）被延续下来。最简洁有力地表现出其思想的，是《作为生存空间的美国西部》（1987 年）这部作品。他最后的作品集《蓝鸟为柠檬泉歌唱》（1991 年）并未完成，是由他的儿子佩吉·斯特格纳在他去世后编纂的，作品结构与《遍布神的力量的土地——华莱士·斯特格纳的美国西部》（1998 年）有着惊人的相似。无论哪一部回忆录式的作品集都是以历史开始，以环境保护为中心，以美国西部作家的随笔结束。

　　斯特格纳死后的 1993 年，出版了几部关于他的具有影响力的论文集。其中既有赞美他的作品，也有试图以美国西部评论家的视角来分析斯特格纳重要性的作品。收录在其中的论文都试图超越艾伯·温特斯曾经对于斯特格纳"西部现实主义者"的定位。个人方面的赞美经常强调"亲切、礼貌、责任、勤奋"等关于斯特格纳人格魅力方面的。特丽·坦皮斯特·威廉姆斯着重描写的是斯特格纳的威严、沉着、英明以及绅士风度（"Introduction", *Crossing to Safet*, ⅩⅦ）。查尔斯·威尔金森关注的则是斯特格纳作为一个作家以及一个人的真诚（"Wallace Stegner and the Shaping of the Modern West", Meine, 8）。而大多数评论家描述的是斯特格纳对年轻作家的大度与宽容。实际上我们也从他那里得到了很多。同时，我们能够写出关于美国西部的作品，也都归功于斯特格纳敏锐的观察和他那些准确而又值得信赖的作品，所以我们决不能抹杀他在这方面的丰功伟绩。帕蒂·利默里克在讲述美国西部年轻一代的历史学家时，将斯特格纳称作"我们共同的导师"（"Precedents to Wisdom", Page and Mary Stegner, 28）。

　　但是，其中也有对斯特格纳的想法和风格提出异议的。埃利奥特·韦斯特指出，斯特格纳对于荒野的见解似乎是非常传统的，并且似乎正在摸索对于被均一化的美国西部的视点（"Wallace Stegner's West, Wildness, and History", Meine, 87, 85）。

实际上，如今斯特格纳对于西部的观点正在面临着被修正。在最近出版的著作《有河流经过的西部——约翰·韦斯利·鲍威尔》（2001 年）中，唐纳德·沃斯塔描写的鲍威尔形象比斯特格纳在1954 年描写得更多面更复杂。

不过，对于斯特格纳的中心主题——西部"干燥性"，大多数作家都表示赞同。我们所说的西部，指西经 100 度以西的区域。那是以山地开始，包含着"鼻孔的干燥、嘴唇的龟裂、透明的像水晶一样的光芒……灰色、灰绿色、柠檬色、黄褐色、浅白色、红褐色、新动植物、新生态学的新调色板"等诸多感受的世界。干燥的确是地理性的现实。"如果把西部最终用一个东西来概括的话，那就是干燥。"（Sound，15）极少的珍贵的水，以雪的形式降到山上，流淌到有生命的地方。结果，作品名《山水之音》由于涉及个人的、地理的、历史的以及社会政策等方面，所以带有复杂的意义。那是因为它包含着一个中心悖论，水的声音是那些依存于有限资源区域的生命之音。山水的声音总是让人心情愉悦，因为它们是稀少的，是生命的源泉，是不可多得的。

华莱士·斯特格纳宽大的一个表现是，他明确地为我们叙述了关于那个时代所拥有的环境价值。斯特格纳研究的是对于场所的义务感和价值。所有的纪实性作品中，他都表现出了对于"进步"的不满。斯特格纳立场的模糊源于他自己身为文化地域的美国西部的一员。换而言之，他一方面主张自己是一个"内部人"，同时又说自己是一个没有坚定立场的无依无靠的人。他的环境随笔涉及了文化方面的美国西部，为我们的写作奠定了基础，同时也探求了同时代人们的思想。

2.《山水之音》和《荒野来信》

《山水之音》的核心随笔是"结论——荒野来信"。在这篇随笔中，斯特格纳坦白道，荒野其实就是"希望地理学"（Geography of Hope）的一部分。作为为了在1960年制定的原生态自然法而进行的宣传活动的一部分，这篇随笔受到了读者的重视和引用，但是与此同时，也有人批判其抽象性和人类中心论的前提。肯尼迪总统的内务长官斯图尔特·尤德尔对这篇随笔进行了评价，并在《寂静的危机》（The Quiet Crisis）中引用了斯特格纳的话（Benson，2001，40）。

这篇随笔不仅展示了荒野等场所独特的文学性地理，同时也阐述了水和干燥、美国西部的神话和历史、水的声音以及水的缺乏引起的寂静等一系列问题。随笔既记录了作者在美国西部各地的短期旅行，也收录了评论美国西部作家的随笔。这本书以关于西经100度以西美国西部的描写为开始，经过从场所自身到场所概念的转变，以历史性场所和文学性场所的表象为结尾。斯特格纳从约翰·韦斯利·鲍威尔等人继承了美国西部的概念，并使这一概念更加精炼。事实上，这些随笔在出版的时候，斯特格纳正在创作鲍威尔的传记。斯特格纳的西部概念，是以弗雷德里克·杰克逊·特纳的议论为基础，包含了目前还存在很多争议的概念，诸如将西部作为未开垦的边疆。

1892年，特纳写了一篇题为《美国史上边疆的重要性》的随笔，描写了关于被开放的西部和被封闭的西部、荒野的自由以及后来从个人主义过渡到大众社会期间持续发生的灭绝危机等问题。斯特格纳总是给人一种经常使用特纳的世纪末美国边疆观的印象。倘若以1890年的人口调查为基准，从1940年犹他州的大部分地区依然可以说是边疆这点来看，他的主张是正确的。斯特格纳内心怀揣着不安，同时居住在旧美国西部和新美国西部。辩证地读他的作品，我们就能够理解斯特格纳的荒野论构成的优点和局限，尤其是关于特纳的思想对于他的影响。换而言之，斯特格纳的论点是有其历史背景的。爱德华·阿比是斯特格纳在斯坦福大学任教时的学生，他曾说过：荒野不需要拥护，只需要拥护者。另一方面，威廉·克罗农在最近发表的论文《荒野的问题点》中，主张荒野完全是文化性的创造。斯特格纳面对这一论争并没有支持任何一方。他在听取两方面的意见的同时将目光投向了人类的价值和对于土地的伦理性责任。

《荒野来信》是在美国西部面临危机时写的。并且如埃利奥特·韦斯特所言，斯特格纳其他的随笔，特别是《历史、神话以及美国西部作家们》描写的正是危机状态本身。韦斯特所要表达的是，对于斯特格纳而言的美国特色的西部危机，"必须要从两个方面来理解：一个是何为美国西部，另一个是美国西部人究竟是谁？"（Rankin，63）所谓的危机就是在相互形成中的一种状态，一个过程。

所以，在斯特格纳看来，西部和西部人并没有区别。二者之间有着诸如生态学的联系。斯特格纳自身既不相信个人主义，也不相信大众社会。他既不希望一切都处于野生的未开发的荒野状态，也不期望一切都成为被开发的风景。正是这种什么都不期望的态度，才大大地增强了他思想的模糊性。所以在"希望地理学"中，我们看到了希望的同时也看到了危机。可以说，通过这个生态学的过程，斯特格纳提出了比特纳更具伸缩性且建设性的见解。

换句话来说，关于这种相互形成，斯特格纳拥有比两分法更多的思考。简而言之，斯特格纳能够向人们展示出西部中自然的以及文化的两者之间的关系性力学。

斯特格纳的诚实是毋庸置疑的。他的善良和大度也是如此。斯特格纳的立场，使其预见了他所拥护的荒野运动指导者们的决定。例如，荒野运动的支持者们虽然反对为恐龙国家纪念品而提出的水坝计划，但却赞成格伦峡谷的水坝计划。对于斯特格纳来说，格伦峡谷并非是"无人知晓的地方"，实际上他对此非常了解。[1]但是，斯特格纳在决定塞拉俱乐部和荒野协会等的优先顺序时，并没有支持那个决定。（Cohen，178；Thomas，175—

177）斯特格纳在提出自己自身的计划时，以及对共同体制妥协时的大度，正是他诚实的表现。而这种诚实却为他招来了更加严厉的批判。

正如丹·弗劳恩斯在谈及斯特格纳的《作为生存空间的美国西部》时所言，我们在西部旅行的时候，感觉如同把斯特格纳的书带在身边，仿佛那些是神圣的教科书。弗劳恩斯写道："在把斯特格纳思想内在化这一点上，我和很多人是相似的。"弗劳恩斯的文章能够让人想起斯特格纳的影子。因为他使用的似乎是斯特格纳使用的句法，并且一直想要模仿斯特格纳的风格。他想要实现斯特格纳那种谨慎、直率、矜持地把握濒临危机的美国西部的态度。这关系着作家的"声音"，并且非常重要。

斯特格纳喜欢书籍，也尊敬出版社的人，所以《山水之音》以为某公立图书馆的开馆纪念演讲的方式结束也是理所当然的。那样一种编辑方式，显示了他在文学上的诚实。斯特格纳的书名，从结果上来看是隐喻式的。这种隐喻表现，让我们不得不思考作家是如何谈到那些风景、那些被限定的文化生命线以及我们所谓的资源的。进而，使我们验证为什么通过隐喻表现，比单纯把风景作为自然对象来对待具有更大的威力。纯粹主义者们畏惧斯特格纳作品中表现的人类中心主义思想，但实际上斯特格纳已经构想出了可能实现的荒野思想。虽然其中存在一些问题，但是他的策略仍值得人们详细分析。

3. 希望的地理学

伊丽莎白·库克琳恩在随笔《为什么我读不懂斯特格纳》中指出"深信美国西部经验是文明建设的一部分"，这种状况是从历史上删除美国土著居民的存在，也是主张欧洲移民的土著性。斯特格纳说："努力、向善、乐观、不屈服等这些淳朴的品质就是西部的传统。"（*Sound*，184）斯特格纳相信自己或者同伴作为个人的体验能够看到边疆开拓的终结。那是一个过程的终结，同时也是他那个时代一个固有的西部体验的开始。在《山水之音》序章的结尾部分，斯特格纳乐观地书写西部时，也展示了对于一种乌托邦式西部可能性的隐隐热情。题名为《落后于时代》的随笔刚展示出一抹希望便收尾了。"这既不是鼓励的言辞，也不是预言，只不过是作为西部出身的我一个无可救药的希望罢了。"《结论》一章伴随着"希望的地理学"完结了，而序章结尾部分则是把"希望"当作了关键词：

> 虽然我们可以愤怒于毫无责任感的人们面对高尚的大自然时所做的事情，但却不能对西部失去信心。因为这是一片孕育着希望的土地。希望的本质不是简单的个人主义，而是需要大家的同心协力，只有当我们领悟到合作才是西部的特征，才能维持西部的特色之时，西部才能达成梦想，源远流长。如此，西部才能创造出与其风景相适应的社会。（1980，38）

为什么需要希望？为什么希望在西部？怎样才能让社会与其风景相适应呢？美国西部发生的文明创造的过程，同其他地方的过程有什么不同吗？文明创造是普遍的人类行为吗？我们是否应该将创造与风景相适应的社会作为奋斗目标呢？风景的审美价值能否成为评判更加完美社会的基准呢？

　　显而易见，斯特格纳对于高度的文明、图书馆、伦理的讨论及一些具体的行为是负责任的，而不是在故弄玄虚。斯特格纳深信西部人应该建设某些有价值的东西。这些价值观值得富有学识的研究者们去怀疑。赞同是简单的，批判是困难的。因为斯特格纳对于美国西部的担忧巧妙地唤起了我们自身的不安，所以我们往往毫不怀疑地接受他的观点。但是斯特格纳的感情真的是我们内心的感受吗，还是和我们处于不同立场相隔甚远，或者根本就是毫无关联的另外一种事情呢？

《荒野来信》是后来才被收录在《布满神力的土地》中的。实际上，斯特格纳在 1980 年时就已经考虑到《荒野来信》的历史前后关系。在向《活着的荒野》杂志投稿时，斯特格纳如此描述了 1960 年的情况：

> "原生态自然法案"已经被质疑很多年了，虽然几次成为公开文件的主题，但依然未被通过。因为期待不久之后看到自然中残存物的详细目录以及管理部门的重组，所以，我想针对野外娱乐消遣资源检查委员会的报告发表自己的拙见。（Stegner，1998，117）

斯特格纳对于自己的投稿一如既往的谦虚。"是运气还是偶然，还是充分准备的思考，同时向所有知性前进的神秘向心力所致，我的信似乎触动了读者们的心弦。"看到信被广泛流传，斯特格纳说道："我认为这并非证明了它有特别的文学价值，而是证明了我要表达的思想中深藏着一种真挚的普遍的信念。"

斯特格纳并非为了荒野要穷尽所有的议论，而是为了集中于唯一实用的论点，他说道："我已经准备好了关于荒野保护的论争。但那并不是作为单纯的科学保护区、土地保管场所或者游乐场所。而是一种精神财富，是能够使我们作为一个国家、一个公民，再次明确自己身份的边疆开拓地以及它的一段历史残片。"换而言之，斯特格纳并非对所有观点都抱有敌意，而是选择了一条更实际的道路。把争论的对象聚焦于美国，把自己的争论定位于边疆神话中，并在 1980 年尝试把问题放到具体场景中进行讨论。也可以说，他提倡关于荒野的所有问题都应该扎根于具体场所，而且必须以作家们重视的场所为基础。斯特格纳说："我一边想着国会礁、圣拉菲斯维尔、埃斯卡兰特沙漠、水瓶座高原等这些犹他州南部的沙漠，一边抒发着自己的情感。"他将焦点集聚在自己的场所，运用自己的声音。但我们或许应该发问，场所真的会唤起争论吗？或者是相反的，论争为了表现它的构成而利用了特定的场所吗？

提倡荒野保护的斯特格纳不做作，也不拘泥于形式，但是文体中透露着他特有的坚决：

> 还是年轻时最好。因为荒野会用休假或休息的方式，为我们疯狂的生活带来无与伦比的健康气息，虽然可能只是暂时的。即使当我们老去的时候，荒野也是弥足珍贵的。只要它还在那里。也可以说作为一种思想，荒野是非常重要的。（147）

在斯特格纳的荒野思想中，由政府指定的作为荒野的特定场所和荒野的思想并没有什么区别。在某种意义上来说，那是一种人类主义。"我只想为曾经帮助我们养成性格，并且创造了作为公民的我们历史的荒野思想摇旗呐喊。"（146）那也是斯特格纳对令人恐怖的"一切由人类自己掌握的美好新世界"的抵抗。但是在这个众多作家发出悲观的、忧郁的声音的时代，斯特格纳却选择了令人振奋的结论。"即使我们不会驾车行驶到那里的尽头，也不会做长时间的停留，但是单纯的能够让我们利用的野生区域也是必要的。因为那是为了再次证明我们作为生物依然健全的一种手段，也因为荒野是希望地理学的一部分。"（153）

4. 斯特格纳和戴鲍特

也许会觉得有些不可思议，斯特格纳自始至终只是阐述自己关于美国西部文化及社会发展等问题的想法。为了理解这些思想的进化，我们必须要了解斯特格纳的文化背景。伯纳德·戴鲍特和华莱士·斯特格纳都是作为犹他州的"局外人"（Outsider）

成长起来的。他们拥有相似的问题意识，又是敞开心扉的好朋友，在戴鲍特的刺激下，斯特格纳才开始参与有关西部的论争。斯特格纳创作的戴鲍特的传记《不舒适的安乐椅》（1974 年），也称得上是一部值得赞赏的作品。他们研究在犹他州形成的文化世界。

1934 年 8 月，戴鲍特在杂志《哈珀斯》上发表了《被掠夺的地域》，他写到，美国西部是华盛顿"愚蠢政府"庇护的华尔街金融组织所倡导的殖民地化的牺牲者。"被掠夺，被背叛，被出售的西部人，是一群抱着愚昧历史的人类。"（Thomas，37）如此这样，为了成为从东部资本主义那里守护西部公共土地的代言人，戴鲍特开始了作为专栏作家的工作。但是他无法继续将西部人写成纯粹的牺牲者的形象。戴鲍特批评的对象，起初是那些强夺西部资源的东部金融者们，后来才将矛头指向当地的掠夺者们，特别是企图将国有土地出售给各州的人们。被称为"犹他州和内华达州的艾蒿叛乱"（Sagebrush Rebels of Utah and Nevada）组织，想把土地出售给企业家们。正如约翰·托马斯在《心中的祖国——华莱士·斯特格纳、伯纳德·戴鲍特、历史以及美国的土地》中写的："委托给戴鲍特和斯特格纳的遗产，是和美国西部相对的悖论——例如，无垠的空间和封闭的空间、空地和边境、有一席之地和无依无靠、机会和界限、自由和压抑、梦想和现实的关系等等。"身为都市人，斯特格纳渴望文明，但是却拒绝来自东部沿岸的文明。斯特格纳非常憎恶现代，渴望西部文化能够远离现代独立发展起来。作为被掠夺的土地、殖民地的西部思想，与想要保护荒野的实际行动似乎有所偏离。

他的个人经验不仅根植于当地，也有国家范围的东西。"50 年代初期的环境思想，有两大障碍。一个是麦卡锡主义，另一个是共和党的开发主义。"（Thomas，140）艾森豪威尔的内务长官麦凯在 1953 年说道："我并不赞同那些抱有应该把我们的森林作为管理对象这种错误想法的人们。"发表此番言论的麦凯正与上述两个障碍密切相连。斯特格纳和戴鲍特看到了美国巨额金钱和庞大的政府以及州政府的权力和个人权利的对立，他们做出了一个选择。也许那不是明智的决断，但是作为人们权利的守护者，他们要和庞大的政府联手。

许多西部地区的议员们，都和内华达州的帕特里克·麦卡伦同样支持艾蒿叛乱和麦卡锡主义。如果以斯特格纳和戴鲍特的观点来看的话，这两个运动都在攻击言论的自由和民主的政府，践踏美国人自然的、文化的根基，甚至企图通过支持州权的途径联合南部各州的人种差别论者。1980 年，斯特格纳一边思考着《荒野来信》，一边如下写道：

> 艾蒿叛乱不仅有碍于公有土地的长期管理，对荒野本身来说也是最大的敌人。如果在 20 世纪 40 年代，这个敌对的立场获得了更多的支持的话，那么留给我们的荒野也许已经没有了，国有森林土地也会被破坏殆尽吧。如果在 20 世纪 80 年代，这个立场得到拥护的话，那么现在我们拥有的只剩下和官方设立的荒野一样的东西了。政府机关并非完美的组织，他们有偏袒较大利益一方的不良倾向，所以往往不会选择中立。虽然如此，政府机关仍然代表着公益，并不代表着那些企图想要利用公用资金榨取公共资源的企业利益。（斯特格纳，1998，119）

但是我们是否应该把斯特格纳和戴鲍特称为环境主义者呢？和其他同时代的人们一样，他们把自己称为"自然保护主义者"。我们正式使用"环境主义者"一词通常是在 20 世纪 70 年代以后，该词语基于他们的地理决定论，基于他们关于美国西部的文明发展已经要超出环境所能承受的极限这一共同认识。换而言之，他们相信大草原和落基山脉决定着当地人们的行动这种"地理性的必然命运"。地理决定论，使斯特格纳认识到作为干燥的产物的西部的极限，并且开始关注它。"干燥的气候创造了丰富多彩的美国西部。"结果书写西部历史，也是在书写突出环境重大意义和决定性作用的环境史。作为历史学家的他们想要把环境的教育作为"极限的遗产"，告诉大家。斯特格纳也是这样写的。"也许暂时我们可以否定它，但是结果反而更加巧妙地证明了它的存在，使人们不得不顺应它。"

5. 作为共同体代言人的斯特格纳

但是如果按照麦凯所说的那样，在 20 世纪 50 年代的麦卡锡主义和艾蒿叛乱的世界中，自然保护运动等同于共产主义运动，在那种制度下，强化州权就成为了让人种歧视论永久化的一种策略，变成了一种只能出现在公共场合的特定论争了。"场所本身一无所有"，斯特格纳在《这是恐龙》的序章《人类的足迹》的一篇随笔中写道，"场所本身没有任何意义。所以无论如何也不能说它真的存在着。除非人们去感觉它，去运用它，去反映它"。看到斯特格纳这样的研究方法，大多数批评家们会认为他是一个人类中心论者。但是，斯特格纳在前一页中如此写道："我们生活在一个抗生物质的时代。抗生意味着'反生命'。我们不应该反对任何生命体。因为那是一条能够使我们和恐龙一样走向灭绝的不归路。"因此，斯特格纳有意识地做了一个决定，那就是从关系人类的幸福和人类的决定之处着手形成自己的观点。显而易见他的观点是以人为本的，文明主义的，也是有文化底蕴的。为了共同体和整个时代，斯特格纳才会选择为荒野摇旗呐喊。换而言之，斯特格纳作为同时代的人，选择了生存。塞拉俱乐部和荒野协会，很多情况下都依赖于斯特格纳的随笔。这些组织的领导者们，在 20 世纪四五十年代召开的塞拉俱乐部例会荒野会议，讨论了必要的战略，并且不主张排除人类的生命中心主义，而是决定就荒野的管理（stewardship）和对人类的价值进行讨论。他们是生活在 20 世纪 50 年代的一代人，是那个时代的代言人。结果，斯特格纳在这样一个框架中构建了自己的理论，并为同时代共同体的决定振臂高呼。不仅是时代的制约，还有斯特格纳自身的制约——这些都反映了斯特格纳的基调、内容的选择以及关于恐龙的书中提示的途径和发现。斯特格纳的论点，反映出一个全新荒野命运的抬头。并且正是这些选择孕育出了 1964 年的原生态自然法案。不是作为一个勇于打破常规的人，而是做一个建设性改革的拥护者，我们必须要尊重为文化制度的共同体作出了贡献的斯特格纳的选择。

注释

（1）"无人知晓的地方"——"The place No One Knew"指的是艾略特·波特的著作 *The Place No One Knew*: *Glen Canyou on the Colorado* (1963)。

参考文献

Benson, Jackson J. *Wallace Stenner*: *His Life and Work*. New York: Viking, 1996.

——. *Down by the Lemonade Spring*: *Essays on Wallace Stegner*. Western Literature Series. Reno: University of Nevada Press, 2001.

Cohen, Michael P. *The History of Sierra Club*, *1892 – 1970*. San Francisco: Sierra Club Books, 1988.

Cook-Lynn, Elizabeth. *Why I Can't Read Wallace Stegner and Other Essays*: *A Tribal Voice*. Madison: University of Wisconsin Press, 1996.

Cronon, William. "The Trouble with Wilderness." *Uncommon Ground*. Ed. William Cronon. New York: Norton, 1996.

Etulain, Richard W., ed. *Conversations with Wallace Stegner on Western History and Literature*. Wallace Stegner and Richard E. Etulain; with a New Foreword by Stewart L. Udall. ed. Re-no: University of Nevada Press, 1996.

Meine, Curt, ed. *Wallace Stegner and the Continental Vision*: *Essays on Lit-*

erature, History, and Landscape. Washington, D. C. : Island Press, 1997.

Rankin, Charles E. , ed. *Wallace Stegner: Man and Writer*; Forwarded by Stewart L. Udall. Albuquerque: University of New Mexico Press, 1996.

Stegner, Wallace Earle. *Beyond Hundredth Meridian: John Wesley Powell and the Second Opening of American West*; with an Introduction by Bernard DeVoto. Lincoln: University of Nebraska Press, 1954.

——. *The Sound of Mountain Water.* Revised ed. Garden City, N. Y. : Doubleday, 1969.

——. *The Uneasy Chair: a Biography of Bernard DeVoto.* Garden City, N. Y. : Doubleday, 1974.

——. "The Geography of Hope. " *Living Wilderness.* 1980.

——. *The American West as Living Space.* Ann Arbor: University of Michigan Press, 1987.

——. *Crossing to Safety.* 1987. New York: The Modern Library, 1987. 2002.

Stegner, Wallace Earle, and Wayne Owens, eds. *Wilderness at the Edge: A Citizen Proposal to Protect Utah's Canyons and Deserts.* Introduction by Wallace Stegner: Forward by Wayne Owens. Salt Lake City, Utah: Layton, Utah: Utah Wild-derness; Gibbs Smith [distributor], 1990.

Stegner, Page and Mary, ed. *The Geography of Hope: A Tribute to Wallace Stegner.* San Francisco: Sierra Club Books, 1996.

Stegner, Page, ed. *Marking the Sparrow's Fall: Wallace Stegner's American West.* Edited with an Preface by Page Stegner. New York: H. Holt, 1998.

Thomas, John L. *A Country in the Mind: Wallace Stegner, Bernard DeVoto, History, and the American Land.* New York: Routledge, 2000.

Worster, Donald. *A River Running West: The Life of John Wesley Powell.* New York: Oxford University Press, 2001.

在石牟礼道子的《天湖》中看到的
多次元世界

布鲁斯·艾伦/相原优子、相原直美译

1. 序言

　　1969 年出版的《苦海净土——我们的水俣病》，使石牟礼道子的作品不仅在日本被知晓，在世界范围内也广为人知。但是，《苦海净土》带来的初期声誉对于石牟礼道子来说是喜忧参半的。因为很多读者通过这部作品，将作者的人生和作品与作为和水俣病这一特殊环境问题战斗的环境保护者石牟礼道子过分紧密地联系在一起。的确，由于产业污染，位于水俣湾附近的石牟礼道子的故乡遭受了很大的破坏，仿佛是命运的必然，这一悲剧成为了她所关注的中心事件。而且，这一悲剧的回音也始终贯穿于她的一系列作品之中。但是作者被过度地和这一悲剧以及涉及这一悲剧的早期作品联系在一起，甚至导致了给作者进行了不当的定位。由此，包括很多批评家在内的一般读者，不仅忽视了她最知名的作品《苦海净土》中的艺术创意，而且还忽视了作家其他作品的存在。如果只用"环境文学作家"（environmental writer）这一头衔来概括石牟礼道子的话，会显得过于随意。因为这种概括方式完全忽略、排除了她的作品所具有的对于艺术的丰富性和多样性考虑和可能性。

　　虽然石牟礼道子常年密切关注社会问题和环境问题，但她却只用"普通的家庭主妇"来评价自己。由此，笔者认为石牟礼道子更愿意让自己深深地扎根于家庭或地域社会中，而不是创作活动和环境保护活动。石牟礼道子是一位家庭主妇——与家庭紧密结合的女性，她无畏地观察，大胆地描写。不管是置身于文坛还是环境保护运动中，石牟礼都厌恶被置于受人注目的立场。然而她的人生却将她推向两个不同的方向，其结果是她不仅成为水俣病受害者不屈不挠的辩护人，同时也成为了正面挑战现代日本文学潮流的作家。石牟礼肩负的这两项任务，非但不冲突，反而相互补充强化。为了表现对于人类、地域社会、土地、故事的广泛关注以及对它们的责任感，石牟礼创造出其独特的文学风格，那就是将从古代神话到现代敏感的新闻报道等广泛的文学史料灵活融入到作品中。《苦海净土》的英语翻译者利维亚·莫内如此评价这部作品的文学意义——"这部作品可以看作是对现代日本文学语言低俗化抱有不满的石牟礼进行的语言改良，也可以看作是石牟礼开创文学新体裁的尝试，这种新体裁融合了纯粹的自传、小说以及新闻报道"（*Paradise in the Sea of Sorrow*，**V**）。

　　在包括《天湖》在内的一系列作品中，石牟礼不断努力地创作新鲜的文学作品。通过这些创作过程，她在探索小说、随笔、诗歌、能乐等越来越多文学体裁的同时，还将这些体裁相互糅合、不断拓展领域。2002年，石牟礼为能乐舞台创作的新作《不知火》在东京上演。石牟礼在这部极具冲击力的作品中，交织着古代世界的神话，和围绕着形成在《苦海净土》以及《天湖》中采用的她所关心的根本——大海与分水线环境的保全的连续斗争。这些作品透露出的共同信息是——我们有必要借助，把传承而来的智慧和地域社会的接触独创性地重新解读的传统的力量。通过这些传统，我们的过去、现在和将来被联系在一起。石牟礼的作品不断变化，也不断地促使读者发生独创性的变化。

　　幸运的是，近年来石牟礼越来越多样化的作品获得了众多读

者的喜爱。批评家们的评价也越来越高，从中可以看出能够更加
公正地评价石牟礼作品文学贡献的姿态（莫内、墨菲、藤本）。
2002 年，石牟礼被授予极具权威的"朝日奖"，这充分证明了她
的作品逐渐获得了更高的评价，不仅因为对社会和环境问题的尖
锐评论，还因为其艺术性创作和卓越性。

本文主要想要研究 1997 年发表的小说《天湖》（英文标题
Lake of Heaven）。这部作品不仅将石牟礼文学的艺术功绩展现得
淋漓尽致，同时还进一步确立了石牟礼作为作家的地位——为现
代日本文学提供了新的方向性。在此，笔者尤其想要聚焦石牟礼
文学的文体。还将尝试论述她的叙事方法以及这种叙事方法是如
何构建出她独特的多次元世界的。另外，笔者还想要考察以她的
文体、环境以及生态系统为中心的石牟礼的想象力。

2. 故事中的故事

在开始具体考察这部作品的文体之前，我先尝试着简洁地介
绍一下作为这部作品基础的写作背景，原因在于作品中提到的几
个故事的描写手法本身，就象征着石牟礼文学的文体性创作中不
可或缺的构成要素。的确，从小说的构造方面来讲，《天湖》可
以说是复杂的"关于故事的故事"。要概括这部小说的故事情节
并不是件容易的事情。一方面因为这部小说是由众多的短篇故事
构成的，更重要的原因在于讲述故事的文体并非沿着传统的直线
型时间方向。另一方面小说频繁使用了倒叙、叠加的叙事方法，
构筑了被合成的多次元世界。这种多次元世界中，时间是循环往
复的，而并非像其本质那样单向直线行进。

《天湖》的故事情节，大致是以日本南部九州山区一个村落
的过去、现在、将来为中心而展开的。过去能自给自足的村
庄——"天底村"，由于修筑大型水坝而被淹没了，现在的村民
只好定居在仅有的一点残存的土地上，并形成了新的村落。而

且，修建的大坝和由此产生的新水库，仿佛是在企图一步步封闭村民和村落相互依存而产生的众多故事、传统和梦想。尽管如此，拒绝逃到城市、依旧选择留在村子里的一部分村民，主要是老人，为了与沉入坝底的古村落以及扎根于那里的传统和精神保持交流，仍然在继续奋斗着。他们终于通过自己的"梦"，回到了天底村。这个梦，不仅在睡觉的时候，在讲述故事、唱歌、跳舞、参加仪式等清醒时的活动中，也经常能体验到。这些村民通过共享"梦的时间"而产生的一体感是作品的主旨，向我们展示了他们想要继续他们特有生活方式的强烈愿望。

在远离世俗的山村部落天底村里，某天到访了一位20岁左右名为柾彦的城市青年。他是带着祖父柾人的骨灰来的。他原本打算将骨灰撒到湖里，看一眼自己祖先曾经生活过的故乡，然后就回到城市去的。但是，柾彦逗留的时间却远远超出了预期，这里发生的事情强烈地动摇了他的人生。通过一连串不可思议的经历，他初次接触到了古老村落的传统。柾彦终于意识到自己要与祖父丧失的世界保持精神联系的重要性，以及自己肩负着不能让这个世界的灵魂消失殆尽的责任。

柾彦和祖父柾人，他们两人名字的发音非常相似，作者数次有意地混淆他们二人，暗示着他们人生的某一部分在想象中相互重合。柾彦的祖父柾人因为村子被淹没，而被迫抛弃故乡移居东京。在东京他切身体会到失去了与作为自己生命源泉的故乡的联系，自己无法生存下去，于是他开始了远离尘世的生活，被周围很多人看成"怪物"。他想至少要与故乡保持精神上的联系，而这一充满独创性并且切实的尝试却被周围人理解成精神失常的征兆。结果，柾人被儿子和儿媳送入了精神病院。能与柾人进行精神交流的只有孙子柾彦一个人。

祖父柾人把琵琶送给了柾彦。祖孙二人经由这把琵琶，通过音乐世界保持交流。通过访问天底村，柾彦重拾之前失去的"真正聆听"的感觉。通过聆听歌曲和故事等人类创作的社会的、人工的声音，以及风、草木、高山等自然界的各种声音，柾彦逐渐恢复了"真正聆听"的感觉。在重拾这种感觉的过程中，通过置身于苦苦奋斗的共同体的过程，柾彦得以恢复了自己的灵魂。通过这些实感，柾彦决心创作出能够守护人类重要灵魂的新式音乐。

这部作品交织着充斥非法、背叛、权力政治的丑恶等因素引发的环境破坏的故事以及充满希望的故事。刚到天底村时，受到似乎是村里老巫女阳菜和她女儿小桃的邀请，柾彦在一间小草屋里住了一晚。在那里，他初次体验到每天重复的仪式一样的生活。同一天深夜，他们目睹了美丽的聋哑女孩小百合的溺水尸体。为了保护当地居民与水渠神们的正式联系，小百合负责敬奉神灵的舞蹈和其他神圣的任务。这样才能实现风调雨顺，保持自然界的和谐。我们知道小百合的死，与水坝的建设和被淹没的古老村落的悲剧命运有着密切联系。小百合的死也让人们担心支撑这片土地的故事传说以及传统舞蹈是否也要趋于灭亡，但是多亏性格暴躁的年轻小桃决心继承小百合的事业，为自己生活的土地承担起进行仪式的任务。由此，希望之火再次燃起。另外，从柾彦的新音乐以及他自身成为村落中一员，大家也看到了希望。作品还向读者暗示：即使柾彦会回到城市，但他也已经发生了变化，他会继续保持天底村的精神。

这部小说虽然没有详细说明村落和村民的最终命运，但作者在文章结尾燃起了希望——柾彦和村民们会继续守护作为他们生命源泉共同体的传统。作品并没有将乡村与城市的冲突放入善与恶的单纯框架中去描述。只是表达了如下的观点——无论居住在乡村还是城市，所有人都会必然地相互联系，为了能够生活下去，我们必须依赖共有的文化资产。

3. 次元性和叙事方法

　　以上简单地介绍了《天湖》中的几个故事的情节梗概，下面笔者将考察石牟礼为了构建独特的多元世界而运用的"叙事方法"。首先，笔者所提到的在石牟礼道子文学世界里的"多次元性"到底是怎样的呢？在阅读该作品的过程中，读者通常会感觉到——在某个层面叙述的故事里是否至少还存在另一个平行的层面或者是次元，并且是相互呼应呢？这种"多次元性"，是通过时间、地点、故事等多种元素重叠混合的技巧创造出来的。与此相同，这种"多次元性"还会确立起一种"梦的时间"，在这里面，正常的时间、空间、叙述者的界限变得模糊不清，最终融合在一起。使这种多次元的叙事方式变为可能的日语特有的语言潜在功能和灵活运用这种语言潜在功能的石牟礼特有的叙事方法，促成了这种"多次元性"。作者偶尔也会明确表述这种多次元世界的感觉，但大多数情况下都只是给予暗示性的启发。这样恰恰为小说增添了丰富的质感和韵味。

　　文章中有多个地方能非常明显地体现出石牟礼对多次元性的执着态度。如果从中举一个例子的话，笔者列举在小说结尾部分，来自九州深山村落的中年男子克平与首次体验乡村生活的东京少年柾彦交谈的场面。交谈中，克平讲述起小时候从祖母那里听来的闪电传说：

　　　　闪电，就是龙神出来到处飞时的样子。它和天上的神仙说，不要生气，不要生气。用袖子把闪电包起来。到了秋天到处都有闪电，连天神们都不放松警惕了。（374）

克平对回忆起来的传说，表达了自己的感想：

　　我自己也不是很清楚，那些封闭的闪电里或许有另一个不同的世界。不过，那个不同的世界到底是怎样的呢？哎呀！我竟然会想这种事！真是被你这个从东京来的年轻人给传染了，太危险了！尽想些不着边际的话，这样可是会栽跟头的！（374—375）

　　这一段中，作者直接提到了多次元性。小说其他部分关于多次元性的思考，一直都是以间接的方式暗示的。有时，作品采用多个故事和叙述者交织的方式表现多次元性。例如，上一段中，作者就将克平祖母讲述的关于村落的神话传说与关于来自东京的柾彦介绍的"次元"这一最新流行抽象概念交织在一起。这样一来，通过故事中嵌套故事，现实与梦境的界线复杂地缠绕在一起，石牟礼创造出了独特的次元世界。石牟礼采用的叙事技巧是，为了使时间的区分变得模糊，使过去、现在、未来的事情串联结合起来，将读者一步步引入由复杂的相互交织的故事构筑的多元世界，从而让读者借助想象力融入非线型时间里存在成为可能。这个世界，与我们通常深信的由直线型时间概念支配的现代社会，形成了奇妙的对比。

　　《天湖》是由克平、他的祖母以及柾彦所听到的数十个甚至上百个传说、故事、往事构成的。在这些故事展开的过程中，作者频繁使用倒叙手法。用这种方式讲述的故事，会时而让读者感到不安，时而引起思维混乱，但是最终还是为我们呈现了具有普遍性的丰富的文章脉络。伴随着正常的直线型时间概念被干扰并且变形的过程，对于读者来说更容易理解与小说中描绘的自然界有着更深层次交流的人们所在的异界空间，也更容易融入其中。石牟礼在小说中多次混入万物有灵论、神道和佛教的故事，这为创作现代的"梦的时间"时的背景做了准备。另外，在这种"梦的时间"里，存在于人类之间或者人类与其他物种、空间、时间之间的明确差异消失了，我们通常认为性质不同的东西也相互融合在一起。

下面引用的一段文字充分体现了石牟礼关于人类与人类之外的存在——甚至涉及生者与死者——交感的可能性的思考。这段场景描写了在类似于巫女的老妇阳菜的引导下，柾彦初次接触到天底村风俗习惯时的情形。柾彦渐渐意识到自己不仅能和树木等人类以外的存在对话，而且还意识到了或许是最重要的事情：

> 阳菜紧抓着杨桐树干，注视着年轻人，并且慢慢将目光移向他的耳朵上，仔细观察年轻人打盹的样子。
>
> 当年轻人突然回过头时，阳菜回答了刚才的问题，仿佛在读着看不见的文字。
>
> "因为歌坂下的蚁母树能说话呀！"
>
> "我也想和那棵蚁母树说话，但是我根本没见过它。"阳菜目不转睛地看着柾彦。
>
> "没见过，蚁母树？真的？"
>
> 她大概在说如果想要见到沉入水底的村民们，首先要找到一棵没见过的树，然后向那棵树问路。这位叫阳菜的老妇，一直在讲树的事情。她的语言很奇特，和我之前听到的语言都不一样。柾彦想她肯定有一个自己的世界，所以才能说出来好像是刚刚诞生的奇特语言。（47—48）

石牟礼多次运用的"叙述"转移的手法，是在其文学多面性、非线形的时间性里不可或缺的要素。小说的"叙述"会突然发生改变，甚至在小说的特定一页或者特定一章节中也很常见。而且这种改变完全是出人意料的。例如，有时会从出场人物的第一人称叙述突然变成第三人称的全知叙述，有时会转变成自省式独白，还有突然转变成更普遍的意识流的叙述。而且，可能还会突然回归到其他登场人物的限知叙述。另外，石牟礼还经常运用独创的暧昧手法，使读者很难分辨到底是谁在讲话。很多时候，读者会产生这样一种印象——感觉到某句话好像是由多个人叙述的，而且这句话好像又反映了多个人的意识。为了创作出气势磅礴的"音景"，作者便采用了这种多重叙述的叙事方法。所谓"音景"，是指支撑、加深视觉影像和故事梗概的各种作用的总和。

同样，这种叙述的语气和措辞也会出其不意地发生改变。难以理解的、抽象的哲学独白，与突如其来、朴素平实又具有美妙抒情性的方言进行的日常对话是同时存在的。这些特征，从另一个侧面证明了石牟礼非常重视声音，强调认真倾听的重要性。实际上，石牟礼可以被视为运用方言的高手。她创造出了批评家们提到的独特的"石牟礼方言"。就像石牟礼作品的译者及评论家利维亚·莫内评价的那样，"石牟礼方言"将当地的方言转变成了"优美、抒情的诗性语言"（*Paradise*，V）。

在石牟礼作品中所看到的多次元性的侧面，通过日语独有的语言特性得以进一步加深。使用日语进行创作时，作者不必明确指明文章的主体叙述者是谁。对于母语并非日语的读者来说，这是一个非常令人头疼的难题。因为通常在英语或其他西欧语言中，例如"他说……"、"她认为……"或者"他们去了……"等表达方式，都必须明确主语。但是，日语一般不会指明主语是谁，可以说日语本身含有一种积极意义上的模糊性。读者根据解释能想到作品中的人类之间、人类与和类人以外的生物，甚至是岩石、石子等自然界的无生命体之间，可能共享声音和意识，他们也被促使着朝这一方向进行思考。在欧美文学中，恐怕除了诗歌以外，几乎没有作品能与拥有这种复合特性的叙述相匹敌。关于这一点，笔者认为由劳伦斯·布尔指出的沃尔特·惠特曼特有的叙述方式，与石牟礼的叙述方式具有一定的相似性。对于惠特曼作品中的叙述者，劳伦斯·布尔评论道："惠特曼交替使用限知视角和全知视角，时而成为旁观者时而又成为参加者，时而是统一的存在，时而又如同粘贴画一样被分解粘贴到社会上的某个

角落，可以和其他人互换角色。"（91）

　　另外，与其他语言相比，日语动词时态的表达方式是受限的，从本质上来讲，在大多数的场合，看起来不够清晰明确，至少是对于那些没有习惯日语特有的含蓄、模糊的表达方式，不以日语为母语的读者来说。例如，日语中缺少将来完成时和过去完成时。大多数外国读者无法理解这种日语时态本质上不断产生的有意的不确定性，这自然会使他们备感沮丧。石牟礼作品中的这种时态问题，与石牟礼文体特有的非线型时间的框架复杂地结合在一起。

　　石牟礼作品的特性——不确定性，与日语内在的一种模糊性关联起来，不断地得到加强。在此之前就有很多著名作家提到日语的模糊性，比如，1994 年在诺贝尔文学奖获奖典礼上发表演说的大江健三郎，以及在 1933—1934 年发表了《阴翳礼赞》的谷崎润一郎。

　　但是，这种日语特有的模糊性越重要，笔者就愈发想强调必须谨慎地运用这种表达方式，尤其是对欧洲各国的读者更应如此。因为，在介绍之前的日本文化、文学和日本人的性格倾向时，曾经因为使用这种表达方式而招致了很大的误解。最严重的情况是，这种模糊的表达会使人认为日本人天生不果断，从来不会明确地提出自己的想法，也不会明确地回复"是"或"不是"，总之他们认为不能信任日本人。而且这种表现还会促使人们对日本人产生一种内在的含有歧视性的偏见。但是，在文学领域，一般会稍微中立地，或者从表面看来可以称之为宽容的态度来运用模糊表达。不过，即使在这种情况下，模糊表达也经常引起误解。因为使用这一表现时，很容易令人感觉日本的文学作品缺乏坚韧的理性，是朦胧模糊、不够清楚的。因此，当我们使用"模糊"、"不确定性"、"多义性"等这些潜在的便利词语描述石牟礼的作品时，我们如此应该理解它们意味着——这些词语即使在艺术性的选择项中，囊括了许多特别丰富的要素，这些要素包含了结合了时间、空间、人类多次元表达的可能性。

4. 环境和言灵

最后，笔者将《天湖》作为环境文学作品，尝试从生态批评的角度简单地进行解读。因为在作品中的这一侧面也很容易被误解。当然这部小说也反映了实际上在石牟礼每部作品中都能够看到的生态学的视点（Monnet, in "Introduction" to *Paradise*, and Murphy）。另外，从《天湖》中还能感受到石牟礼强烈的生态女性主义（Monnet, in "Introduction" to *Paradise*, and "In the Beginning"）。但是，大多数场合下，石牟礼的生态学思想或者是"主张"，是间接的、暗示性的，而非直接从正面提出的。这是因为石牟礼认为，为了回归到精神、环境两方面都健全的世界中，再次将目光投向自然界这一根本性行为，才是最不可或缺的条件。另外，石牟礼强烈地期盼复兴这种世界——在富有创造性的、活泼的精神共同体的中心，故事、歌曲、舞蹈和神话能够生生不息。为了实现这一愿望，她认为也许投身于抗议运动中，或者是学习生态学等知识是必要的。但是石牟礼强烈建议我们要弄清楚它们的先后顺序，必须优先首先应该做的事情——那就是融入共同生活群体中、时刻敏感地关注我们周围世界的动向、保护宝贵的文化传统、从新的想象力中创造出将成为我们前进道路上精神食粮的新的故事。

石牟礼的这种思想，关于在《天湖》的后半部分，已经开始意识到故事、梦境以及共同体的意义极其重要性的柾彦的内心已经觉醒的意识，作者在说明的部分明确地表述出来：

　　　　柾彦祖父想要描述的情景逐渐浮现在眼前。神婚的地点在天底山山脚下的湖中。村民们对于神婚非常谦恭，他们向神灵献歌期待神婚之夜能平安无事。秋分之际，天底山脚下无形湖中栖身的神灵会心平气和地归去。第二天清晨，小河雾气朦胧，河水略显白浊，神婚圆满结束，虽然没有下雨，河流周边的群山和田野都得到大自然的润泽。这同样也给海洋带来了生机。海底的水草和鱼贝也都生机勃勃，种类繁多。这就是作为滋润山河湖海的神灵栖身的天底村。

　　柾彦小时就经常听那个离开村子的老人反复讲述那些正在被逐渐遗忘的村落古老故事。另外，更加无心的听众，也就只有那棵巨大的银杏树了吧。柾彦虽然领会了祖父心中深藏的世界的含义，但还不至于将它与民俗学以及现在流行的保护地球的环境论联系起来。如果能够体会到在这里生活的老人们以及在梦中回到天底村的村民们的心情就好了。(337)

很明显在这一部分，为生态学的传说故事埋下了伏笔。但是，柾彦以及高度警惕的读者们在逐渐理解这一传说的学习过程中，没有碰到一个关于生态学的专门术语。而且，此处也没有涉及石牟礼所说明的频发的环境保护运动规范中明确记录的对于环境问题的解决方法。非但如此，作者还传达出这样一个信息——如果我们想要救赎自我，就必须回归到传说和共同体中去。

　　在共享传说和梦想的共同体中生活是非常重要的，石牟礼的这种思想在下面一段被明确表达出来：

　　在清醒时看到的共同体的梦境与现实错综复杂地交织在一起，柾彦感到非常有趣。难道我不仅能清醒地看到个人的梦境，而且还能看到村落共同体的梦境吗？(343)

石牟礼强调说，想要从传说和共同体中学到东西，我们首先要学会的是倾听，这才是最基本的态度。她指出我们的耳朵已经被堵塞了。和柾彦一样，我们失去了真正的"听觉"。来到这个保持着原始生活的村落后，柾彦立刻察觉到了这件事：

> 　　我感觉逃离了从喧哗的末世、粗糙的构造营建的世界。
> 本来打算将祖父的骨灰撒到湖里之后，顺便看一眼这个淹没
> 了似乎有些故事的古老山村的天湖，获取一些新曲创作的灵
> 感，之后就返回东京的。但是，好像有人在呼唤我，而且不
> 仅只有祖父在呼唤。
> 　　作曲的灵感究竟是什么？
> 　　弄清楚之前，我必须恢复听觉。必须修复耳朵——一直
> 都是坏着的我们的耳朵。（40）

在这之后，叙述形式突然发生改变。用内心独白的形式表达
出来的柾彦的个人意识，变成了可以被理解为作者石牟礼本人的
第三人称的思考。这些思考包括如下这些抽象问题——声音的本
质是什么？真正的倾听行为到底能听到什么？人类的语言、音
乐、文化是怎样和更高层次的听觉和语言结合在一起的，或者是
如何被再次结合在一起的呢？作者这样问道：

> 　　人们最先听到的音色是什么呢？假如意识到并将其命名
> 为笛子，会想到轻柔、敏感度高的鼓膜，会想到全感官和耳
> 朵共同的潮涌澎湃。在没有笛子这一词语和实物的时期，人
> 们用嘴唇夹住一片柔软的草叶，会发出微弱的妙音。如果还
> 想再发一次这种声音，就得集中精力吹这片草叶，此时很多
> 人都会惊讶于——人类这一鲜活的生命体与这种声音都成了
> 笛子的音色。与现代相比，在仍信仰言灵的时代，人类的声
> 音与物体的声音要更奇妙地组合在一起，而且被深信为那就
> 是世界的构造。当时，相当于现在的指挥者的更伟大人物，
> 时而在巍峨的高山之巅，时而在波涛汹涌的海洋之底。这样
> 看来，古时进行祈愿仪式的人，应该是拥有放眼世界的视野

以及高度敏感的听觉之人。在天底村泉边或者是湖底，是不是仍残留着最初的余音呢？（41）

小说全篇反复提及关于"言灵"的思考。石牟礼的作品与"言灵"密切相关。与全世界所有文化一样，"言灵"对于过去的日本是极其重要的要素，而在现代文明中，几乎已经消失殆尽。关于这一点，石牟礼的作品为我们敲响了警钟。但是另一方面，她的作品还暗示我们，即使不移居到像天底村这种深山古村，在东京这种城市里我们同样有希望恢复真正的感觉，就像柾彦一样，这种希望的暗示，通过石牟礼不可思议的视觉印象唤醒了：

> 柾彦走进了灵魂深处，将看似合理地移居到内心的城市文明一点一点地剥落，最后一丝不挂。柾彦敏感的神经不断颤抖着，紧紧抓住脚边的草叶，他感到自己与夜露即将融合为一体。……柾彦意识到了。是的，所有的物象相互交错重合，并且都拥有生命。白天，小桃曾指着脚下的红叶草，告诉我它的名字。和这株小草一样，自己也开始被渲染上了当地的"颜色"。之前失去的听觉完全恢复了。（94—95）

这一部分促使读者感到自己似乎也变成那片染上颜色的叶子。作者这种对于"言灵"再生的希望，在小说结尾部分，再次被明确地表达出来。这一段也向读者展示了作者对于生态学的完美理解：

> 从连绵起伏的山脚下，伴随着深厚的地层内部吐露的韵律，等待着必将到来的黎明的曙光，花草树木都翘首弄姿，等待着朝露细致入微的渲染，等待着自己被渲染成各种绿的时刻的到来。黎明的一丝曙光为繁茂的树林增添了无数种亮

丽的色彩。色彩与"言灵"一样，是在山野的草木与曙光融为一体时产生的。见证这一瞬间的人是最幸运的。天底村的人们就是那些古代叙述诗中的人们。(355)

石牟礼期望，生活在被破坏的现代世界中的我们，要逐渐向生生不息的这种叙述诗的精神靠拢，甚至是投身其中，与其共同生活。

在《苦海净土》的"改稿之际"，石牟礼这样描述自己的作品："说实话，这部作品像是最想唱给自己听的净琉璃。"这种元素在《天湖》中得以完整继承，也在她的所有作品中体现出来。石牟礼对人们内心的创造精神寄予了很大期望，并且她相信灵活运用这种精神才是我们最大的任务。她的作品告诉我们，充满灵感的希望和创造性的努力，能使我们回归到健全的世界，治愈我们受伤的灵魂。

参考文献

Buell, Lawence. *Writing for an Endangered World*: *Literature*, *Culture and Environment in the US and Beyond*. Cambridge: Belknap Press of Harvard University Press, 2001.

Fujimoto, Kazuko. "Discrimination and the Perception of Difference." *Concerned Theatre Japan* 2/3: 4 (1973), 112 – 154.

Ikuto, Shogo. "Modern Japanese Nature Writing: An Overview." *Literature of Nature*: *An International Sourcebook*. Ed. Patrick D. Murphy. Chicago: Fitzroy Dearborn, 1998.

石牟礼道子《天湖》，每日新闻社，1997 年。

——《苦海净土——我们的水俣病》，讲谈社，1969 年。

——. *Paradise in the Sea of Sorrow*: *Our Minamata Disease*. Engish tr. Livia Monnet. Kyoto: Yamaguchi Publishing House, 1990.

Monnet, Livia. "Translator's Introducition" to Ishimure Michiko's *Paradise in the Sea of Sorrow*: *Our Minamata Disease*. Kyoto: Yamaguchi Publishing House,

1990.

————. "Not Only Minamata: An Approach to Ishimure Michiko's Work." *European Writiing on Japan: Scholarly Views form Eastern and Western Europe*. Ed. Ian Nish . Tenterdent, Kent: Paul Norbury Publications, 1998.

————. "In the Beginning Woman was the Sun: Autobiographies of Modern Japanese Women Writers, Part Ⅱ." *Japan Forum*, 1: 2 (October 1989) .

Murphy, Patrick D. "Ishimure Michiko: The Price of Pollution and the Presence of the Past." *Father Afield in the Study of Nature-Oriented Literature.* Charlottesville: University Press of Virginia, 2000. 146 – 158.

Oe, Kenzaburo. Nobel Prize acceptance speech, 1994.

Tanizaki, Junichiro. *In Praise of Shadows*. Tr. Thomas J. Harper and Edward G. Seidensticker. New Haven: Leete's Island Books. 1997. (谷崎润一郎《阴翳礼赞》,《经济往来》1993 年 12 月刊, 1934 年 1 月刊初次收录。)

Takahashi, Tsutomu, Sadamichi Kato, and Reiko Akamine. "The Conservation Movement and Its Literature in Japan. " *Literature of Nature: An International Sourcebook*, Ed. Patrick D. Murphy. Chicago: Fitzroy Dearborn, 1998.

《幽灵西部——过去和现在的反省》

安·罗纳德/小谷一明译

绪论　被阴影笼罩的场所(节选)

　　一群男女在考验和忍耐的间隙，躲藏在9月份特拉基河边的胡杨林制造出来的树荫下休息。身后是他们刚刚结束长途旅行的充满敌意的内华达沙漠，翻越山顶的艰难还在前方等待着他们。遍地岩石的塞拉内华达。这些旅行者甚至在庆祝之前旅途成功的时候，都在思索着接下来的旅程，相互鼓励一定要在冬雪降临之前到达萨克拉门托。他们49个人十分清楚接连不断的危险。之所以这样说，是因为关于1846年到1847年唐纳队伍可怕的失败的孤独、饥饿，当然还有令人毛骨悚然的人吃人的传说，这些已经给要将要横穿这片平原的旅行者们蒙上了一层阴影。虽然对于此时的他们来说并不担心，但他们自身的亡灵也渐渐出现，给前路蒙上了一层浓暗的影子。

　　这些开拓者们（时至今日，随着里诺的城市化，他们的足迹已经消失殆尽），离开特拉基草甸，穿过大峡谷，向西北前进。然后又朝着最新被命名为唐纳湖的湖泊进发，最后再次取道向西，逼近前方耸立着的花岗石悬崖。即使现在也可以看见，树干上残留着的绳索痕迹，以及岩石与车轮相互摩擦而制造出来的发亮的地方。追寻着过往的车辙，我不禁对他们产生了联想。

　　面容憔悴的女人，已经褪色并且擦破了的平白细纹的衣服在腰部紧系着，眼睛昏暗而茫然。有着小麦色头发、被晒得黝黑的男人和胡子浓密的男人，正在拼命地把大卵石朝路边推。看起来大约有六岁和八岁左右的男孩和女孩，正在把变成金色或者灰色的白杨树的叶子朝上踢。婴儿在一边哇哇大哭。三个男人对着拴在巨大马棚车上那头瘦弱的牛，一边大声骂着一边或推或拉着。在山上面，一个十几岁的女孩正在用手压着破烂的女帽。她向下看着昨晚的宿营地，镶嵌在辽阔的风景中的唐纳湖看起来变小了很多。历史无意间悄悄地靠近这片湖水。那幽深的蓝色的湖水，在阳光的照射下平静的和平的湖水，是一幅从未知晓那些不愉快过去的样子。"安，不要停下来。"母亲催促着。在山峦相连的后面，厚厚的白色的雨云慢慢地浮现出来。

每次走过这个地方，我的脑海里面都会浮现出排成一列的男人们的亡灵，和他们家人的样子。以被约定的黄金之地为目标，他们拼命地从我的旁边穿过。穿着雪地靴从位于高海拔地区的塞拉湖的上游走过。那个时候我想起了在这片土地上受苦的人们的恐惧。现在，在这片湖水的岸边，排列着夏天的登山者小屋和冬天正面装着玻璃的避难所。但是愚蠢的唐纳队伍依然和那些被抛弃的队员们一起被这片土地纠缠着。同样地，他们之外的开拓者们的灵魂也勉强继续留在这里。那个面容憔悴的女人，苍白脸色的丈夫，他们疲惫不堪的孩子们，以及有着相似境遇的无数的亡灵，留在这里。我从书里读到了这些人的事情，想象到了他们可怕的经历。每年随着初冬季节的暴风雪的肆虐，想要去盆地的时候，就会感到他们的亡灵也降临了。

但是当时的49个人，大概不会考虑到亡灵的事情吧。估计他们自己相信前面是一片崭新的风景吧。在前方，看到的不是过去，而是充满了未来的大地。确定无疑的使命和约定之地的加利福尼亚匆忙地驱赶着他们。对于开拓者而言，几乎没有回头看看自己的时间。他们对于美国西部关于地质以及只有围绕着这片土地才会有的丰富故事毫不关心。对于他们这些垦荒者而言，也几乎没有意识到他们正在把自己刻进历史里面。

150年后，我用着与他们稍微不同的视角审视着西部。西部的讲述者和历史学家亲切地告诉了我采金的地方和山脉，甚至是厨房里面复杂生活的样子。把书当作地图，把风景当作向导，我和开拓者的前人们不同，开始去认识那些亡灵。追寻着他们的足迹其实是一件很快乐的事情。从19世纪到20世纪初期，合众国接收了广袤的大陆。我读着那些开拓者的故事，倾听着地域的特性，注视着文化的风土。另外，还想听听那些实际上发生的事情，被夸大的事情，还有那些被他们想起来的令人怀念的事情。

在被历史缠绕的场所里，似乎总会有一些什么特别的东西。在位于大小角河的上游草原的丘陵上，我尝试着用步子去测量散落着的白色十字架的间隔。在俄勒冈，我从河边离开去了水族馆，参观了触礁的大型的、古老的船只残骸。登上陡峭的峡谷突出如同平台一样的岩石，尝试着去想象在阿纳萨扎伊的石窟里面养育孩子的情形。乘坐吉普车看了已经成为了废坑的矿山遗址。花了10美元，巡视了空空的竖井，花了20美元，在没有人烟的选矿场溜达了一圈。站在大坝边上的时候，我总是在想"这个水底下面有什么呢"。在闲逛的时候，总是乐此不疲地听着过去的故事。还有就是，尝试着去想象现在没有的，例如大群的水牛和延绵不绝的野生的森林。为什么历史遗迹和史实如此的吸引人呢，这个疑问不断地困扰着我。

因为生长在西部，我成年之后，便开始阅读关于西部人们的书籍，去那些没有去过的地方探险。地质学、生态学、考古学、历史、文学这些所有的关心，驱赶着我从一个场所到另一个场所。我还拜访了南达科他州的薇拉·凯瑟开拓纪念馆和诸如拉什莫尔山那样的朝圣之地。但是在那里，参观一下纪念物或者欣赏一下景观，仅仅是凭借着想象在那个地方留下名字的人们并不能让我满足。我的视线也被那些来访的观光客们吸引了。他们在想什么呢，为什么这样想呢，最初吸引他们的东西是什么呢，想要带走什么样的不能知晓的东西呢？现在，在这个通过这里没有的过去从而去讲述自己的场所里，又有什么特别的意义呢？

第十六章　爱达荷州——熔岩大地（节选）

　　不知道休眠了几个世纪的火山龟裂，展现出未知的猛烈的初期阶段的样子。在清晨阳光的照射下，在这个展现出神圣静谧的场所里，没有一处和地狱有相通的地方。踏过火山渣的长靴响起了，仿佛是巧克力和冰沙破裂时发出的沙拉沙拉的声音。头上，两只夜鹰招展着人字形的翅膀，在晴朗的天空中飞翔。月球环形山像新月那样，重返宁静。地面上，许多蹄印被深嵌在那里。一定是今天鹿群比我更早地拜访了此地。眼前，除了轮廓尖锐的火山岩、扁瘪的火山渣和已经渐渐开始开放的黄色的星星花之外，别无他物。

　　我一边走，一边吟唱着阿兰·霍夫哈奈斯的交响曲——《圣·海伦斯山》中的一节。这三部在1983年创作出来的乐章，通过音乐把仅仅体验过一次的火山喷发还原了出来。实际上，对于火山喷发的场景，我并没有亲眼目睹，我所看到的是由神秘的空气层织成的，完美的火山灰的绿色过滤器。火山灰把喀斯喀特山脉北侧的山路遮盖得严严实实。我恰好行走在这条山路上，而在我之前的一头鹿，则把伏尔甘（罗马神话中火和锻造之神）的蹄印镶刻下来。在这里——爱达荷州的月球环形山，我想起了在华盛顿州的旅行，以及那片烟雾和清晨广漠的寂静。脑海里面小提琴正在演奏霍夫哈奈斯的缓慢乐章——《斯皮里特莱克》①。

　　左手边火山渣堆积地向着远处延伸，在一大片淡绿色的百合的中心，散布着镶嵌着水珠那样的黄色花朵。15000年前，在这个不毛之地的山腰里生长着茂密的树林。在地壳变动发生的那

---

　　① 音译。——译者注

天，大量的岩浆包围了树干，树木在直立的状态下被捕获，变成了木炭。像那样被溅上如同液体石膏般的树木，在活着的状态下被蒸发了。几个世纪过去了，虽然这些树木的样子已经消失，但空洞的树的形状依然残留着。内侧应该是被称为树鳞一样的东西吧，已经被加工成了波状的贝壳花纹。一只喜鹊，在一片空虚的如同幽灵的树林中用声音拉响了山腰的警报。但是，在满眼是火山渣的山腰上，作为打破单调风景的内容，除了这些树形的熔岩也就没有别的了。

接着《斯皮里特莱克》下来的慢板、快板的最终乐章，也以一支喜鹊短笛和长笛的颤音静静地开始。之后，定音鼓的破裂音打破了旋律，讲述着在这片宁静的森林里应该已经确定发生过的、火山喷发的故事。使用滑音的铜管乐器的渐强也加入进来。代替被淹没的树木，法国号奏响了风景葬送曲的呻吟。加大音量的定音鼓、喉声的铜钹、长号、大鼓、增大混音的大鼓、不规则的旋律、断音的旋律、突然的旋律。定音鼓如同原子弹爆炸那样炸裂，然后缓缓的，合乎规则的，仿佛熔岩的表面正在逐渐凝结那样，开始恢复了冷静。最后宁静的小提琴的音色，平静了圣·海伦斯山。

在空洞的树形熔岩旁边，我尝试着根据记忆重温了一遍一系列的火山活动。打击乐器和铜管乐器的炸裂声，木管乐器和弦乐的回声，大鼓、小号、双簧管、大提琴。但是在我一边听着交响乐的时候，我想象起了月球环形山的先贤们，尤其是军乐类的曲调。在这些叫做熔岩树——这些已经不存在的树木内部，像枪身的旋状沟一样卷着漩涡，变化成了螺旋状的炮口。因为这种形状，这里被命名为"战壕炮平原"。那之前，所谓的火山渣炮弹，在这片土地上抛洒了熊熊燃烧的熔岩。融化的玄武岩一滚落下来，熔岩便开始凝固，形成了叫做洋梨炸弹呀、纺锤炸弹呀泪珠状的岩石。若是凝结的熔岩在空中开裂的话，便会形成丝带炸弹。在高温的内部膨胀结束之前，有时融化的岩石的外层被冷却的现象也是有的。这个时候，熔岩的表面会像是做好的面包那样开裂起来，这就是所谓的面包表皮炸弹。今天，在这个闲适并广阔的空间里，这样的熔岩已经不存在了。20 世纪初期的收藏家们，已经把这些炸弹干净地清扫一空。是一个和迫击炮，别名为弹药集中地相似但又不太一样的景观。倒不如说是有着镌刻好几个世纪之前战争的战场墓地的感觉。

访问者里面，也有因为这个场所的寂静从而心灵被打动的人。R. W. 林伯特在 1924 年的《国家地理》杂志里做了描述。虽然最初联想到了战场，但开始注意到内心深处残留着不能释怀的感触——他这样说。"直到攀登上作为大火山渣丘而被知晓的山丘，途中，经过了熔岩炸弹和薄饼状熔岩的集合地带。残留着可塑性的熔岩，落下来就变成了平坦的丘陵地带。"但是，在那个圆锥形火山顶部，他失语了。"我们被宁静感化了。"林伯特是爱达荷州首府博伊西的标本制作师，他一次又一次地重返月球环形山。他的论文和明显的推崇，与把这个熔岩风景作为国家性的纪念物而保留下来的运动联系起来。他至少承担着一小部分的工作。

同死亡谷国家公园一样，月球环形山使人想起了地狱的称号。例如，恶魔乐园呀、地狱的圆锥山丘呀什么的。曾经在凯彻姆近郊住过的欧内斯特·海明威把他称作但丁族之国。林伯特不喜欢这样的类似于恶魔的描写。选择了别致的表达方法，而不是与恶魔有关的表达方式：

　　若是我能够被授予通过语言去描绘绘画的能力，哪怕是那么一点点，我也能够让您看到火山口那令人吃惊的颜色搭配的。请尝试着在脑海里描述一下自己站在宽敞的圆形竞技场的样子。在竞技场高耸的围墙上面，为了凸显红砖色和朱色，而描绘了黄色、绿色、橘色和黑色。也请想象一下那庄严的，仿佛被包围的宁静。虽然已经能够感觉到，但是在这

　　样的场所里，却无法找到用来说明的词汇。

　　熔岩流经的地方和下面都形成了隧道。这些无数洞穴中的其中几个，林伯特曾经下去过。即使这里，他的语调变得急促起来，没有了阴郁的味道。在冰冻的熔岩管的顶上，悬挂着钟乳石，地面则铺满了石笋。他对大自然如此的创作感慨不已。饶有兴趣地在冰状的地面上走来走去，凝视着岩石的缝隙，窥探着裂缝的深处。但是我在熔岩下面，似乎有些幽闭恐惧症的迹象。即使听到那些叫做美人洞穴、男童子军洞穴这样有着美丽名字的地方，也没有尝试着去在黑暗中调查超过一百码的意向。

　　但是，布满喷气孔的圆锥形火山渣山丘和周边的熔岩流，却充满了令人惊异的魅力。沿着北火山口圆锥形山丘向上攀登，我渐渐有了新的发现。贴着山坡斜面生长的落基松，带些黑色岩石的小拱门，脚下的红色火山渣，小撮儿在一起生长的沙漠西芹。在正下面，凝固的熔岩形成了绳状熔岩的熔岩块。并且，这些绳状熔岩呈现出绳索的样子流进了溪谷。这里所说的 pahoehoe，在夏威夷语里，是"盘卷的绳子"的意思。这些熔岩，以熔岩流的指尖、山丘状的突起、熔岩的压缩、崩落、仿佛堂吉诃德式的举动为特色。这种管状的岩石，用锁链状花样的织法束在一起，发散着带有青色的黝黑。这种岩石被认为是在华氏 2000 度的高温时凝结的。我像是一个在钢丝绳上感到不安的杂技演员一样，一边在狭窄的小路上维持着平衡，一边前行着。行走在由"仿佛是山间的激流突然凝固了似的，奇怪的形状和漩涡"组成的火山上的道路上。此时我想起了林伯特和朋友科尔沿着这条路一点点慢慢地往前走的样子。

　　块熔岩（又称啊啊熔岩），"啊啊"[1] 是另一个写实性的夏

---

　　① 译者注：块熔岩的英译为 aa lava，此处"啊啊"解释为因为痛苦而发出来的声音。

威夷词语，是"逼迫到脚下"的意思。这种熔岩肯定是一种带来极大痛苦的东西。绳状熔岩一旦冷却下来，块熔岩就破碎了，变成了走上去很容易弄疼小腿的地面，也就是岩石的表面变成了尖石和碎石块，像是卵石做成的大号针插一样。里面也有巨大的块熔岩。中国寺庙里面的观音菩萨仿佛是在附近被雕刻的岩石一样。只是，大多数的块熔岩，也仅仅大约到膝盖和小腿的高度。恐怕是被称作名匠的制陶师，把含有水分的黏土扔到地面上了吧。那些黏土插入地面，形成了带有黑色仿佛燎泡状的块状物，也有的成了大镰刀的形状。"仿佛是用巨人用的煎锅煮的、沸腾的浓厚的肉汁，突然结冰了似的，起泡、旋涡、开裂、螺旋。"他们是否最终穿越了块熔岩，我并没有读到。科尔的跟腱受了很严重的伤，结果不能走路了。林伯特和科尔以及带来的万能梗犬拼命地在这条路上跋涉着。"看到那个样子，林伯特仿佛就要哭出来似的"，他如此描述道。

　　拖着沉重的脚步，行走在熔岩流里。林伯特凝视着叫着口水泡沫（sputter）的熔岩滴丘（spatter）。这个时候我想起了这两位探险家和狗的故事。空空的黑中带红的火山口，攀登着即使在里面一侧也会被吹飞的喷火口。眺望着带有光泽的熔岩，没有边际的蔓延开来的黑色和茶褐色的熔岩。这个时候，我已经忘却了他们的亡灵。月球环形山不允许地面上的存在靠近。印第安人有时候会横穿过这块大地的北端，但是多数时候，他们是避开这里的。白人殖民者把这里当作无用之地放弃了。人类与亡灵，在这里都弄错了对象。猛烈的地壳变动，才是真正的怪物。撼动了无法想象出来以前样子的大地，永久地创造并替换成了新的风景。定音鼓、铜钹还有吹奏着的铜管乐器，产生了想象不到的不和谐的声音。

　　云朵在空中升起。充满可怕的音调的淡黄色的积云，逼近天空的蓝色。另一边，在云朵背后黑色的铁板，雷云集结在一起，高高地耸立着。岩浆在地心里，和天空呼应着。在地壳里一定拉开了褶皱，并且在不断地反复着。岩浆是白热化了的地下的彩虹——呈现出红色和橘色的彩虹。肯定在熔化了的地心内部，努力地塑造着自己的形状，不断地进行着整形。最迟今晚，天空将会解放从所未有的雷雨吧。爆发出能量的雷电，照耀出地狱的圆锥山丘。伴随着雷雨，火山灰也从地底流出。圆锥山丘应该看起来仿佛要从地面上被切离开一样吧。打个比方说，那就是天空和地球都爆炸了。最开始是火山灰，之后是被暴风抽打着的大雨。这种场景，遮蔽了我所能看到的一切。

在地下，岩浆像融化的云一样扑哧扑哧地要煮沸了。地球不知道什么时候就会爆炸。但是地球的爆炸，在规模上不太会讲求分寸。喷火并不是一种比喻，而是如同文字所描述的那样。1400万年前，斯内克里弗平原的火山活动刚刚开始。从15000年前到2000年前之间，尤其应该提到的是月球环形山被形成。大约造成了长达60英里的火山龟裂，大裂谷被撕裂开来。幕状的瓦斯、岩浆、液状熔岩还有沸腾的气泡，伴随着爆炸声喷发出来。蔓延的瓦斯刚一开始减退，熔岩流的喷发就停止了。但是已经晚了。绳状熔岩和块熔岩，已经把路上所有的东西都深深掩埋了。下一个一千年，也许火山灰会在那里重复这个工程吧。弦乐器在今天的演奏已经结束，从明天开始打击乐交接演奏的日子，会到来的吧。

即使如此，现在是一片寂静。暴躁的雷雨肆虐地吹打了我的宿营地。之后，晴空万里。午夜时候，一轮明月悄然升起。黑色的岩石不反射任何的光线。我看见那些粗暴的月亮怪物们，在纠缠的影子中隐藏了身子。我在危险的昏暗的圆形山丘和小山之间，在怪物们中间，寻找着道路继续前行。火山灰正在空中飘荡着。因此，火山创造出来的各种作品，仿佛被从地面上切割开来似的，看起来仿佛是亡灵或者幻影。我惊立在那里，一动不动。

但是，在坚固的熔岩表面的地下深处，燎泡状的岩浆肯定在冒着气泡，盘卷着一起。这个瞬间也在地下的某个地方，融化的液体蜷曲着身体期待着新生的世界。不知什么时候大裂谷再次猛烈地喷火。喷发出混杂着炙热的火山石和火山灰的、黏稠的间歇温泉。并且因为绳状熔岩和块熔岩，爱达荷州东南部和月球环形山会再次窒息。不知道什么时候会因为打击乐和铜管乐器，将埋葬留在地百合上的蹄印还有落基松。然后不知道什么时候这座休眠火山的平原将会爆发，卷土重来。在所有的"西部幽灵"中，只有伏尔甘是能够证明过去和未来的亡灵。

参考文献

Ronald，Ann. *Ghost-West*：*Reflections Past and Present.* Norman：University of Oklahoma Press，2002. 3－5，197－201.

环境文学研究文献指南

结城正美

    本文献指南，是把截至 2003 年 10 月，在美国、英国、日本出版发行的环境文学、自然写作的主要选集和环境文学研究的主要研究著作，按照年代排列出来的内容。年代与环境文学研究的发展阶段相对应，划分为"20 世纪 80 年代之前"、"20 世纪 80 年代"、"20 世纪 90 年代"、"2000 年之后"四个阶段。虽然在文学的层面上对于环境表达关心自古以来一直存在，但却是在 20 世纪 80 年代自然写作这种体裁取得一定成果，并且在 90 年代初期环境文学研究作为文学理论被认知以后，关于环境文学的信息和议论才从质和量两个方面获得了较大的发展。特别是 20 世纪 90 年代，因为环境文学研究而引发文学作品的重新评价和关于环境文学研究的理论与实践的研究获得了令人瞩目的成果，在这十年内选集和研究著作爆发性地发表和出版也是一个不争的事实。作为 2000 年之后的主要特征，可以列举出以下两点：把之前面向自然环境的目光，转向到对于现代人来说更加日常性的身边的环境——都市上来，以及对环境文学研究理论的不断批判性加深的研究动向。

    在这个列表中，虽然列举了美国、英国、日本的出版物，但其中大半部分是美国研究者的成果。另外，列表并没有网罗全部内容的意图，一些重要的著作也许也会遗漏掉。那是因为在选择确定的时候，一些虽然与环境文学研究有着较深的联系，但并不是把它作为文学作品为中心去处理的文献。例如，威廉·克朗农（William Cronon，以及《不平凡的土地》等）并没有包含其中。这一点，在这里先预先做出说明。

　　另外在本列表中基本上不包括个别作家的日译作品。环境文学以及自然写作的日译本出版，在 20 世纪 90 年代达到顶峰。这虽然在理解日本的环境文学研究动向上是一个重要的现象，但日译本信息已经在《发现》杂志（自然写作特集，1996 年 3 月）中所收录的《美国自然写作 书籍指南》以及《自然写作日译文献列表》中被整理出来，所以请参照这些文献。另外，关于环境文学研究的研究著作，伊藤诏子、横田由理、吉田美津合译的《绿色的文学批评》（松柏社，1998）所收录的《环境文学研究参考文献》，文学·环境学会编写的《可以快乐阅读的自然写作》（密涅瓦书房，2000）所收录的《文献指南——以英美日为中心的选集、研究著作等》，野田研一的《交感与表象》（松柏社，2003）所收录的《主要参考文献》中都刊登了许多有益的信息。本文献指南制作时也参照上述作品中所收录的文献内容。

1980 年以前

◇选集

Williamson, Henry, ed. *An Anthology of Modern Nature Writing*. London: Thomas Nelson & Sons, 1936.

Beebe, Willism, ed. *The Book of Naturalists*: *An Anthology of the Best Natural History*. New York: Knoph, 1944.

Krutch, Joseph Wood. *Great American Nature Writing*. New York: William Sloan, 1950.

Kieran, John, ed. *John Kieran's Treasury of Great Nature Writing*. Garden City: Hanover House, 1957.

Borland, Hal, ed. *Our Natural World*: *The Land and Wildlife of America as Seen and Described by Writers since the Country's Discov-*

ery. Philadelphia：J. B. Lippincott Company，1969.

　　◇研究书籍

Meeker, Joseph W. *The Comedy of Survial*：*In Search of an Environmental Ethic.* New York：Scribner's, 1972.（第三版以 "Literary Ecology and a Play Ethic" 为副标题在 1997 年出版发行）（日译本《喜剧与生态学——生存原则的探求》，越智道雄译，法政大学出版局，1988 年。）

20 世纪 80 年代

　　◇选集

Bergon, Frank, ed. *The Wilderness Reader.* New York：New American Library, 1980.

Baron, Robert C., and Elizabeth Darby Junkin, eds. *Of Discovery and Destiny*：*An Anthology of American Land.* Golden：Fulkrum, 1986.

Ronald, Ann, ed. *Words for the Wild*：*The Sierra Club Trailside Reader.* San Francisco：Sierra Club Books, 1987.

Lyon, Thomas J., ed. *This Incomperable Lande*：*A Book of American Nature Writing.* Boston：Houghton Mifflin, 1989.（日译本《这片无以类比的土地——美国自然写作史略》村上清敏译，英宝社，2000 年。仅译出原著的第一部。）

　　◇研究书籍

Elder, John. *Imagining the Earth*：*Poetry and the Vision of Nature.* Urbana：U of Illinois P, 1985.

Lutwack, Leonard. *The Role of Place in Literature.* Syracuse：Syracuse UP, 1984.

Turner, Frederick. *Spirit of Place*：*The Making of American Literary Landscape.* San Franciso：Sierra Club Books, 1989.

20 世纪 90 年代

◇选集

Finch, Robert, and John Elder, eds. T*he Norton Book of Nature Writing*. New York：Norton, 1990.

Anderson, Lorraine, ed. *Sisters of the Earth*：*Women's Prose and Poetry about Nature*. New York：Vintage, 1991.

Merrill, Christopher, ed. The *Forgotten Language*：*Contemporary Poets and Nature*. Salt Lake City：Peregrine Smith, 1991.

Lyon, Thomas J. , and Peter Stine, eds. *On Nature' Terms*：*Contemporary Voices*. Texas A&M UP, 1992.

Finch, Robert, ed. *A Place Apart*：*A Cape Cod Reader*. New York：Norton, 1993.

Pack, Robert, and Jay Parini, eds. *Poems for a Small Planet*：*Contemporary American Nature Poetry*. Hanover：Middlebury College P, 1993.

Slovic, Scott, and Terrell F. Dixon, eds. *Being in the World*：*An Environmental Reader for Writers*. New York：Macmillan, 1993.

Elder, John, and Hertha D. Wong, eds. *Family of Earth and Sky*：*Indigenous Tales of Nature from around the World*. Boston：Beacon, 1994.

Murray, John A. , select. *American Nature Writing*. San Francisco：Sierra Club Books, 1994. （是从 1994 年开始出版发行的选集。1999—2001 年版由 Oregon State UP, 2002 年版由 Fulcruum Publishing 出版发行）

Shore, William H. , ed. *The Nature of Nature*：*New Essays from American' Finest Writers on Nature*. New York：Harcourt Brace & Company, 1994.

Mabey, Richard, ed. *The Oxford Book of Nature Writing*. Oxford：Oxford UP, 1995.

Trimble, Stephen, ed. *Words from the Land*. Rev. ed. Reno: U of Nevada, P, 1995.

Daynard, Jodi, ed. *The Place Within: Portraits of American Landscape by Contemporary Writers*. New York: Norton, 1997.

Branch, Michael P., and Daniel J. Phillippon, eds. *The Height of Our Mountains: Nature Writing from Virginia's Blue Ridge Mountains and Sheandoah Vally*. Baltimore: John's Hopkins UP, 1998.

Hogan, Linda, Deena Metzger, and Brenda Peterson, eds. *Intimate Nature: The Bond between Women and Animals*. New York: Fawcett Columbine, 1998.

Torrance, Robert M. *Encompassing Nature: A Sourcebook*. Washington, D.C.: Counterpoint, 1998.

Anderson, Lorraine, Scott Slovic, and John O'Grady, eds. *Literature and Environment: A Reader on Nature and Culture*, New York: Longman, 1999.

Burnhill, David Landis, ed. *At Home on the Earth: Becoming Native to our Place: A Multicultural Anthology*. Berkeley: U of California P, 1999.

Lane, John, and Gerald Thurmond, eds. *The Woods Streched for Miles: New Nature Writing from the South*. Athens: U of Georgia P, 1999.

Rothenberg, David, and Marta Ulvaeus, eds. *The New Earth Reader: The Best of Terra Nova*. Cambridge: MIT P, 1999.

《对开本 a》1993 年第 2 期（1993），文库书房 特集 "自然体裁/美国自然写作"。

《发现》1996 年第 28 卷第 4 期（1996），青土社 "增页特集 自然写作"，包含翻译的小型选集、论文、关键词集，以及书籍指南等。

伊藤诏子、横田由理、吉田美津合译《绿色的文学批评——

环境文学研究》，松柏社，1998 年。

《对开本 a》1999 年第 5 期（1999），文库书房 特集"自然体裁 2/日本自然写作"。

◇研究书籍

Fritzel, Peter A. *Nature Writing and America：Essays upon a Cultural Taye.* Ames：Iowa State UP，1990.

Bate, Jonathan. *Romantic Ecology：Wordsworth and the Environmental Tradition.* New York：Routledge，1991.（日译本《浪漫派的生态学——华兹华斯和环境保护的传统》，小田友弥、石幡直树译，松柏社，2000 年）

Paul, Sherman. *For Love of the World：Essays on Nature Writers.* Iowa City：U of Iowa P，1992.

Slovic, Scott. *Seeking Awareness in American Nature Writing：Henry Thoreau, Annie Dillard, Edward Abbey, Wendell Berry, Barry Lopez,* Slat Lake City：U of Utah P，1992.

Kroeber, Karl. *Ecological Literary Criticism：Romantic Imagining and the Biology of Mind.* New York：Columbia UP，1993.

O'Grady, John P. *Pilgrims to the Wild：Everette Ruess, Henry David Thoreau, John Miur, Clarence King, Mary Austin.* Salt Lake City：U of Utah P，1993.

Ryden, Kent C. *Mapping the Invisible Landscape：Folkore, Writing, and the Sense of Place.* Iowa City：U of Iowa P，1993.

Cooley, John. *Earthly Words：Essays on Contemporary American Nature and Environmental Writers.* Ann Arbor：U of Michigan P，1994.

McClintock, James I. *Nature's Kindred Spirits：Aldo Leopold, Joseph Wood Krutch, Edward Abbey, Annie Dillard, and Gary Snyder.* Madison：U of Wisconsin P，1994.

Buell, Lawrence. *The Environmental Imagination：Thoreau,*

Nature Writing, *and the Formation of American Culture*. Cambridge：Harvard UP, 1995.

Gifford, Terry. *Green Voices：Understanding Contemporary Nature Poetry*. Manchester：Man chester UP, 1995.

Murphy, Patrick D. *Literature*, *Nature*, *and Other：Ecofeminist Critiques*, Albany：State U of New York P, 1995.

Stewart, Frank. *A Natural History of Nature Writing*. Washington D. C. ：Island P, 1995.

Abram, David. *The Spell of the Sensuous：Perception and Language in a More-than-Human World*. New York：Pantheon, 1996.

Elder, John, ed. *American Nature Writers*. 2 vols. New York：Scribner's 1996.

Glotfelty, Cheryll, and Harold Fromm, eds. *The Ecocriticism Reader：Landmarks in Literary Ecology*. Athens：U of Georgia P, 1996. （其中论文的一部分日译本为《绿色的文学批评——环境文学研究》（请参照上述选集所收录）

Payne, Daniel G. *Voices in the Wilderness：American Nature Writing and Environmental Politics*. Hanover：UP of New England, 1996.

Scheese, Don. *Nature Writing：The Pastoral Impulse in America*. New York：Twayne, 1996.

Westling, Louise. *The Green Breast of the New World：Landscape*, *Gender and American Fiction*. Athens：U of Georgia P, 1996.

Robertson, David. *Real Matter*. Salt Lake City：U of Utah P, 1997.

Branch, Michael P, Rochelle Johnson, Daniel Patterson, and Scott Slovic, eds. *Reading the Earth：New Directions in the Study of Literature and Environment*. Moscow：U of Idaho P, 1998.

Elder, John. *Reading the Mountains Home*. Cambridge：Harvard

UP，1998.

Kerridge，Richard，and Neil Sammells，eds. *Writing the Environment*：*Ecocriticism and Literature*. London：Zed Books，1998.

Marshall，Ian. *Story Line*：*Exploring the Literature of the Applachian Trail*. Charlottesville：UP of Virginia，1998.

Murphy，PatrickD. ，ed. *Literature of Nature*：*An International Sourcebook*. Chicago：Fitzroy Dearborn，1998.

Benett，Michael. and David W. Teague，eds. *The Nature of Cities*：*Ecocriticism and Urban Environment*. Tucson：U of Arizona P，1999.

Netzley，Patricia D. *Environmental Literature*：*An Encyclopedia of Works*，*Works*，*Authors*，*and Themes*. Santa Barbara：ABC-CLIO，1999.

Scigaj，Leonard M. *Sustainable Poetry*：*Four American Ecopoets*. Lexington：UP of Kentucky，1999.

斯科特·斯洛维克，野田研一编著《阅读美国文学中的"自然"——朝着自然写作的方向》，密涅瓦书房，1996 年。

铃木贞美《通过"生命"来阅读的日本近代——大正生命主义的诞生和开展》，日本放送出版协会，1996 年。

大久保乔树《森罗变容——近代日本文学和自然》，小泽书店，1996 年。

伊藤诏子《苏醒的梭罗——自然写作与美国社会》，柏书房，1998 年。

稻本正《梭罗与漱石的森林——环境文学的目光》，日本放送出版协会，1999 年。

2000 年以后

◇选集

Quammen，David，ed. *The Best American Science and Nature*

Writing. Boston：Houghton Mifflin，2000.（2000 年以后每年更换编者进行发行，系列主编为 Burkhard Bilger）

Bosselaar，Laure-Anne，ed. *Urban Nature：Poems about Wildlife in the City*. Minneapolis：Milkw Eed，2000.

Mazel，David，ed. *A Century of Early Ecocriticism*. Athens：U of Georgia P，2001.

Dixon，Terrell F.，ed. *City Wilds：Essays and Stories about Urban Nature*. Athens：U of Georgia P，2002.

文学·环境学会编《可以快乐阅读的自然写作——作品指南 120》，密涅瓦书房，2000 年。

◇研究书籍

Coupe，Lawrence，ed. *The Green Studies Reader：from Romanticism to Ecoriticism*. London：RoUtledge. 2000.

Mazel，David. *American Literary Environmentalism*. Athens：U of Georgia P，2000.

Nelson，Barney. *The Wild and the Domestic：Animal Representation. Ecocriticism，and Western American Literature*. Reno：U of Nevada P，2000.

Quetchenbach，Bernard W. *Back from the Far Field：American Nature Poetry in the Late Twentieth Century*. Charlittesville：UP of Virginia，2000.

Tallmadge，John，and Henry Harrington，eds. *Reading under the Sign of Nature：New Essays in Ecocriticism*. Salt Lake City：U of Uath P，2000.

Allister，Mark. *Refiguring the Map of Sorrow：Nature Writing and Autobiography*. Charlottesvi Lle：UP of Virginia，2001.

Armbruster，Karla，and Kathleen R. Wallace，ed. *Beyond Nature Writing：Expanding the Bounda Ries of Ecocriticism*. Charlottesville：UP of Virginia，2001.

Buell, Lawrence. *Writing for an Endangered World*: *Literature*, *Culture*, *and Environment in the U. S. and Beyond*. Cambridge: Harvard UP, 2001.

Rosendale, Steven, ed. *The Greening of Literary Scholarship*: *Literature*, *Theory*, *and the Enviro nment*. Iowa City: U of Iowa P, 2002.

Branch, Michael P. , and Scott Slovic, eds. *The ISLE Reader*: *Ecocriticism*, *1993 – 2003*. Athens: U of Georgia P, 2003.

Phillips, Dana. *The Truth of Ecology*: *Nature*, *Culture*, *and Literature in America*. New York: OxfOrd, 2003.

柴田阳弘编《自然与文学——从环境论的视角出发》，庆应义塾大学出版会，2001 年。

福冈劳伦斯研究会《绿色与生命的文学——华兹华斯、劳伦斯、梭罗、杰夫斯》，松柏社，2001 年。

岛崎启、岛村贤一、岛崎顺子、中岛邦雄、岛浦一博《与自然共生的理想——生态学与德国文学》，鸟影社，2002 年。

野田研一《交感与表象——何谓自然写作》，松柏社，2003 年。

伊藤诏子、横田由理、吉田美津编著《崭新风景下的美国——Toward a New Ecocritical Vision》，南云堂，2003 年。

作者介绍

编者

野田研一（noda keniti）

1950 年出生，立教大学教授

著作《交感与表象——何为自然写作》，松柏社，2003 年。

论文《自然的文本化和脱文本化——自然史的一面》，《岩波讲座 文学 7》，《被制造的自然》，岩波书店，2003 年。

译著 阿比·爱德华《荒野，我的故乡》，宝岛社，1995 年。

结城正美（yuuki masami）

1969 年出生，金泽大学副教授。

论文 "Sound Ground to Stand On: Soundscape in Williams's Work." *Surveying the Literary Landscapes of Terry Tempest Williams: New Critical Essays.* University of Utah Press，2003.

译著 特丽·坦皮斯特·威廉姆斯《荒漠地带——风景的情欲》（合译），松柏社，1996 年。

作者（以写作顺序为准）

生田省悟（ikuda shougo）

1948 年出生，金泽大学教授

论文 "Modern Japanese Nature Writing." *Literature of Nature: An International Sourcebook.* Fitzroy Dearborn，1998.

译著 约瑟夫·艾迪生《赏花事典》（合译），八坂书房，
2002 年。

小谷一明（odani kazuaki）

1965 年出生，县立新潟女子短期大学专任讲师

论文《梅尔维尔的〈信用欺诈师〉和〈另一个世界〉》，
《美国文学研究系列》第 20 期（立教大学美国研究所，1998
年）；《对于道德主义历史的抵抗——作为历史小说阅读的爱丽
丝·多恩的故事》，《县立新潟女子短期大学研究纪要》第 40 集
（2003 年）。

斯科特·斯洛维克（Scott Slovic）

1960 年出生，内华达大学里诺分校教授

著作 *Seeking Awareness in American Nature Writing*：*Henry Thoreau*，*Edward Abbey*，*Annie Dillard*，*Wendell Berry*，*Barry Lopez*（University of Utah Press，1992）；*Getting Over the Color Green*：*Contemporary Environmental Literature of the Southwest*（University of Arizona Preess，2001）；*What's Nature Worth? Narrative Expressions of Environmental Literature*（合编）（University of Utah Press，2004）。

山里胜己（yamazato katunori）

1949 年出生，琉球大学教授

著作 *Literature of Nature*：*An International sourcebook*（合编）. Fitzroy Dearborn，1998.

论文 "Kitkitdizze, Zendo, and Place：Gary Snyder as a Reinhabitory Poet." *The ISLE Reader*：*Ecocriticism*，*1993 - 2003*. University of Georgia Press，2003.

译著 加里·斯奈德《山水无尽头》 （合译），思潮社，

2002 年。

迈克尔·P. 布兰奇（Michael P. Branch）

1963 年出生，内华达大学里诺分校教授

著作 *John Muir's Last Journey：South to the Amazon and East to Africa*（Island Press，2001）；*The ISLE Reader：Ecocriticism，1993 – 2003*（合编）（University of Georgia Press，2003）；*Reading the Roots：American Nature Writing Before Walden*（University of Georgia Press，2004）.

谢丽尔·格洛特费尔蒂（Cheryll Glotfelty）

1958 年出生，内华达大学里诺分校教授

著作 *The Ecoccriticism Reader*（合编）. University of Georgia Press，1996.

论文 "Spiritual Testing in the Nuclear West." *Literature and Belief*（2001）；"Literary Place Bashing, Test Site Nevada." *Beyond Nature Writing：Expanding the Boundaries of Ecocriticism*（University Press of Virginia，2001）.

高田贤一（takada keniti）

1945 年出生，青山学院大学教授

著作《美国文学中的孩子们——从画本到小说》，密涅瓦书房，2004 年。

论文《少年时代的光和影——〈汤姆·索亚历险记〉论》，《英美儿童文学的宇宙》，密涅瓦书房，2002 年。

译著 彼得·柯文尼《儿童的印象——文学中"无邪"的变迁》（合译），纪伊国屋书店，1979 年。

山城新（yamasiro sin）

1972 年出生，琉球大学专职讲师

论文 "Richard K. Nelson." *Dictionary of Literary Biography* Vol. 275 Twentieth-Century American Nature Writers：Prose. Gale Research, 2003.

迈克尔·皮特·科恩（Michael Peter Cohen）

1944 年出生，内华达大学里诺分校客座教授

著作 *A Garden of Bristlecones*：*Tales of Change in the Great Basin* (University of Nevada Press, 1998)；*The History of the Sierra Club*：*1892 to 1970* (Sierra Club Books, 1988)；*The Pathless Way*：*John Muir and American Wilderness* (University of Wisconsin Press, 1984).

布鲁斯·艾伦（Bruce Allen）

1939 年出生，顺天堂大学副教授

著作 *Voices of the Earth*，松柏社，1998.

论文 "Ando Shoeki, Ecology and Language." *Writing Under the Sign of Nature*：*New Essays in Ecocriticism.* University of Utah Press, 2000.

译著 石牟礼道子《天湖》（合译），*Organization and Environment* 11.4 (1998).

安·罗纳德（Ann Ronald）

1939 年出生，内华达大学里诺分校教授

著作 *The New West of Edward Abbey* (University of New Mexico Press, 1982, 2nd ed., University of Nevada Press, 2000)；*Earthtones*：*A Nevada Album* (University of Nevade Press, 1995)；*Ghost*

West：*Reflections Past and Present*（University of Oklahoma Press，2002）；Reader of the Purple Sage（University of Nevada Press，2003）.

译者

相原直美（aihara naomi）

1969 年出生，千叶工业大学专职讲师

论文《挑衅的文本——再读田纳西·威廉姆斯的〈欲望号街车〉》，A. P. O. C. S.，2002。

译著 巴顿·L. 圣阿曼达《作为书籍的自然——博物学的予型论》（合译），《美国的哀叹——美国文学史中的清教主义》，松柏社，1999 年。

相原优子（aihara yuuko）

1969 年出生，东洋大学兼职讲师

著作《美国原住民的文学——原住民文化的变容》（合著），密涅瓦书房，2002 年。

论文 "Tommy Wilhelm Drinks Coca Cola：A Study on Solitude in Saul Bellow's *Seize the Day*." SOUNDINGS 第 26 期（2000）。

译著 斯图尔特·西姆编《后现代主义事典》（合译），松柏社，2001 年。

译者后记

　　自然写作或者是环境文学，于我来讲原本是一个陌生的概念，其距离不亚于阿拉斯加的暴风雪与南美猴面包树之间的差别。虽然以我的知识背景很难对所知晓的"文学"进行一个准确的定位，但大约也可以形成一个如同每一本普及程度比较高的文学教材所呈现出来的那样，记录着诸如写实主义、浪漫主义，歌舞伎和俳句，抑或是李白、杜甫，易卜生还有托尔斯泰、大江健三郎等内容的印象。虽然熟知海明威《老人与海》的故事，但我收获的只是与大自然搏斗的勇气，而麦尔维尔的《白鲸》，在看过动画片之后也就没有剩下些什么了，还有俗称为"疼疼病"的水俣病也只是让我知道了"俣"的读音罢了。之后的我依然沉迷于或者是莺莺燕燕，或者是金戈铁马的个人情趣之中，丝毫不顾及这个世界已经发生的和正在发生的事情。

　　通读完这本书之后，背上渗出一阵的凉意，而那个本就沉寂的秋夜，也变得越发的沉寂。原来那些出现在书中的描写距离我们并不遥远，我不禁想起来前几日旁听前辈博士论文答辩时，一位教授讲道"在中国，现在已经没有能够做回锅肉的猪肉了"。朴实而痛切，细想之下不由得寒意乍起。猪肉可以说是与国人息息相关的东西（当然除了穆斯林之外），猪肉的价格和质量直接关系着大多数国人的生活品质。如果这个例子不能引起素食主义者重视的话，那么水壶里的水垢越来越多，又或者是原本的秋高气爽而今却被雾霾笼罩的事实呢？在我们的记忆中村头流淌的小溪，摘下来就能吃的蔬菜，还有蔚蓝的天空也许真的会像是石牟礼道子笔下的天底村那样，以后只能在梦境中才能看到了。

自然写作或者是环境文学，也许真正的功用就在于此，人文学科向来会给时代一些方向性的建议，别人走过的路上残留着的脚印，也许会告诉我们今后该如何前行。我在这里感受到的更多是被称为"耶利米式"的悲叹。这可能是一个悲剧主义者的通病吧，我更愿意去想象那些比较苦难的场景，让自己处于一种被逼迫的状态，用这种"不能回头"的勇气去面对那些相对容易的现实。不过，这次的现实也许并不容易，或者说我以及我们都还没有做好面对的准备，而那个现实却越发地严峻起来。但此时做些什么，终究还是不晚的，于是便有了这本书的翻译。

距离第一次看到这本书的原文版本，已经差不多有两年的时间了。虽然之前就知道，这绝对不是一件容易的工作，但真正开始去做的时候，才知道自己所做的心理准备并不充足。这些文字经历了长春的残雪、北京的春雨、东京的秋风还有金华的夏阳，终于在今天这个平凡的日子宣告完成。记得去年深秋在拓殖大学的图书馆里完成初稿的时候，整篇文稿残留着让人触目惊心的表示"不确定"和"未知"的蓝色，之后的工作就像是修复一件工艺品一样，把它变得真实而顺畅。当那些蓝色渐渐地被黑色所取代，这篇作品所蕴含的美丽也慢慢显露出来。

我无意去描述和夸大在翻译过程中所遭受的苦难，与其相比，我更愿意把它看作是一种历练。虽然之前也翻译过很多的东西，但这本书的翻译过程尤为艰难，不仅是因为中间有许多用片假名标示出来的英文词汇，需要重新把它们还原到最初的文字环境中去，还因为自然文学或者说环境文学中还有许多尚未确定的、模糊的状态。有时一个词汇的确定就要花费整晚的时间，甚至让人达到抓狂的状态。然出于对于自己羽毛的爱惜，和为了不堕曾经和正在给予自己指导的老师们的声誉，整个过程战战兢兢、如履薄冰，不敢有丝毫大意，前后共译、校八次，虽然因为时间和能力所限，如今呈现出来的仍然不能使人特别满意，但已经是我所能拿出来最好的成果了，若有幸成为引玉之砖，倒也是译者之幸。

此书刚开始翻译时，小儿尚未出世，如今已经蹒跚学步，呀呀作语。一个生命的诞生总是给我们许多期许，希望这本书也可以带来更多让我们思考的东西。小儿难养，多亏内子贤淑，帮衬扶持，能让我时常得以清净，专心推敲琢磨，在此聊表感谢之意。对前院长李贵苍教授为此书得以出版所做出的巨大努力和帮助表示感谢，并对中国社会科学出版社赵剑英社长所给予的支持和帮助表示由衷的感谢。最后对在翻译过程中给予我莫大支持的刘曼老师、邵艳平老师表示感谢。

浙江金华　思华斋

于海鹏

2013 年 6 月 24 日